一滴水走过的路

沐沐周　著

漓江出版社

桂　林

图书在版编目（CIP）数据

一滴水走过的路／沐沐周著. -- 桂林：漓江出版社，2024. 9. -- ISBN 978-7-5407-9979-3

Ⅰ. I267

中国国家版本馆 CIP 数据核字第 20241WE858 号

一滴水走过的路（Yi Di Shui Zou guo de Lu）

作　　者：沐沐周

出 版 人：刘迪才
责任编辑：黄　彦
特约编辑：长　岛
封面绘画：映峰大叔
责任监印：张　璐

出版发行：漓江出版社有限公司
社　　址：广西桂林市南环路 22 号
邮　　编：541002
发行电话：010-85891290　0773-2582200
邮购热线：0773-2582200
网　　址：www.lijiangbooks.com
微信公众号：lijiangpress

印　　制：苏州市越洋印刷有限公司
（江苏省苏州市越溪街道南官渡路 20 号　邮编：215104）
开　　本：880mm×1230mm　1/32
印　　张：10.25
字　　数：211 千字
版　　次：2025 年 1 月第 1 版
印　　次：2025 年 1 月第 1 次印刷
书　　号：ISBN 978-7-5407-9979-3
定　　价：68.00 元

目　录

contents

第一辑　飞鸿雪泥

第二辑　如是我闻

第一辑

飞鸿雪泥

两个人十二条腿

一

下了出租，一抬头，满天的星星。空气中弥漫着早桂的香味，低处的灌木和高处的杨树之间浮着一层薄雾，在星光下仿佛半透明的白纱。柳树们蓬着头站在围墙边一动不动，似乎它们也睡着了。白天热热闹闹的小区，此刻静若空山。旅行箱轮子碾过水泥路，隆隆声像打雷。垃圾桶里猛地跳出来两只流浪猫，喵了几声，从我脚边分头蹿进了黑暗。

借着楼道昏黄的路灯，拣出许久不用的钥匙，还没插进锁孔，觉得不对劲，轻轻一推，那铁门哼唧着自己开了。吓人一跳，怎么回事？

客厅里只亮着一盏萤火般的小夜灯，勉强看见椅子上坐着个人，两手捧着手机，屏幕闪着蓝光。凑近细看，原来是爸爸，咧着大嘴不出声地笑，双下巴挤成了三下巴，圆脸上眼睛笑成两条弯弯的细线，活像一尊弥勒佛。

我明白了。虽然电话里说了有钥匙，但他还是不听，还是固执地等。至于灯，提醒过多少遍了，客厅里只要有人一定要开大灯，每月电费多不了几块钱，万一看不清楚磕着绊着，怎么得了！

我越说越急，啪一下开了客厅顶上的大灯。

他被雪白的亮光晃得闭紧了眼睛不敢睁开，圆脸瞬间耷拉得老长，嘟囔着：哼，跟你妈一样，哼，动不动就数落我。门轴今天上了油，噪声小了，不过还是要一手拧钥匙一手同时往上提才行。你不常回来，摸不清它的脾气，动静闹大了，会吵醒你妈。

里面卧室似乎有翻身的声音，我赶紧压低嗓门：老胳膊老腿天天跟个破门较劲，万一累着怎么得了。明天赶紧买个新的。

他急得直摆手，也压低了嗓门：不要不要，哪里破？才用了十多年，还能用呢。

我说这钱我出。

他撇嘴：没必要，我的退休金足够。你的钱是辛苦上班挣来的，留着自己用。浪费败家节俭兴家哟。

我举起双手投降，然后催他赶紧睡觉去。

他听话，转身往卧室走，两手扶着拐棍。拐棍半圆形，四条腿，不锈钢材质，前面两只脚安着万向轮以方便推动，后面两只脚包着防滑垫以保证稳固，样子看起来笨笨的，其实分量很轻。

走了两步又停下，问：饿不饿？电焐煲里给你留着排骨汤，热的……坐半天火车，该渴了，临睡前不能喝茶，给你泡的柠檬蜂蜜水，喏，就是那个红色保温杯。

水酸甜爽口，比超市买的瓶装饮料好喝多了。听到夸奖，他呵呵笑：其实全是你妈的功劳，从网上找来的方子，水温啦比例啦，照着做就行。你妈聪明，学会了用手机上网买东西找食谱，可方便了。我不行，学不会。

他一边说，大圆眼睛一边在我的旅行箱上绕来绕去。我明白他的意思，告诉他里面有花生酥、蛋卷、枣泥松仁麻饼、早晨刚出锅的特色焖肉、和冰水一起密封在食品袋里的新鲜鸡头米……他两只眼睁得更大更圆了：哎呀，那么多，可真好。伸手去摸箱子的拉链，像个急不可待的馋嘴娃儿。

我把他的手挡回去。他对糖果点心一向没有自制力，睡前吃多不利健康，等到明天早晨再开吃。他有些犹豫：明天啊?

明天！我斩钉截铁。他叹口气，进了卧室。

二

早晨，多年公司考勤打卡逼出的生物钟自动唤醒了我，想到现在是假期，又重新躺下，被窝如温泉泡得人四肢酥软，正独自微笑，却闻到一股焦煳味，不好，来不及穿鞋，光脚冲到厨房，只见稀粥的白色泡沫翻滚着把锅盖顶得歪了半边，黏糊糊的米汤汇成小股河流顺着灶台四下里蜿蜒。老式煤气灶没有自动熄火功能，火苗依然在跳，黑烟一股股腾起，哧啦哧啦响。

我的怒吼仿佛一根长长的鱼竿，把他从阳台上钩了过来。他满脸惶恐，右腿瘸着，左腿跳着，身子摇船般前仰后合，居然跑得飞快，还不忘拖着拐棍。拐棍歪斜着，在他身后一路哐当哐当碰撞着沙发腿桌子腿，仿佛一条夹着尾巴紧跟主人的忠实老狗。

煤气灶正烧着火，人干吗去了？拐棍拄好喽，拖在后面还能起啥作用？

他老实交代：守着灶头等水开的时候，忽然想起等会炒鸡蛋需要几根小香葱，于是到阳台上花盆里摘了葱，又想起应该在阳台水池里洗干净，否则葱根上的湿泥碎屑一路滴滴答答掉落地板，拐棍扫帚划过来捅过去，清扫善后工作太麻烦。

我擦灶台洗抹布，切榨菜丝拌麻油，切焖肉拌蒜泥，切葱花炒鸡蛋。他后背靠着墙角，看着我忙，叹气：你干活和你妈一样麻利。唉，我不行，手脚慢，顾此失彼，唉，老是出纰漏。年轻时工作狂，认为天底下病人最重要，其余一切都不放在心上。多亏你妈，女强人，包揽家务，万事不要我操心。可她突然躺下了，我这个懒了半辈子的懒汉只能硬着头皮上阵。古人说“绝知此事要躬行”，洗衣服烧饭，看起来简单，没啥技术含量，一躬行，好，真不简单。慢慢来吧。已经比半年前进步了，总算样样能够做点，及格分，当然比你妈差远了，还要继续努力。

自我批评自我安慰，长篇大套。我默默听着，心里惊叹他老起来怎么这么快，简直判若两人。

他年轻时爱静，话少，反对无事聚会，反对聊天闲扯浪费时间。家里来了客人全靠我妈张罗，他开口三五句就冷场，宾主面面相觑，他只好找个病房有重病号不放心之类的借口开溜。他一走，大家都松了口气，连同他自己。工作以外的话题如果不能直奔主题而是扯出瓜藤带出蔓，他直接打断斥为“碎嘴”，不管人家面子上过不过得去。没想到现在他自己也成了碎嘴。

稀粥出锅，盛碗时觉得硌手，细看，碗底和边沿黏着疑似白米饭的干硬碎屑，应该是上顿饭的残留。赶紧用钢丝球猛刷，心里劝自己好在是假期，不必急赤白脸追赶通勤公交，就算开饭晚一些也没关系。

他小心翼翼偷看我脸色，见我真的没生气，讪讪解释：不是邋遢，也不是马虎，老花眼看不清，没办法。不用的时候，老花镜总是在餐桌茶几上碍事，用的时候偏又找不到。房子也奇怪，八十平方，平时嫌小，一找东西就大得像八百平方，转了几圈累得腿疼都找不到。他喃喃着，油腻的手在油腻的围裙上无意识地来回擦，两个大拇指缝里各藏着一圈月牙形污渍，黑中带绿，应该是掐菜叶抠葱根的结果。

三

想当初，作为内科主任，一个人对付一堆病人，问诊时详细，用药时果断，一边手写处方，一边回答病人五花八门的询问，忙而不乱滴水不漏，颇有“目送归鸿，手挥五弦”的风度。

他没有时间概念，病房值班遇到疑难杂症简直就像陷入泥潭拔不出脚。我妈做好了饭急得发火，我很愿意主动领差，跑到住院部喊他回家。穿过长长的蓝白色走廊，一路上享受着病人们的尊敬目光，享受着病人家属的恭维：这丫头长得真像爸爸，以后肯定也是大学生，有出息。孩子的虚荣心得到极大满足，仿佛头顶升起了一轮金色荣耀光圈，脚步故意放慢，胸脯却挺得很高。

那时他指甲极短，洗得发白，散发着来苏水或酒精的凛冽气味。他就用这双手在病人肚皮上触诊，有时用掌心按，有时用指尖叩。我们三个小孩的指甲稍微长一点，赶紧自己剪掉，被他看见会被斥为藏污纳垢。

那样的时光，已经一去不复返了。

他殷勤地笑着，没话找话，似乎生怕他的声音一旦停下来，我沉默的忙碌会让他难堪，或者他只有一刻不停地说话，才对得起我一刻不停的忙碌。他赞我碗端得又快又稳，一滴也没洒出来。

这……这……这也值得夸奖？我大笑。类似的表扬最早应该是在遥远的小学，三个小孩被训练着承担家务，包括擦桌、扫地、倒垃圾、洗菜、盛饭、端碗。说起来端碗确实是个技术活，在医院统一规格的家属楼狭小房间里，拥塞着五口人、书本杂物和一只人来疯的猫，所以要眼观六路耳听八方，要双手不可单手，要小碎步不可大踏步。笑完才醒悟，当初夸奖是鼓励孩子，现在是自愧不如，因为拐棍只能助他独立行走，却无法护佑手中汤水不摇晃。

总算准备停当，他喜滋滋吆喝：快快快，老太婆，女儿从苏州带回来的鲜物，今天有口福，不是八宝粥是九宝粥，保证好吃！

我咬紧嘴唇才摁下一声叹息，从昨夜进门开始，埋怨的话似乎过多了。其实鸡头米应该清水煮，撒糖渍桂花，一粒粒清清爽爽。我没想到他会来个乱炖。

怎么样？他期待地问。

不得不承认，乱炖粥卖相难看却好吃，糯米、小黄米、山药、红枣、百合、莲子、薏米、绿豆连同鸡头米绵密软糯，别有风味。文无定法，不拘束敢创新才能写出好文章，厨道果然也一样。他严肃点头，说：说得对。你努力写，我努力烧。稀粥是你妈最爱，一天三顿吃不够，所以我特别用心，材料提前泡一整夜，煮的时候加冰糖，白糖红糖都差点意思。还有一样东西，猜猜是啥？

我赶紧又舀一勺细品，猜不出。

他开心极了：红茶！而且是头泡茶汤。提香、去涩、暖胃，《本草纲目》提到过，不过太含糊。我实验了几次，你妈体质虚寒，红茶比绿茶白茶普洱合适，口感也更好。

我双手竖起大拇指。

四

他俩的拐棍一模一样，摆弄得都很熟练，仿佛从臃肿肉身里长出来的人工智能金属肢体。如果举行拐棍操作技能大赛，他俩难分伯仲。

半年前我妈意外车祸，骨折手术两个月后复查，又发现左腿股骨头坏死，再次进了手术室，换了人工关节，缝了二十多针。我爸不肯拖累儿女，也不肯请钟点工，怕旁人服侍得不舒服不到位。他亲自动手，扶着、搀着、拖着、抱着、扛着，一天三次热敷两次按摩，外加一天三顿营养餐，服侍得像模像样，连骨科护士长看了都佩服。我妈果然恢复得很好，他也成功地把自己的右腿累成了急性股骨头坏死。

他在电话里嚷嚷：不开刀，坚决不开刀，只能保守治疗，否则，我躺下了，谁服侍你妈？

我们姐弟仨决定尊重两位老医生自己选择的治疗方案。

吃好饭我洗碗，他俩散步，从客厅到阳台来回转，饭后百步走，活到九十九嘛。我妈很自豪：看，钢铁侠无敌超人，加起来十二条腿，八条都是我从网上买的，便宜又好用。

我爸引用了捷克作家伏契克《二六七号牢房》的名言感叹：从门到窗子七步，从窗子到门七步，急死人。

我赶紧改编了伏契克的另一句名言表扬他：你是比老爸爸还好的老爸爸。

我妈抗议：瞎说，明明是十步，不信让丫头数。

我赶紧插嘴：我妈最严谨最认真，不用数，肯定是十步，他生搬硬套。

我爸笑笑，不吭声。

十点钟，出门晒太阳。补钙，增强体质，促进伤口愈合，还免费。可惜骨科医生只允许他俩每天出门一次，来回不可超过一个钟头。医嘱必须严格遵守。

他俩换上黑色外套和长裤，运动款，宽松，穿脱方便，颜色耐脏，洗不干净也不易暴露。东摸西摸，互相提问：我的手机带好了，你的呢？也带好了。我的钱包带好了，你的呢？也带好了。钥匙呢？买菜的环保袋呢？都带了。在哪呢？给我看看……如此循环往复足足三遍，两人终于放心，各自拄着拐棍，一个瘸左腿，一个瘸右腿，奇妙地平衡，十二条腿郑重向前一步，又一步，开了门。

两人笑得像听见放学铃的小学生。

楼道采光差，白天路灯关闭，光线幽暗如夜。他俩剪得短短的白发依然和年轻时一样浓密，因为密，更显得白而蓬松，仿佛黑色老树桩上开得繁盛的两团银桂。

电梯即将到达，他忽然回过头大喊：想吃啥？我买回来烧给你吃。声音震得楼道嗡嗡响。

他耳朵有些聋，距离稍微远一点，就要大喊大叫才行。我喊回去：您是厨神，随便买啥都行。

那是！他一挺胸，雄赳赳气昂昂地，挪着拐棍，进了电梯。

五

微信时代社交礼仪必须维持。正值七天长假，朋友圈很精彩，悬崖蹦极的刺激、游乐场过山车的心跳、野营帐篷的篝火映红兴奋的脸庞、挂着安全绳哆哆嗦嗦爬过悬崖、躺在静谧森林想变成一朵无忧无虑的白蘑菇、戴着头盔潜入深海看彩色珊瑚和小鱼、稀奇古怪的美食吃撑了睡不着半夜起来看星星、陌生人邂逅浪漫一见如故、老同学聚会深情忆旧抱头痛哭……山河万里，新鲜热辣，我一一点赞，分享他们由衷的眼泪和欢笑。

一天点赞任务完成，赶紧把手机扔一边。我不出门，不看风景，不拜访老同学，珍贵的假期只有短短七天，我只想待在家里，守着亲爱的老爸爸老妈妈。他们俩，就是我的万里山河、宽广人间。

曾经他俩也有过新鲜热辣的生活。

20世纪60年代初，医学院黑白毕业照，一百多个人里就数他英俊，高鼻梁国字脸，浓眉似剑、目光炯炯、肩背笔直，勃勃英气衬得周围个个面目平庸。她白皮肤大眼睛，能歌善舞，梳两根粗粗的麻花辫，初中毕业考上了地区卫校，在那个年代相当于成了女状元。

他俩被分配到了同一个公社卫生院，要接待门诊病人，要轮流背起医药箱当赤脚医生，到附近几十个大大小小的村庄，把医药送到田间地头。从认识到结婚，不过短短数月，真正的一见钟情，晄当一下对上眼了，迫不及待跳进了婚姻。这也符合时代风尚，先结婚后恋爱嘛，连婚礼都是新式的，给大伙鞠几个躬、发发喜糖，就结束了。

牛郎娶织女的时候，还有一头老牛呢，董永娶七仙女的时候，还有一孔破窑呢。他除了一张大学文凭，连集体宿舍里的木板床、脸盆架都是公家统一配置的。他是真正的无产者，甚至连家人都没有。爹娘先后死于逃荒路，乡亲们带着他继续要饭，熬到解放进了孤儿院，一天三顿饭能吃饱，冬天被褥厚实冻不着。高考志愿表他填了医学院，因为学费全免，还有生活补贴，否则，他到哪里去弄这笔钱呢？

二人世界的甜蜜太短暂，三个孩子陆续出生，工作与家庭难以两全，开始吵架。一个属马，一个属牛，马是烈马，牛是犟牛，犯起倔脾气来旗鼓相当，都不肯让步。村里有些文盲愚夫妇，吵着吵着就开打，他俩君子动口不动手，可吼叫声已经把我们姐弟仨吓得够呛。

先后退休。开始互相关照接纳，重新建立温暖而亲密的联结，各自的棱角被岁月磨得柔软，战火彻底平息。三个孩子工作都不错，儿媳女婿都孝顺，他们冬夏季节轮流在三个孩子家住，春秋季节不冷不热的时候，两人携手游览祖国大好河山。原本截然不同的相貌因为皮肉松弛开始神奇地接近，外出旅游，曾被误认为是兄妹。

到此一游的照片不可少。穿着一样的花短袖，笑出一样的抬头纹法令纹，并排站在景区大门口，后面背景是巍巍青山，像耕作了一辈子终于卸下笼头鞍鞯的老马和老牛，沉重的眼睫毛下，黑眼珠看着镜头，温顺、安详。

我们姐弟仨，终于松了口气。

六

人老了喜欢叙旧。还记得铁棍台灯吗？还记得住院两个月的小伙子吗？还记得口腔科第一把皮椅子吗？还记得……

记得，都记得。

记得台灯出自我妈的巧手。生锈的废铁棍和圆铁皮用砂纸打磨干净，上清漆，铁丝拧紧一只二十瓦钨丝圆灯泡，硬塑料片和过期挂历纸分别裁成条，两片塑料夹一张纸，弯弯的一条条缝起来，再拧一圈铁丝，就是花瓣形灯罩。聚光、实用、好看，邻居们纷纷来参观，端的漂亮！

记得医院的白袍制服有长短两款，我爸在家喜欢穿短款加睡裤，如此装扮，人舒服，又可以节省换衣服的时间，遇到紧急情况，抬脚就可以冲到急诊室。急诊室就在家属院墙外，遇到急重病号值班医生忙不过来，扯开嗓子喊一声，围墙那畔，总会有人应声而出，不管是在吃饭还是在睡觉，救人要紧。80 年代的小县城医院，大抵如此。

我记得那场考试。我爸的医学院只教过俄语，而新政策规定，评职称需要考英语。每周一三五的晚上，县一中退休老师为大家免费辅导，他嫌来回跑路太麻烦，没去。借来课本和词典，他开始了一个人的战役。夜自习放学回来，远远看见他书房的灯光，灰头土脸的纱窗在台灯映照下，优雅如《红楼梦》里的蝉翼纱。经过书房，探头进去瞄一眼。听见动静，晓得孩子们回家了，那个背对门口的白色背影却端坐书桌前纹丝不动，如同木雕泥塑。于是，三个孩子蹑手蹑脚走开，各自拿出作业本，用功去了。

半年后考试通过，问他怎么做到的，淡淡回答：语言嘛，不管英语俄语，都差不多，单词加语法而已，又不考听力，没啥了不起。

我记得那个小伙子，深度昏迷，极其凶险。没有互联网查资料，药房里只有清淤止血的普通药品，同事们都知难而退了，连家属都说要放弃。他偏不！在病人旁边搭个地铺，吃饭都让送进来，整整半个月，除了上厕所和查资料，他没出病房门，睡觉的时候听诊器都挂在脖子上。终于，他又一次赢得了这场孤独的战役，病人醒了，生命指征稳定。

他头发蓬起老高如乱草，眼珠子通红，衣服空荡荡挂在身上，回到家往床上一倒，睡了三十多小时，把我妈吓得几次摸他颈动脉和鼻子，还好，脉搏和呼吸虽弱，但均匀。奇迹还在继续，小伙子半年后正常上班了，没有任何后遗症。要知道，脑部突然出血即使放到现在，死亡率致残率也是很高的。

我记得一群白色的来亨鸡。亲友邻居养鸡遵循的是传统田园牧歌式，院墙角扎一圈竹篱笆，破砖头垒个潦草鸡窝，芦花鸡钻进钻出乱刨乱拉屎。我爸妈养鸡养得别致：先到新华书店买书，学习科学养殖理论，再画好草图请人制作一只半人高的大铁笼，底座镂空倾斜，蛋可以自动滚出来，又被食槽下面的挡板挡住，喂鸡的时候顺便捡蛋，鸡屎尿自动掉到下面的粪缸里。清一色来亨鸡，清一色鲜红的大鸡冠雪白的毛，安能辨我是雄雌。每天掀开木板晒日光浴，每周撒石灰消毒，到河里捞水草增加微量元素。鸡们个个健康活泼，下蛋又多又大，再次引来邻居看稀奇。

鸡蛋攒够一筐，坐等小贩上门收购，换钱贴补家用。听说长途汽车站外面也有人卖鸡蛋，价格贵得多，我爸要面子不肯去，但架不住我妈唠叨。于是，一个冬天的早上，天还黑着，几粒晨星在屋顶白霜上面闪着微光，我起床准备去学校上早读，看见我爸噘着嘴，一脸悲愤，将铺着麦麸码好鸡蛋的竹篮绑在自行车后架上，戴好帽子，长围巾绕两圈捂住大半张脸再打个结，风萧萧兮易水寒，趁着天还没亮，悄悄出发。等我早自习放学回家吃早饭，恰好他凯旋，围巾扔在空筐里，笑容满面，自行车铃铛打得震天响。

七

他俩在椅子上箕踞而坐——骨科医生叮嘱的正确坐姿，也叫骑马式，符合人体工程学的要求，减少大腿上侧肌肉紧张感，保护腰椎和髋关节。

一会儿忆往昔峥嵘岁月稠，一会儿遥怜小儿女未解忆长安，从英雄当年勇，说到孙子外孙子的调皮可爱。我听得认真，不时插嘴追问细节，他俩因此高兴，越发说个没完。从太阳初升，说到夜色阑珊。

没人想起去看时间。几点钟起床的？几点钟吃的早饭？中饭和晚饭又是几点钟吃的呢？不知道。醒了就穿衣服起来，饿了就炒菜吃饭，渴了就烧一壶开水泡红茶喝，困了就轮流到小卫生间洗洗睡。

闭门即深山。山中不知岁月。而时间依然一点一点溜走。从紧闭的门缝里，从拉开又合上的窗帘里，从浇花的喷壶里，从洗青菜的红塑料水盆里，从砂锅袅袅蒸腾的白汽里，从爸爸亲手剁馅油炸让我打包带走的金黄肉圆里，从妈妈因一粒纽扣松动就把我行李箱所有衣服纽扣都缝一遍的针线里……

时间，一点一点溜走了。

假期只剩最后一天，返程火车票和身份证一起，端端正正塞在钱夹第一层，钱夹装在双肩包里，双肩包挂在客厅门口衣架上。

我们仨都假装没看见它。

2022 年 4 月

乐土，乐土

盛夏的阳光如同凶猛的水柱，打在毫无遮拦的宁洛高速上。干巴巴的路面反射着白亮亮的光，仿佛碎了一地玻璃碴子。从上到下，目之所及，觉得眩晕而刺疼。我闭上了眼。

旅途单调，令人困顿。昏昏欲睡中，听见导航提醒司机前方道路施工需要临时改道。于是大巴车从最近的出口下了高速，驶进一条小路，开始颠簸起来。

我睁开沉重的眼皮，看见窗外那路很有些年头了，大大小小的补丁一块挨着一块。路两旁的杨树、榆树和楝树几乎都有四五层楼房高，仿佛一群傻愣愣乐呵呵的乡下小子，粗壮，无拘无束。枝枝叶叶你推我挤、相交相叠，洒下的树荫浓稠到沉甸甸，似乎能够一把捧起来。野外少有人迹，树皮全蒙上了青苔，厚实肥腻，毛茸茸的，与地上的青苔连成了一整片。于是树们从头到脚都是绿色的了，连空气也变成绿色的了。我向窗外伸出手去，手指变成半透明的绿色果冻了。

风吹过，树叶颤抖，宛如青草池塘的水面吹开了一道浅浅波纹，波纹缝隙里露出一块长方形路牌，一闪而过。那是两个黄色的字，最鲜艳的明黄色，写在海蓝色的底子上。所以，虽是隔着车窗一闪而过，我依然看清了那两个字是：乐土。

仿佛一道明黄色的闪电，瞬间击中了我。这个盛夏的正午，车轮意外地把我带到了哪里？为何在如此猝不及防的情况下，让我以过客的身份撞见故乡？

乐土，乐土。淮河岸边的小镇。我在那里出生，又从那里出发，向着广大的世界漂流，多年不曾回去，甚至连名字都不曾提起。此刻，明黄色的路牌闪现，唤醒了无数封存于混沌中的记忆碎片。

记得乡亲们习惯于把“乐”字，说成“洛”，以孩童的思维来理解——而且是一个天性静默、耽于幻想的孩童——结果就是：我把“乐土”，当成了图画书上行走于沙漠、浑身长毛的大家伙。虽然有时候心里也嘀咕：骆驼在哪儿呢？怎么从来都没看到过一只呢？可是既然从未听到身边有人讨论这个问题，想必它是不需要讨论的吧。

后来举家搬迁到县城，我进了县城里唯一的幼儿园，穿上了荷叶边绣红字的雪白围兜，神气活现。统一制服抹去了城乡差别，围兜下露出的一角外套，看不清是土气的还是洋气的，反正大家都是一样的。

然而提到自己的来处，我依然颇为自豪。全班只有我一个人来自骆驼镇！只这一点，足以收获白围兜们震惊与崇拜的目光。

一年后进了小学。读书好的孩子，总是被老师偏爱，一年级开学不久，即荣升学习委员，别的小孩视如畏途的教师办公室，我进进出出如入无人之境。抿着嘴，板着庄重的脸，双手捧着一沓作业本，一步一步走得纹丝不乱，心里异常得意。孩子气的虚荣。

某一天在老师桌子上看见了一封信，寄信地址栏工工整整写着“乐土镇”三个字。我看了一遍，低头用手指头点着念了一遍，把信拿起来凑近眼睛又念了一遍。怎么会是这样？

乐土，笔画太少了吧？笔画少的字，都是低级的，让人佩服不起来，只有笔画多的字才高级，才让人一望而生敬意。何况，骆驼多么了不起，虽然我没有亲眼见过它，但是书本上白纸黑字写着：沙漠之舟。神秘、块头大、威风凛凛。相比之下，“乐土”算什么呀，太土了吧！

老师问我为啥捏着信发愣，我吭吭哧哧说出了原委。老师们大笑，梁柱高而窗户窄小的老式青砖大房子里，笑声欢畅而放肆，席卷每一个光线幽暗的角落。在响亮的笑声中，一座矗立了多年的七彩高楼轰然倒塌，我甚至听得见砖瓦碎裂的声音。羞愤交加。蔫头蔫脑了好几天，从此绝口不提自己的家乡。微如尘芥的伤害，落在七岁小孩的心头，疼痛异常深刻而持久。

直至上了高中，看见语文课本上有《诗经·硕鼠》：“硕鼠硕鼠，无食我黍！三岁贯女，莫我肯顾。逝将去女，适彼乐土。乐土乐土，爰得我所。”

老师在讲台慷慨激昂：诗的主角是大老鼠，比喻贪婪而冷酷的剥削阶级；农民被逼无奈，想要到传说中的乐土去。乐土嘛，顾名思义，就是幸福快乐的地方……

我却顾不得谁是主角了，指尖茫然地绕着“乐土”两个字，画了一圈又一圈。没想到“乐土”竟然有如此诗意而深情的解释。时间逐渐冲去羞耻的尘垢，疼痛逐渐消逝，无数封存于混沌中的记忆碎片顽强复苏。我在高中课堂上走了神。

乐土，我的小镇，到处种着楝树，开白色小花，有清苦的香味。楝树果总是在风中无休止地颤抖。春天刚露头时它们只有米粒大，很快绿莹莹的，挂满夏天的树枝，像一串串小葡萄，又像摇不响的铃铛。立秋了，楝树果变得黄灿灿，光滑的外皮微微皱起。再过几天，皱纹加深，楝树果瘦了一圈，风吹过会扑簌簌掉落一地。房前屋后到处都是，走路的时候一不留神就踩到，圆溜溜地硌着脚。

灰喜鹊扑棱着灰色的翅膀，一群一群飞来，白尾巴在细碎的绿叶间一闪一闪，小红嘴一边啄吃楝树果，一边喳喳喳地大声嚷嚷，快活极了。我仰头看，看傻了眼。同样的楝树果，为啥灰喜鹊觉得好吃，放到我嘴里，就又苦又涩呢？是因为嘴巴不一样吗？如果我的嘴也变得又长又尖就好了，如果孙悟空吹口气，把楝树果变成桑树果就好了，紫红紫红的、甜甜的桑树果。大人们真笨，为啥不把楝树都砍掉，种上桑树呢？

小学快毕业时偶然读到张爱玲，似懂非懂，但有一句话印象深刻：“人生三恨：一恨海棠无香，二恨鲥鱼多刺，三恨《红楼梦》未完。”心里大不以为然。无香的花多着咧！我家院子里的月季也不香，然而一年可以开十个月，深红浅红一大片，真漂亮，不遗憾。

鲥鱼没见过，然而鲫鱼经常吃，刺也不少，既然名之为鱼，刺当然多，除非它是猪。《红楼梦》没见过，忽略。那么，这句话就可以修改成：“人生只一恨：楝树果不甜。”简洁明了，朗朗上口，过目不忘。

好在我们可以拿楝树果当子弹，多少弥补了一些遗憾。没有比楝树果更适合当子弹的了：小，圆，规格整齐划一，出自天然，却精巧如人工特意打磨。关键是打在身上虽然很疼，但不会皮破血流，龇牙咧嘴一阵子就过去了。不像石子，杀伤力太大，误中玻璃或人的肉身，后果相当严重。

乡下小孩，谁没有玩过弹弓呢？小小孩偷偷在妈妈的针线筐里翻出一团做衣服剩下的松紧带，剪下短短一截，绑在细树枝上，做成小弹弓。大小孩到修自行车的摊子软磨硬泡，讨来一条暗红色自行车内胎皮条，剪得整整齐齐，挑选粗壮干硬、左右对称的分叉树枝，做成大弹弓。如果一个小孩同时拥有两把以上的大弹弓，那简直是富甲天下，聚众出村游戏时，必须骄傲地走在头一个。

多年后的三年级语文课堂上，学新课文时，老师按照习惯，领着学生们首先大声朗读一遍：林暗草惊风，将军夜引弓……我的眼前，立刻就出现了一把拉得长长的、绷得紧紧的大弹弓。无须老师浪费唇舌解词翻译，我已经心领神会，并且遥遥对着卢纶点头微笑了，觉得很可以把他引为知己，如果有机会与他当面切磋一番多好。

将军夜引弓。右手伸直，左手使劲将皮条扯到左耳朵后面，瞄准。射手和观众一起屏住呼吸。右手稳住，左手松开，子弹唰地飞出。无论是否命中目标，无论目标是树叶、知了、麻雀、油菜花、空罐头瓶，还是屋檐上团成个毛球晒太阳的花猫……大家齐齐一声呐喊，犹如世界杯的临门一脚后，观众席上的欢呼或痛骂。

灰喜鹊们吓得哗啦啦逃到半空。我们仰脸看着，快活得仿佛自己也拍着透明的翅膀，跟着飞了起来……

哦，乐土。如果我依然留在那里会怎样呢？会像大多数女孩那样读完村小就辍学帮着父母干活养家、早早嫁人吗？会像我的外公外婆一样生于斯长于斯、歌哭于斯吗？他们俩一辈子，无数次从水井走到麦田，又从麦田走到草垛、牲口棚和菜园，却很少走出过乐土镇。他们的一生，微如草芥，也不乏安稳静好的快乐。现在他们的坟头青草茁壮，每年清明前后，儿孙们结伴匆匆来此，点燃香烛，看纸灰翩飞如蝴蝶，然后匆匆离去。

窗外万里长空，白云无心悠悠飘过，像一个空洞的微笑，也像青春期飘忽不定的忧郁。我能解答英语数学地理历史很多考题，知识不可谓不渊博，却不知道这个突然袭来的设问该如何回答。我只知道心爱的小弹弓搬家时明明随身带着的，可到了县城之后，它就奇迹般自动消失不见了，像个善于察言观色、不去打扰大人、缩在角落独自玩耍的懂事小孩。而且，记忆中我也并没有去寻找过它。

同时消失的还有楝树。县城里应该种有不少楝树，毕竟两地相距不过区区几十里路，常见植物不可能有大的差别。可是，我的眼睛看不见它们了。我戴上了红领巾，换上了新校服，衬衣上的黄铜纽扣金光灿烂，还印着美丽的花纹，背带裙像初秋雨后的天空一样蓝。我的眼里，只有黑板、彩色粉笔、少年报、手风琴、合唱团和九九乘法表。它们一个比一个洋气，一个比一个高级。

再见了我的童年，再见了我的骆驼镇，再见了我的满地楝树果乱滚、散发着清苦香味儿的——乐土。胸口别着县重点高中校徽的我，喃喃着，替穿着白围兜的我，说出了空缺多年的告别语。

所有的离别都应该珍惜，如同珍惜每一场相遇。而仪式必不可少，哪怕只言片语。

偶尔和妈妈聊起这些，她的记忆却和我不同。她强调的重点，是一只山羊。

妈妈性子急，讲述一件事情的时候，习惯了连说带比画，两只手拍苍蝇赶蚊子般在半空里挥舞，恨不能省略所有背景和过渡直接跳到结果，因此经常把听的人整糊涂。可是，当她讲起这只神奇的山羊，手放了下来，像两只小白船，安静地停泊在膝盖上。

当医生的职业习惯，整天不是没完没了洗手、擦酒精棉球消毒，就是戴橡胶手套，所以，她的手特别白。她本来长得很好看，可惜一着急一发火，大眼睛凶巴巴，就不好看了。然而每一次她讲起这只神奇的山羊，粉白的圆脸溢满罕见的柔和微笑，像一眼散发着袅袅雾气的温泉。我看傻了眼。

那时候她和我爸爸都在乐土镇卫生院当医生，工作不忙，工资不多，好在够用。下班回到家，脱了白大褂就去小菜园浇水，顺手摘些菜叶子，嫩的刺啦一声爆炒了端上饭桌，老的剁碎喂鸡。蹲在鸡窝前伸手摸索，总能够掏出两三个鸡蛋，郑重地放进垫了稻草的陶土罐子，留着招待客人，或者逢年过节变着花样烧成几道隆重的菜。

如果能够喂一头猪就好了，可以过个满嘴流油的肥年，腌成咸肉的话，更是可以将肉香和幸福一起延长半年之久。可惜院窄屋小，养不下猪。退而求其次，妈妈赶集的时候买了一只三个月大的羊羔。恰好那时的我刚学会扶着墙走路，于是每天早晨，妈妈左手拉着摇摇晃晃的娃，右手牵着欢蹦乱跳的羊，一左一右，都一般高，都毛发细软、身体滚圆、眼睛黑亮，连叫声都极其相似，嫩嫩的、糯糯的、带着奶味儿。大概彼此认可对方为同类，起码听得懂对方的鸣叫，于是一路上娃和羊一唱一和你呼我答，热闹如交响乐团。唯一的听众是妈妈。虽然天籁听不甚懂，心却像硬邦邦的麦芽糖搁到了小火炉上，甜甜地融化了。

娃的胖手和羊的绳子都不安分，一个像刚离开水的鱼不停蹦跶挣扎，一个像大风刮过的风筝线一蹿一蹿绷得紧紧。于是小小的队伍，越走越热闹，越走越壮大，仿佛满地荒草都开出了五彩斑斓的花。走走停停，终于找到一处草又多又密的地方，拴好绳子。羊独自一个留下来，以木桩为圆心，绕着圈子吃草，吃累了就卧在树荫里打盹，发呆，甩甩小尾巴，抬头看一朵云慢慢飘近又飘远。没人惊扰它，没人偷它。那时民风淳朴。

傍晚，妈妈拉着娃，牵着羊，拖着三个长长的影子，回家去。田野辽阔，夕阳昏黄，红砖头房子里炊烟陆续升起。开始烧晚饭了。打开铁皮煤炉的风门，拿把蒲扇扇着风，火苗从最深处，穿越厚厚的四层蜂窝煤球，慢慢蹿上来，内心艳红，外焰一层幽蓝。这是个缓慢的过程，为了等足够旺的火，一顿饭要烧很久。那就等呗，反正没啥急事。

后来，爸妈想方设法双双调动进了县城医院。县城谁不向往呢？调动的过程颇费周折，可比起结局的圆满，一切辛苦都是值得的。等到所有手续办理完毕，他们不像将赴新岗位心怀忐忑的小医生，倒像是毕其功于一役的凯旋将军。

他们经常谈起这次职业与家庭的双重选择，并且感到庆幸和自豪。这种庆幸和自豪，同样强烈地感染了我。县城街道更整齐而威严，病房更干净而体面，来来往往的人，无论病人还是医生，衣服都很时髦，走起路来都很快，眉毛都焦急地皱起，都是重任在肩、忙忙碌碌的样子。

可是，羊怎么办呢？它长大了，生过好几窝羊羔，为我们家换来不少油盐钱。县城那么大，却找不到安放一只羊的好办法。县医院的家属院里，怎么可以养羊呢？那不又变回乡下人了吗？只好把它送给了外婆。它替我们全家留了下来，和外公外婆一样，终生留在了乐土。

“红红的太阳下山啦，咿呀嘿呀嘿。小小的羊儿回家啦，咿呀嘿呀嘿。天色已暗啦，星星也亮啦。小小羊儿跟着妈，不要怕不要怕，我把灯火点着啦。”

多年以后，当我抱着毛发细软、身体滚圆、眼睛黑亮的女儿，唱起这首儿歌，头发斑白的母亲静静地听着，忽然掉下眼泪，叹息着说：一旦开了头，就再也停不下来。自从离开乐土，没想到会那么忙那么累，几十年哟，再也没有过那样的安闲日子。

我知道，对于母亲来说，那只小羊羔一直都在。拖着长长的绳子，以木桩为圆心，绕着圈走来走去，低头吃草，抬头看云，白色的茸毛和草尖一起在风中颤抖。只是，它走来走去，走来走去，永远也走不出那座记忆之城。

那时我以为自己已经离故乡很远，没想到若干年后，我会离它更远。当我定居千里之外的苏州、怀里的女儿渐渐长大时，我的故乡在女儿眼里，已经沦为旅游地图上打着“到此一游”印戳的驿站，并且，随着时间的流逝，那印戳的蓝色水印愈发淡漠。而我呢？扑面而来的人生琐屑日益沉重，因此更加理解了母亲曾经的感慨。

离故乡越远，越不得安闲，也许是某种诠释空间距离和生活关系的奇怪的数学公式。离开乡村的人，注定将长久地流浪，在城市的光鲜和疏离里，一次次疲惫地回望故乡——那向所从来却不一定归去的地方——无论故乡是否冠以“乐土”之名，我们必将终生寻找，并且在心里咏叹：

乐土，乐土，爰得我所。

一刻钟后，小小的乐土镇被大巴车车轮远远抛在了后面。从相遇到离开，仿佛一场梦境。满车的人依然沉浸在旅行疲惫的瞌睡里，悄无声息。让他们睡吧，让我一个人热泪盈眶就好。

2019 年 7 月

回乡记

元旦放假了，开车回乡下看老娘。一家三口，两条托付给谁都不放心的狗，十几个大小包裹，把车子挤得如同早高峰时的公交车。

出了城，视野渐渐开阔，成排的杨树，叶子几乎落光，枝丫直指天空，越是高处的分杈，越是细瘦，凌空虚蹈，在道路尽头，渐渐洇成一片灰蒙蒙的云。

绿叶繁花固然可喜，枯藤老树未必可羞。暖阳、薄雾、树影，温润安详，“老树积烟成冻云”，分明是元代画家王冕笔下的意境。

手机响了，是爸的大嗓门：“几点能到家？”我扯开了嗓子喊：“快了！还有半个小时！”老头呵呵笑了：“菜都洗了切了，马上炒！”

大铁门虚掩着，过道低矮，左边靠墙，整整齐齐码着半人高的劈柴，上面摞着脱光了玉米粒的玉米芯，那可是引火的好材料。墙脚堆着锄头、铁锨、竹筐、扫帚、竹耙子……看来，老两口平时没闲着。

右墙顶天立地杵着个大柜子，暗红色，油漆斑驳。使劲拽开歪歪扭扭的柜门，木架上堆满了各种颜色的塑料袋，捏一捏，窸里窣啰，原来是青菜、白菜、萝卜……的种子。

我认得这个柜子，它的年龄比我都大，它曾经是老娘的心爱之物，立在铺着粗蓝布床单的大床边，装着全家最好的几件衣裳和儿子儿媳回家过夜时才舍得铺的花床单。

去年老屋拆了，在原来的地基上盖了新楼，买了全套新家具，这些淘汰下来的旧家什，老娘一个都不舍得丢。

谁说大衣柜就不能装蔬菜种子呢？同理，四脚伶仃、咯吱乱响、和大衣柜同样古老、切菜用的小案桌，铺一层红格子塑料布，难道不可以从厨房，挪到卫生间马桶旁边，摆放洗发水和香皂吗？

院子敞亮，左边拉着塑料网，几只肥肥的芦花鸡昂首阔步，时不时挠一把砖缝，各色羽毛在阳光下隐隐闪着光泽。

右边，平铺着一大片白色塑料薄膜，透出一团团深绿，四角用竹竿和碎砖压得严严实实。

女儿和狗忙着逗鸡玩。城里长大的娃儿，看见全身毛发的活物就两眼放光，一时间，咕咕咕，扑棱棱，鸡飞狗跳。老两口居然没动静，看来，聋得比去年更甚了。

大吼一声："娘！"老娘这才慌慌张张从厨房里走出来，一手拎着滴水的葱，一手在围裙上来回抹着："哎呀！回来了！都回来了！好！好！好！"

她喊着女儿和小狗的名字，摸摸这个，拍拍那个："看看，长高了哟，吃胖了哟！”

爸坐在小马扎上没动，往灶膛里递了一把柴火，把脸转过来对着我们笑，满嘴稀稀拉拉的豁牙。他说：“回来了！都回来了！好！好！好！”

天冷，菜在蒸笼里保着温，大家一起端到客厅，盘子热热的，沉沉的，压着冰凉的手指。

包子个头极大，不很白，小麦的香味却浓郁而纯正。一碗肉，浓油赤酱，炖得烂烂，没有一丝肥的，却不柴，入口绵软而筋道。这是后院堂叔，知道我们回来了，特意去捉的野兔子。

“不咸吧？”老娘有些紧张。

“不咸，正好。”

老娘还有些狐疑，眯着老花眼端详了一会儿，见我和女儿大口大口吃得欢畅，才嘘了口气。

“以前口重，现在慢慢改掉。你们俩口轻，是好习惯。”爸郑重地点评。

“是是是，医生说盐吃多了血压高。来，你牙不好，吃点豆腐。”娘站起来舀了几勺，放进爸面前的小碗。

吃完了饭，大姐骑着自行车从邻村家里赶来了。老娘养了四个孩子，有三个在千里之外的城市安家落户，只有大姐，忠诚的大姐，一辈子没有走出灶台、麦地和菜园子的大姐，留在老人身边照应。有她在，弟弟妹妹们放心。

东院的嫂子，西院的婶婶，隔着墙打招呼问好，知道我们吃好饭了，推门进来闲话家常。谁谁的侄子打工摔断了腿，老板包了医药费，可惜再干不动重活，愁得天天哭。谁谁的老娘中风偏瘫，儿子媳妇伺候得不耐烦。谁谁的三舅胃癌晚期，医生摇头不收，只好回家等，估计过不了这个年……

爸再一次郑重总结："啥是福？别管钱挣多挣少，一家老的小的，都没毛病，就是福。"老娘说："那是！年年体检，我们俩都好着呢！"

忧来无方，人莫知之。

我突然想到《红楼梦》里紫鹃的话："老健春寒秋后热，倘或老太太一时有个好歹……"

初春的寒冷、初秋的炎热、老人的康健，这三种，终究不是长久之物。

所以，才会有谚语："早把甘旨勤奉养，夕阳光景不多时。"儿女应早早地把好吃的东西拿来奉养父母，父母已如夕阳西下，在人世间的日子不多了。

想起我奶奶去世之前的几年，喜欢晒老衣。按照吾乡民俗，儿媳妇亲手为公婆置办老衣，是喜事，无须避讳。奶奶摩挲着那双黑绒面绣红花的新鞋，笑眯眯地说："穿着这样一身新，去见阎王爷，多体面。"

她语气安详，仿佛谈论的不过是出门去亲戚家做一次客。

正一个人默默难受，女儿打趣："爷爷奶奶加油，活到一百岁，我给你们买个最大的寿桃蛋糕！"

两人一起认真地点头："那是要加油才行！"

老娘找补了一句："就算活不到一百岁，也够好了，儿孙们都有出息，孝顺，吃的穿的用的，啥都给我们置办齐全。我们高兴得很。”

下午还有别的事，必须赶回城里，老娘坚持一定要吃了饺子再走。

“还吃？午饭撑着了，晚饭已经和人家约好了，哪里吃得下！”

老娘黯然神伤。爸叹口气。

大姐打圆场：“稍微尝一点呗？一年难得吃几回老娘亲手包的饺子。”“就是！我包的饺子可好吃了，你们赶路辛苦，歇着别动，我们仨很快的！”

洗菜，和面，剁馅，擀皮，“我们仨”分工井然，合作有序，整个过程顺畅高效，如行云流水。

我懒洋洋地躺在老娘床上，舒服得像个小猪，直哼哼。衣来伸手饭来张口，油瓶倒了不扶，一年难得有机会像今天这样撒撒娇。

“最喜小儿亡赖，溪头卧剥莲蓬。”家人都在忙，只有最小的那个，啥活不干，只顾自己剥莲蓬吃莲子。

恍惚觉得自己脱去了成年人驳杂的硬壳，回到了柔软的纯净的童年。只要老人在，就有机会当个幸福的无赖小孩，哪怕只有短短的半天，哪怕自己已经尘满面，鬓如霜。

很快三盘饺子盛了出来，为了赶时间，搬了小马扎，蹴在锅台边开吃。灶膛炉火暗红，烤着膝盖，大锅敞着口，白色的热气一股股蒸腾。真暖和。真好吃。真吃不下多少。

塑料薄膜掀开来，大姐开始剜菜，菠菜叶子肥厚，蒜苗粗壮，香菜个头快赶上小芹菜了。带着湿润的泥土，装进透气的尼龙口袋，保证三天之内都新鲜着呢。

爸开始捉最肥的那只鸡，绳子松松地扎住鸡脚，放进纸箱，胶带纸封口，再用剪刀在纸箱上戳几个洞，保证鸡逃不出来，又不被闷坏。

老娘挑了一个最大最重、颜色最深、浑身披挂白霜的南瓜，这个样子的，保证甜。

后备厢很快重新塞满了。

车子已经发动，老娘惊呼一声："等会，还有菜干呢！"

"不要了，装不下了，再耽误来不及了。"

老娘立刻竖起眉毛，瞪大眼睛，抿紧嘴角。

"要要要！"我跳下车，跟着老娘往院子里跑。

扁豆最肥嫩的时候，摘下来，开水里打个滚，漏勺捞出，摊开，趁着好太阳，晒干，收进塑料袋，能吃半年。这可是老娘拿手的。

一大袋扁豆干递到我手上，淡绿色，隐隐一股清香。我由衷地赞美："好东西啊！买都买不到，又嫩又干净，吃的时候泡开，放点肉炖，好吃又方便。"

"那是！"老娘挺直了腰，把一缕白发撩到耳朵后面，夕阳下，她的脸蛋红扑扑的，两眼亮晶晶的。

女儿读幼儿园第一学期，脑门上贴了个小红花，手捧着"好孩子"奖状回家，也是这样笑着，在夕阳下，脸蛋红扑扑，两眼亮晶晶，浑身发着光。

"这就走了？才半天？"大嫂闻声，赶出来相送。

"上班的人，忙，不自由，哪像我们。"娘横了她一眼。

“在哪都是过日子，大家都挺好的，互相都放心，就行了。”爸第三次郑重总结。

虽是元旦假期，村庄仍然安静。许多新造的楼房，主人远在千里万里之外打工，门窗紧闭。间杂着低矮的砖瓦房，屋顶蒿草丛生，墙柱乌黑斑驳。进进出出，只有老人和儿童。

村庄的一部分在衰败，另一部分在新生。

每一次回乡，都感慨万端，今天，我分明感受到了安泰一般的力量。希腊神话里，安泰是海神波塞冬和大地母神盖亚之子，从来不会感到疲劳，因为他的身体一接触到大地，就能吸取来自大地母亲的源源不绝的力量。

田野里，一朵朵冬小麦刚露头，勉强有人的脚背高，软软地趴在地上，像刚出壳的小鸡娃，绒毛湿润，颤抖着，站立不稳。远远望去，一条条绿色的丝线，在黄色的土地上绵延，直至天地相交的尽头。

几个月后，大地回暖，它们挨过了严冬，柔弱的腰肢将逐渐茁壮，开始拔节，飞快地超过人的脚踝、小腿、膝盖……目之所及，春风所到之处，终将淹没于它们蓬勃的绿色海洋之中。

2017年12月

一封家书

亲爱的宝贝：

很久了，没有人和我谈论诗歌。我的话题，大多是“衬衣领子洗着洗着就烂了怎么办”，或者“卤牛肉要先用盐腌多久才入味”。

那天晚上，你忽然紧挨着我在沙发上坐下来，告诉我高一语文第一课，是一首很厉害的现代诗《相信未来》。像这个年龄阶段的大多数人一样，你已经很久不主动亲近我了，那个晚上我受宠若惊。

你微笑着侧头沉思，像极了我年轻时的模样。于是，遥远的高中记忆开始闪现，我想起了诗人何其芳的《预言》：这一个心跳的日子终于来临！你夜的叹息似的渐近的足音，我听得清不是林叶和夜风的私语，麋鹿驰过苔径的细碎的蹄声！告诉我，用你银铃的歌声告诉我，你是不是预言中年轻的神……

那是我高中时代最喜欢的一首诗，年过四十的我，像个孩子般激动，找了铅笔和纸，默写了下来。时隔 25 年，我居然还能够记得。所以宝贝你看，高中果然是记忆力的黄金时代，这三年的分分秒秒，你都要珍惜。

如今我记忆力下降，经常丢三落四被你嘲笑。对于中年妇女来说，工作和家务一天天重复，生活的面目越来越模糊，就像门口的小河，水流缓慢，浅绿色的水面仿佛石头般纹丝不动。亲爱的宝贝，感谢你，你在那沉重的水面上忽然吹开了一朵清新的涟漪。

你看过一个公益广告，老头接到女儿从远方打来的电话，说："我挺好的，你工作忙，别惦记……你妈？跳舞去了……"然后放下电话，拎起饭盒，穿过一条条破败的街道和一个个衰败的老人，到医院给老伴送饭。

那些老人，表情平静、麻木、隐忍。你看了直叹气，问："我以后到别的地方工作了，你俩是不是也这样？"

"当然！"我不假思索。

是的，我怕自己老无所依，又怕自己成为孩子的负担。这是中年人共同的忧虑吧？

我的外婆去世前老年痴呆，脾气坏，整天骂人，中风偏瘫，大小便不能自理。她的儿女们，轮流值班服侍了六年。我的大舅舅，不到五十岁就愁得头发全白了。有一次，被折磨得受不了，跪在轮椅前大哭，头磕得砰砰响，大喊："娘，你是我亲娘啊，你让我拿你怎么办？"

宝贝，作为独生子女，你们这一代人今后要承受的压力空前巨大。所以，我努力锻炼，听医生的话，做操，拉吊环，利用自身体重牵引那该死的腰椎间盘，尽力保持健康，以免今后拖累你。宝贝，因为你，我的生活有了压力，有了担忧，有了恐惧，但更有了动力，有了奔头，有了希望。

宝贝，你在飞快地长大，而我在一点点老去。不过，我会努力追着你的步伐，跟上时代的节奏，不让自己变成一个窝窝囊囊的、未老先衰的、被孩子看不起的中年妇女。宝贝，和我多谈论几次你的语文课，谈论诗歌和散文，好吗？

你的妈妈

2013.9.20

家书说明：

2013 年，我的女儿王嘉蒙考上了苏州十中。新环境压力大，加上军训辛苦，学生们情绪普遍较低沉。学校让高一学生家长写信，鼓励孩子勇敢乐观。我看见女儿学习状态不好，又心疼又着急，于是写了这封信，发到老师的指定信箱，完成了家长作业。王嘉蒙的语文老师兼班主任看到这封信，表示非常感动，推荐到十中校报发表，给了女儿很大鼓励。

2013 年 9 月

妈，谢谢你把我养大

我妈妈是牙医，一辈子从无数疼痛的嘴巴里，拔掉过无数颗烂牙。口腔科的工作环境，比内科外科都糟糕，小孩子自不必说，从摁到椅子上的一瞬间即开始拼死反抗，就是大男人，仰望麻醉针和电钻一点点逼近，心底也会生出任人宰割的恐惧，不由自主捂紧了腮帮。

所以，在拥挤嘈杂的环境里，在电钻嗞嗞嗞和病人大呼小叫的同时，医生必须牢牢掌握主动权，必须用最简洁的语句、最洪亮的声音，说服病人乖乖坐稳、张大嘴巴，在病人短暂安静的一瞬间，迅速下手，直奔目标，稳、准、狠！

长此以往，妈妈的嗓门和手艺都练出来了，很多病人慕名而来，挂号的时候，指明要那个手快、眼大的女医生。

她的眼睛真大，双眼皮仿佛用刻刀仔细雕刻出来的那样清晰，眼珠黑白分明亮闪闪，笑起来神采飞扬，安静时不怒自威。

是的，正是这种稳准狠的习惯和不怒自威的大眼睛，让我们三个孩子，很长一段时间以来，对她并不亲近。

她管教孩子，像她工作时一样从不手软：睡觉前要刷牙，否则哪怕是大冬天，也要拎着耳朵从被窝里揪出来补刷；吃饭时不准闲聊天，不许评论饭菜味道好坏，再难吃也要全部吃光；碗底不准剩米粒，万一有剩饭，不准倒掉，下一顿先把剩饭吃完才可以吃新的饭；作业写完了自己先检查，被她发现有错误要挨打；考试退步要写书面检讨贴墙上，直到下次进步了才可以撕掉；孩子必须干家务活，洗碗洗衣服扫地倒垃圾排了值班表，谁没有完成加罚一天……

三个孩子，如此这般被她修理成了三棵笔直笔直的小树，没有一根枝丫胆敢旁逸斜出。虽然我们三个都有一口洁白整齐的好牙齿，都有吃嘛嘛香从不挑食的好胃口，都在高考率极低的年代杀出千军万马重围，顺利考上了大学，但是，很长一段时间以来，我对她并不亲近。

养儿方知父母恩。等到我生了女儿，才知道婴儿没来由整夜哭闹，无论如何都哄不好是什么样的煎熬，困得要命却必须一次次给孩子喂奶或者盖被子是什么样的痛苦。我只有一个孩子，而妈妈却有三个。

我也知道了，必须有矫健的身手、高明的统筹方法，才能够在下班后极短的时间里，飞快地烧出有菜有汤的晚饭，而如果此刻孩子嫌不好吃，累了一天的自己心里有多委屈。

我还知道了，早晨孩子磨磨叽叽拖拖拉拉，眼看一家人都要迟到，这时候一巴掌拍屁股上，比浪费时间说一箩筐好话都管用，而如果此刻孩子抗议号啕，自己心里有多窝火。

更难受的是学业的压力，平时小考不算，孩子期末大考的成绩，能够把一颗当妈的心，揪得一抽一抽地疼。中考高考志愿书艰难抉择之际，一颗心更是在希望与失望之间，一会儿如烈火烤，一会儿如冰水浇。

随着女儿年龄渐长，我对母亲的理解渐深。我吃的这些苦，妈妈都吃过，而且是我的三倍。

幸运的是，苦难没有打垮她，她今年七十岁了，头发雪白，脸蛋红润，说话依旧中气十足，手脚依旧干净利索。我有时会对着她的背影发呆，因为不敢想象，如果我换成她，在没有洗衣机、热水器、煤气灶、微波炉的年代，在物质匮乏、家务繁重的年代，该如何一边上班一边养大三个孩子呢？

在那样的工作生活重压之下，还要求一个疲惫的母亲，必须永远保持微笑，永远不急不躁，未免太苛刻了。为了这个家，她已经拼尽了全力。她要织一家五口的毛衣，咔嗒咔嗒踩缝纫机做外套和裤子，从牙缝里省出钱给孩子订《儿童文学》《少年文艺》《十万个为什么》。她连养鸡都是认真的，在鸡窝周围撒石灰消毒、亲手给鸡打预防针防止鸡瘟、到河里捞水草洗净了给鸡改善伙食，所以我家的鸡又肥下蛋又多。

她还要读书、写论文、评职称，工作业绩从来不输男人。到省城的医学院进修时，不忘顺便带三个孩子开眼界。我第一次看见了图书馆里树林般密密麻麻的书架，看见了动物园里有那么多长得像猪牛羊却又不是猪牛羊的奇怪活物。那年我六岁。

我十四岁的暑假，她带领我们全家，来了场说走就走的旅行。三十年前的小县城，旅游可不像现在这样普遍，同事们都惊奇，替她算一算车票和住宿费，感觉不值得、犯不着。

她不管，她向来有主见，从不会盲从，不会怯懦。她曾经打破门当户对的传统观念，勇敢地嫁给孤儿院长大的一贫如洗的父亲，她曾经在父亲呕心沥血出版了医学专著，有人眼红说风凉话时，勇敢地亮开大嗓门："吃不到葡萄说葡萄酸！"

胆大心细是她的一贯风格，她提前买饼干煮茶叶蛋，买地图研究路线和火车车次，买胶卷装进相机，借来草绿色带帆布背带的扁圆军用水壶每人随身背一个……我长到十四岁，第一次爬上黄山。

险峻的鲫鱼背，碧玉般的翡翠湖，白茫茫无边无际梦幻般翻腾的云海……奇伟壮丽的风景，三十年过去了，仍在我眼前。

读万卷书，行万里路，心有多大，舞台就有多大，母亲的一举一动，对少年的我产生了深刻的影响。如果说多年以后的我还能在生活中有些主见，在工作中取得一点小成绩，那么，我都要感谢母亲。感谢母亲把我带到这个大千世界，感谢母亲教会了我自理、自律、自信，使我终身受益。

是的，做儿女的，最应该对母亲说的就是这句"感谢"，而且无论说多少遍，都不能补偿母亲辛苦付出的万分之一。

家庭是社会的细胞，家和才能万事兴，而母亲的无私奉献更是家庭幸福的基石，5月15日国际家庭日快到了，让我们抓紧时间对母亲说：妈，谢谢你把我养大。

2019 年 4 月

那些话

夜读《红楼梦》，第七回，秦可卿对宝玉介绍自己的弟弟："宝二叔……他虽腼腆，却脾气拐孤，不大随和儿。"

拐孤？——用普通话读，不大顺，苏州话里似乎也没有这个词。再换个发音，恍然大悟：在千里之外的故乡（属北方方言之华北官话，近来有语言学者认为属次方言区之中原官话），这是个常用词，使用频率很高，其含义接近"古怪"，夹杂着亲昵或者厌弃等情感的微妙味道。有时候还要加上一个"头"，孩子不听话，妈妈一巴掌拍到屁股上，伴随一声简洁的呵斥："拐孤头！"拐（guai）读上声调，孤（gu）读轻声，头（tou）读阴平调。

童年时说过的那些话，由一代代的母亲口口相传，就像胸口的朱砂痣或者脚心的胎记，无声无息地躲藏在最隐秘的角落，不经意间突然显现，惊鸿一瞥，却唤起滋味万千。乡音无改鬓毛衰。

索性把《红楼梦》放到一边，将久违的童年记忆，兹录于下：

砂礓

砂礓，一种粗糙的小石头，不知学名是什么。多为浅黄色，大小介于拳头和绿豆之间，形状不规则，疙疙瘩瘩的。混合泥土铺成极其简陋的砂礓路，坑坑洼洼，脚踩上去，硌得够呛！

它出身微贱，不像大型石材一般出产于山陵。农民耕种，首先要翻土，一铁搭铲下去，虎口震得发麻，准是砂礓，骂骂咧咧地拾起来，随手丢到墙角，等积攒得多了，就可以铺路、造猪圈。一段时间后，渐渐磨损，渐渐消失，最终复归于泥土。砂礓的一生，鲜明地演绎了《圣经》的某些教义：ashes to ashes，and dust to dust（尘归尘，土归土，从哪里来，回到哪里去。你是什么，终究就是什么）。

那时候乡下一般都是纯天然的泥土路，晴天尚好，雨天可就讨厌了。小孩子一不小心就跌跤了，滚成个泥菩萨。赶牛车的经常陷进去，几个人喊着号子又拉又推，烂泥胜过502强力胶水，轮胎硬是拔不出来。这时就看出砂礓路的优势了，干净，不会下陷。

但是女人不喜欢它。在这样强大的摩擦力的作用下，女人们千针万线辛辛苦苦纳鞋底做的鞋，在砂礓路上走几趟，没多久就会磨薄，脚指头或者脚后跟就令人害羞地露了出来。赶牛车的大爷也不喜欢它，因为颠得屁股疼，老人家只好不时地从车上跳下来，一边跟着牛走一边骂骂咧咧地捶腰揉屁股。搭车的小孩更是颠得坐不住，只好抓牢车帮撅着屁股半蹲着。北方毕竟晴天比雨天多，砂礓路更多的时候反而不如平坦的泥土路。

更高级一些的是石板路，颜色一般是青色的，细腻、光滑，一条一条铺得整整齐齐。特别是下雨天，青石板被雨水冲洗得纤尘不染，小孩子光脚在上面踩水，简直是享受。只可惜平原地区不出产这种大青石，造价太贵。

两千多年前有个同乡，叫庄周，带领几个学生，经过一座山："见大木，枝叶盛茂，伐木者止其旁而不取也。问其故，曰：'无所可用。'"庄子以此发表了著名的"材与不材"说。

砂礓，大概就是这种"无所可用"、介于"材与不材"之间的东西，它来自泥土，用它铺路，施工简单，成本低廉，比起泥土路和青石板路，算是比上不足比下有余。除此之外，似乎派不上其他更大的用场。

如今在大城市的公园里，经常看见有人"刬袜步香阶，手提金缕鞋"，甚至连袜子都没有，光脚在鹅卵石铺成的小路上龇牙咧嘴地走来走去，说是可以按摩脚底刺激穴位以健身，而且要走到脚板酸胀发热效果才好，砂礓绝对比鹅卵石粗糙得多，刺激穴位以健身的功能也会强大得多。以此想来，多年以前，故乡人就已经在不知就里的情况下，糊里糊涂地被迫健身了——怪不得乡下小孩虽然吃得差，大多却身强体壮！

眼床

这个词令人立刻联想到夏夜，清凉的晚风，星光低垂清澈如水。爷爷的旱烟袋吧嗒吧嗒，红红的烟头在暗夜里明明灭灭。奶奶摇着大蒲扇。左邻右舍，七嘴八舌，说古道今，无拘无束。是酷暑炎夏农忙劳作了整个漫长的白天后，最快乐的一段时光。

家家户户几乎都有眼床，吃好晚饭就迫不及待地搬出来，铺上凉席，往上一躺。这是一种特殊的非常简陋的床，和现在一米宽的标准单人床比起来，还要小一些，木头框架，中间以麻绳如织渔网似的交错编织而成。名字实在太形象了，那些大大小小井然有序的菱形，就像一个个眼睛，大小能塞下人的拳头。制作简单，成本低廉，分量轻，两个小孩子一抬，就可以轻轻松松搬走。可以睡下一个人，但是翻身比较困难，因为麻绳的承重能力有限，人躺上去会下陷。时间久了，麻绳会断，要及时修补。毕竟是贫穷的产物，现在恐怕已经很少见到了吧。

锅 屋

即厨房。“厨房”，听上去更文雅，锅屋，自有股乡村的亲切。专门给锅造一间屋，可见其在乡民心中的地位是何等重要。民以食为天嘛，何况那个贫穷的年代。

一般在墙角砌一个白灰粉刷的巨大的灶台，两口锅相连，大的是蒸锅，专司烧水、蒸杂粮馒头、贴饼子、煮红芋稀饭、煮面条等，小的专门用来炒菜。冬天烧晚饭时，小锅里加满水，饭熟了，一家人的洗脚水也热了。灶门边贴着乌眉黑眼的灶老爷，每年腊月上天言好事，然后焕然一新地被重新恭请回来贴在老地方。木头风箱安在近墙的一面，背后是大堆的柴草，拉风箱的人不用回头，手往后一伸，就能抓起一把柴草塞进灶膛。冬天的锅屋令人神往，夏天可就不妙，往往是最老实可欺的那个小孩逃不掉，被妈妈捉住，噘着嘴挥汗如雨地拉风箱。

为节约建材，一般只开一扇小窗户，可想而知，通风情况很糟糕，屋里经常浓烟滚滚热浪腾腾，女人们头上搭一块大毛巾，垂在脸颊边，用以擦汗兼防灰尘。一顿饭下来，红头涨脸，眼睛也熏得发红。屋顶长年累月被熏得乌黑，一缕缕麦穗一样的灰条儿垂下来，蔚为奇观——我第一次在乡下外婆家的锅屋顶上看见，不知何物，惊奇得不得了。舅舅哄我说是老鼠，颜色形状确实挺像老鼠，老鼠怎么那么听话，乖乖吊在房顶不动呢？让幼时的我糊涂了好几年。

锅是神圣的，弟兄成人后分家，新房子造好了不算，一定要在锅屋里烧顿饭才算完成了最终仪式。烟囱里的那一缕炊烟仿佛杰斐逊总统的《独立宣言》，宣告了一个小家庭的正式独立。两个人结仇，带人砸了对方的锅就是最解气的报复。男人挨了拳头，只要不伤筋动骨，女人未必多心疼，乡下人结实，不娇气，打了就打了，但是砸了锅，这家女人就要披头散发坐在地上，手拍大腿一仰一合哭得肝肠寸断。

山里红子

即糖葫芦，通行于北方广大地区，征服过无数儿童。北京的冰糖葫芦可视为集大成者，花样繁多，甚至还专门有首歌叫《冰糖葫芦》，来赞美它。

一般用山楂做成，以原材料代替产品名称，简洁，朴实，体现了故乡方言的一贯特色。小贩们喜欢扛一根长长的竹竿，顶端缠紧厚厚的稻草，把糖葫芦一串串插在上面，简直就像高举的鲜红的火把，噼噼啪啪燃烧在赶集的人群黑压压的头顶，点亮了孩子黯淡的眼睛，多年以后依然灼灼闪耀在童年的记忆里。骑在爸爸脖子上的小孩，手指头含在嘴巴里，痴痴地望了很久，仿佛目光粘在上面摘不开，于是定格成了一道风景。

山楂树多生于北方，生命力极强，耐饥寒耐干旱，穷乡薄地的荒僻处亦能生长。其枝干花叶皆不出众，就像其貌不扬、沉默朴素的农民。果实酸涩，皮糙肉厚，如果没有外面人为穿上去的那一层糖衣，简直不堪下咽。

也许正因为如此，山楂树下的爱情，以荒凉为背景，才能够如此地感人至深，令人绝望。

花拉团子

即米花糖，也是孩子喜爱的零食。一把大米，装进手摇的圆肚黑铁罐，在红红的炭火上不停转圈，“嘭”一声巨响，变成了雪白蓬松的爆米花，加上融化的麦芽糖，在手里团成一个个圆球，大针麻线串成一串，最下面缀上一片红纸片——这个红纸片当然吃不得，纯粹为了装饰，却郑重其事必不可少，有了它，一串团子就像灯笼装好了流苏穗子，正式完工了。

《红楼梦》第五十回，大观园诸艳芦雪庵联诗，众才女争奇斗妍没完没了，沉默了半天的李纨、李绮，最后冒出来两句“欲志今朝乐，凭诗祝舜尧”，虽然寡淡，像这姐妹俩整场表现一样乏味，但必得这样稳重的结句，才压住了阵脚，不至头重脚轻，一首奇思迭出的长诗总算画上了圆满的句号。

山里红子再酸甜可口也只是哄小孩子的玩意，登不得大雅之堂。花拉团子则不然，因为是粮食做成的，似乎比较庄重，贫穷的年代，走亲访友时，如果实在没有什么拿得出手的礼物，赶集时买几串花拉团子，再加几根油条，就是很像样的礼品了，送礼的和收礼的都觉得很有面子。小孩子不舍得马上吃掉，拎在手里村前村后招摇显摆，在别的小孩艳羡的目光中，慢慢地淅沥沙啦地啃，大米和麦芽糖的清甜，要在嘴巴里回味很久。

吹　响

响，本是形容词，在这里用作名词，吹响，是一个动宾短语，却可以单独使用，推敲起来似乎不合乎严谨的语法规则。其含义主要指吹唢呐，即喇叭，推而广之，也包括锣、鼓、镲等乐器。也是一个名词性短语，特指红白喜事时请来的乐队，是乡风民俗重要场合必不可少的神圣仪式之一。

演奏时声音极高亢，即使没有扩音器，其巨大的音量也可以传得很远，站在近处的人们，耳朵更是被聒噪得受不了。他们的音乐或者说噪声，能够把人托向欢乐的云端，也能把人搽进冰冷透骨的无边黑暗。

起灵时需要大哭，披麻戴孝的孝子贤孙们忙着迎来送往，紧张、疲惫、忙乱，反而哭不出来。这时，唢呐手站了出来，挺胸收腹，运足了气，一声惟妙惟肖的“娘哇——”，孝子贤孙们顿时跟着呼天抢地。等一曲如泣如诉的《哭娘调》吹奏完毕，连旁观者都忍不住抹一把辛酸泪。

如果听到了喜气洋洋的《颠花轿》，十里八乡都知道有人结婚了。孩子们如同听到了集结号，一窝蜂拥来讨喜糖吃。

前不久苏州相城区摇滚音乐节上，有歌迷打着黑白两面大旗，不停摇晃。许多人不明就里，觑着眼盯了很久，才发现上面只写了一个大大的“噪”字。不禁哑然。

的确，声音如果达不到一定的分贝，似乎就无法表达强烈的情感。在这一点上，乡下土头土脑的唢呐和金发碧眼的摇滚，不动声色地达成了共识。

2010 年 9 月

三三

它睡着了，睡得那么坦然，那么无辜，没有一丝一毫的忧虑和揣测，整个世界跟着它黑色的睫毛，停了下来。

风穿过院子外的枯树枝，抱歉似的窸窸窣窣。三三细细的胎毛，灰中带黄，在风中轻轻地战栗，轻得不仔细看，几乎觉察不到。

初冬的中午，阳光浓烈，穿透了我的蓝底白花的薄棉袄，像一个沉重的热腾腾的吻。三三刚满月，就无师自通学会了亲亲，用它带着奶味儿的软软的果冻般的嘴唇，轻轻蹭过我的嘴唇或者鼻子尖。两个月以后，会跳起来迎接我了，有时候太兴奋，控制不了力度，就会把它毛茸茸的头，整个砸在我嘴唇上。

有求于我时各种假笑，求而不得时各种冷脸，职场上三教九流各种阳奉阴违，大家庭里各种人心隔肚皮，当面一套背后一套，我常常分不清周围的人真真假假，哪里比得上三三毛茸茸的小尾巴，高兴了是真高兴，摇出风车般的重影，不高兴就是真的不高兴，耷拉着像一个垂头丧气的湿透的扫把拖到地上。有时候我会和三三商量：和你换一换好不好？你去上班养家，我在家等你回来？

在灵长类同类身上找不到的、简单而纯净的快乐，犬科动物们跨越种族，给了我。

三三的妈妈，是我家养了六年的土狗。我们一家，都是纯种的中华田园人，养一只土黄色的中华田园犬，正配。

三三跟着两个哥哥，第三个出生，性别女，所以叫三三。

沈从文笔下的三三，是湘西僻远的小镇上，一个失了父亲的聪慧可爱的女孩。

躺在我这个孤独的老阿姨的蓝底白花棉袄的怀里的、穿着蓝底白花毛衣的三三，也是聪慧可爱的。第一个学会吃饭，第一个从围栏里越狱成功，第一个学会直视主人的眼睛，看得你的心，像红泥炉上小火炖的蜂蜜，咕噜噜冒着慌乱的甜泡泡，越来越软，越来越软，最后一塌糊涂，黏在锅底捞也捞不起。

我的精力，实在养不了那么多的狗狗。于是，经过严密的考察，它们被有爱心的朋友，一个个接走了。对于三三来说，主人的怀抱，就是整个世界。它不知道，从明天起，它的世界，就要全变了。因为不知道，所以不担忧不揣测。对于我来说，我能给它的，能给出去的，极其有限。而对它未来的担忧与揣测，让我皇帝不急太监急，焦虑得不行。这究竟是灵长类生物的智慧呢还是悲哀？

我舍不得，可是我必须狠下心来。就像我的女儿，拿着高考录取通知书，迫不及待地奔向了广大的新世界，留给我的，只是一个怎么也追不上的背影。从一星半点儿的短信、QQ里，知道她很好，交了新的朋友，布置了新的床，买了新的书和衣服，睡得暖和，吃得饱，虽然看不见摸不着，当妈的，就算放心了。此后的人生路，总归各自走了。虽然不舍，又能怎样？

就像此时此刻，一个灵长类生物，一个犬科生物，跨越了种族，彼此无限地依恋，但明天，就互相看不见摸不着了，彼此的依恋，就要渐渐随风飘逝。虽然不舍，又能怎样？

佛说安住当下，当下此刻，风轻日暖，岁月静好。

可是，为什么我还是那么难过？

2016年11月

写在门上的诗

1

我女儿认识的第一个字，是“门”。她爸爸用毛笔写了好几个工工整整的“门”，每个字足有盛汤的海碗大，白纸黑字，异常醒目，分别贴在家里的防盗门及各房间的木门上。“门”是象形字，笔画虽然简单，却实实在在很像一扇门的模样。那时，女儿刚刚十个月，扶墙能站，偶尔摇摇晃晃略走几步。

这种教认字的办法不花钱，也不必费力气解释，效果却很好，女儿很快认识了这个字。以此类推：床尾木板上贴了纸条写着“床”字，书架上贴“书架”两个字，洗衣机上贴“洗衣机”三个字……等到女儿上幼儿园时，已经认得校园标志牌上的很多字，甚至拿着花名册念得出大多数同学的名字。

教认字的同时，我还教她读诗。第一首诗，我选择的是李白的《静夜思》，全诗二十个字，她爸爸用毛笔写了，贴在书房门板上。

我抱着女儿，握着她的右手，一个字一个字点着读给她听。由三合板做成的门，轻轻敲一下，就“咚”一声，声音清脆而浑厚，仿佛敲鼓。十个月的孩子正牙牙学语，喜欢学大人说话，听我读诗，不由自主跟着我“哦、啊、呀、哇”地，好像也在读诗。

这首诗尾字押 ang 韵，由开口最大的 a 和 ng 组成，加上后鼻音口腔共鸣，听起来比其他的字更有气势、更响亮，落在孩子的耳朵里，自然更悦耳更好听。发音时嘴巴完全张开，口型又大又圆，尾音拖得很长也没关系，非常适合婴儿学舌发声。

她太小，不可能懂得李白此诗的含义，我也压根不打算解释。她能够看见我读诗的笑容，体会到我读诗的快乐，并且跟着我一起沉浸在诗歌优美的氛围里，就够了。我相信，虽然孩子还小，不懂诗的内容，但那铿锵的节奏、饱满的音节、开阔的意境所带来的美感，她是隐隐约约能够体会到的，并因此感觉愉悦。不仅孩子，连我自己，打着拍子吟诵几遍，心情都跟着明媚起来。

如此这般，从《静夜思》开始，到《独坐敬亭山》《登鹳雀楼》《咏鹅》《鹿柴》《竹里馆》《春晓》《宿建德江》……我精心选择了一首首朗朗上口的五言绝句，让丈夫抄写，一张张贴在门上，读给女儿听。在女儿看来，这些短诗也许就是优美好玩的句子而已，因此她一直保持着简单而纯粹的快乐。每次读诗，她点头、拍手、跺脚，喊叫声仿佛童子军出操，兴头大得很。到女儿上幼儿园小班时，已经能够背诵五十多首古诗了。

2

从女儿上幼儿园开始，我在读诗的基础上，进一步解释诗意。

晚饭后去公园散步，遇到晴天，天空没有一丝云彩，月亮又大又圆，高悬在巨大的黛蓝天幕上，我告诉女儿：“‘床前明月光’的意思，就是月亮像现在这样，照得地上一片雪白。”早晨一觉醒来，听见窗外小鸟叽叽喳喳叫，我告诉女儿：“‘处处闻啼鸟’的意思，就是像现在这样，小鸟很多，叫得很响亮很欢快，楼上楼下到处都听得到。”春天，到阳澄湖边晒太阳，小草厚软如绿毡毯，远处湖水清澈空明，倒映着岸边芦苇和头顶蓝天，我告诉女儿：“‘离离原上草’的意思，就是小草像现在这样，绿绿的、密密的一大片；‘春来江水绿如蓝’的意思，就是水像现在这样，绿得胜过蓝草。”到乡下奶奶家，大白鹅伸长脖子、扑闪着翅膀嘎嘎叫，我告诉女儿：“这就是‘曲项向天歌’。”几只白鹭拖着细长的腿、拍打着雪白的大翅膀悠悠然飞过水面，我告诉女儿：“这就是‘一行白鹭上青天’。”秋天，带女儿爬天平山，漫山遍野的枫树举着星星般的叶子在风里摇摆，叶片像一朵朵小火苗灼灼燃烧，我告诉女儿：“这就是‘霜叶红于二月花’。”

如此积累一段时间之后，到了幼儿园中班，我开始挑有难度的诗。有一次读李商隐《乐游原》，我念了几遍，故意不解释，而是直接问她：“‘向晚意不适，驱车登古原’是什么意思啊？”

正开心玩耍的她，猛地停了下来，嘴角在两腮抿成了两个深深的肉窝窝，满头自然卷的头发跟着圆脑袋向右歪过去。大约一分钟后，她呼出一口长气，说："就是，嗯，不开心呀，出去兜一圈。"我又惊又喜，没想到她解释得这么好，孩子气十足，却妥妥地抓住了诗句文绉绉的意旨，我激动得在她胖脸蛋上狠狠亲了一口。

从此，"出去兜一圈"就成了我和女儿之间的密语，泛指一切户外游戏，散步，遛狗，逛街，看新开的花，淋小小的雨，喂流浪猫，捡有花纹的漂亮石子……在这个过程里，女儿逐渐长大，学了更多的诗，也积累了更多对生活的美好感受。从最初的门板，到生活里每一处细节，日子就这样在精心安排下，诗意盎然。

2023 年 1 月

惜物得物，惜福得福

1

母亲有一双慧眼，总是能够从废品里发现珍宝，化腐朽为神奇，从她那双灵巧的手中，诞生出很多实用又漂亮的好东西。

我小学一年级的冬天，快过年了，家家户户大扫除。我和姐姐、弟弟拿着扫帚，从堆煤球的小仓房里“哐啷哐啷”扫出来不少垃圾，正准备丢进院子外面的垃圾桶，妈妈说：“等等，别急，看看还有没有可以用的东西。”说着，伸手捡起一块废铁片，翻来倒去地端详。废铁片一尺多长，模样方不方圆不圆很不规整，锈得遍体焦黄，轻轻一碰就簌簌地直往下掉铁渣，实在看不出能派什么用场。

妈妈沉思了一会儿，似乎有了主意。她找来砂纸把铁片打磨干净，到邻居家借来油漆和刷子，给铁片抹了清漆，把圆的一面朝下搁在书桌上。我歪着头左看右看，忽然明白了：那分明是台灯的底座和灯柱。

接下来，妈妈带着我们姐弟仨一起动手，把小仓房里积攒的过期挂历拿出来，裁成道道两指宽的纸条，花花绿绿堆满了桌子；找来硬塑料片也裁成同样尺寸的条，两片塑料中间夹张纸条，有图案的一面朝外，大针麻线缝起来，每一片都拗成新月般的小小弧形，合起来就是花瓣形灯罩，仿佛小姑娘过年新做的棉袄，花色绚丽，衬里洁白。

大家围着小火炉，一边干活，一边听妈妈讲故事，枯燥的裁纸条工作变成了快乐的集体游戏。妈妈最爱讲的就是小时候跟着外公外婆学习怎样勤俭持家的故事。

破布条看起来没啥用吧？可不敢扔，抹糨糊打成袼褙再晒干，就能纳成鞋底，做成的布鞋透气又柔软，还不闷脚；菜园里新摘的菜叶人人爱，炒菜烧汤都鲜嫩；又老又硬的菜梗谁喜欢呢？可不敢扔，削掉外面一层硬皮，用盐腌个几天，切成细丝，吃起来咯吱咯吱脆韧爽口……“惜物得物，惜福得福。”故事讲完了，妈妈总要用这八个字总结。

灯罩做好之后，妈妈又在铁片上装好了电线、灯泡。之后，妈妈双手捧起灯罩小心翼翼套上去，如同将亲手织的帽子小心翼翼戴在新生婴儿的头上。虽然透过清漆依然看得出铁皮的点点锈斑，灯柱也有些歪斜和弯曲，但开关“啪”一声打开，灯罩聚拢出一圈明亮的、浅黄色的光，整个房间温馨极了。

我们家原本没有台灯，晚上看书写作业时，高悬屋顶的白炽灯略显黯淡。有了台灯，看书学习方便多了。后来搬了两次家，台灯始终不舍得丢，灯泡和开关换过好几次，台灯始终稳稳地站着。十多年来，照亮无数埋头苦读的黑夜，照亮父母忙碌操劳的身影，也照亮我们三个孩子跟随父母榜样成长的轨迹。

2

如今我们三个孩子都已成家立业，无论对待工作还是生活，我们都时刻记得母亲“惜物得物，惜福得福”的教导。

大学毕业刚工作时，工资低开销大，我学着母亲的样子勤俭持家。新衣服穿上身之前，先用针线把所有的扣子重新缝一遍，防止线头松动、扣子脱落丢失；洗脸毛巾旧了破了，折叠几下缝成方块布，放在卫生间当擦地布，旧毛巾吸水性强，比拖把还好用；起草文稿的单面打印纸从不扔掉，整整齐齐收拢成一堆，下次打印反面接着用；单位统一配置的电脑，每周定时杀毒、清理内存，以至于负责信息工作的同事惊呼，说我的电脑比专业人士的电脑都干净。

爱物，惜物，从小养成的习惯使我做这些事自然而然，丝毫不觉得有啥异样或辛苦。

惜物才可得物，惜福才可得福。果然，如今我事业小有成就，家庭生活美满。

3

女儿出生了，我继续把这种好家风一点一滴传下去。在公共卫生间，我教女儿开水龙头不要猛地一下子开到底，要轻轻慢慢地拧，防止水太大溅湿衣服，更防止浪费；手洗干净了，赶紧把水龙头关紧。逛商场时口渴了，免费饮水机里的水先接半杯，喝完不够再添，不要大大咧咧接了满满一杯，喝不完又满不在乎地倒掉。饭店里吃饭，吃不完的全部打包带走，下一顿用微波炉热一热及时吃掉。“当为天地惜物”，对自然资源、公共财物和他人劳动成果，都要怀着一颗虔敬的心珍重对待。

推而广之，过生日时收到同学的礼物，哪怕是一只塑料发卡、一根水果棒棒糖，都要双手接过来、鞠躬致谢，因为那些看似普通的物品背后，是人家的一番好意和真心；反过来，同学过生日了，亲手画一张小卡片，阳台上摘几朵新开的栀子花，当面双手送过去，真诚地祝同学“生日快乐”，以此表达对同学的珍视和尊重……

如今，回忆起那盏手工台灯，曾经照亮过清苦岁月的光依然温暖我心房。

2022 年 12 月

世上无难事，只怕有心人

1

四十五岁那年，父亲遇到了一个坎：评职称按新规定必须考英语，而他从中学到读医学院，都只学过俄语，完全没有接触过英语。医院里有同样情况的还有不少人。于是医院聘请了老师，每周一三五晚上免费培训。一群散发着消毒水味儿的医生长吁短叹，在夜色里结伴而行，从ABC开始艰难学习。

父亲没有去。理由是：单词+语法而已，又不考听力，会看会写就行；教室离家远，时间浪费在路上，不如自己多做些题。于是，买来课本和词典，他开始了一个人的苦战。下棋、看电视之类的娱乐全部取消，他把自己牢牢囚禁于书桌前，一坐就是几个钟头。看书累了，出门散步兼倒垃圾，口袋里装着小本子，一边走一边念念有词。

那时我读初三，他经常害羞而谦卑地笑着，凑过来小声问我：名词的单数、复数的规律是什么？动词的过去时、将来时如何区分？有些问题三两句他就明白，有些问题讲了好几遍，他还是绕不过弯，急得我直跺脚，只好找更多例题比较分析。半年后，我高分保送县重点高中，多少也有他的功劳。

半年后职称英语也开考了，报名者众，过关者寥寥，其中居然有父亲。众人惊讶，父亲淡淡一笑："世上无难事，只怕有心人。"

2

父亲是县医院一名内科医生，和各类病魔交手三十载，救死扶伤无数。有个小伙子，脑出血深度昏迷多日，家属绝望中打算放弃，父亲说："世上无难事，只怕有心人。尽我最大努力，也许能把人救回来。"他住进了病房，吃饭让我妈送进来，换下的脏衣服让我妈带出去。整整半个月，除了上厕所和查资料，他没出病房门，睡觉的时候听诊器都挂在脖子上，自然睡得极不踏实，常常自己惊醒，一醒就赶紧坐起去看心电监测仪上的那条细线，生怕病人在自己睡着时无声无息走掉。他一天数遍检查血液化验数据，检查病人细微的体征变化，在药房仓库有限的药品里谨慎而艰难地选择，随时修改药方、调整药品的种类和剂量。半个月后，他赢得了这场战役，病人奇迹般醒了！

父亲慢慢走回家，人整个瘦了一圈，白大褂晃晃荡荡挂在身上，眼珠子通红，眼袋乌黑，头发高高蓬起如干枯的乱草，进家就往床上一倒，睡了三十多个钟头。一个月后，小伙子出院了；

半年后，小伙子正常上班了。

四十年前的县医院，病人多而医生少，内科和外科的医生轮班上夜间急诊。家属区与住院部仅一墙之隔，住院部兼做夜间急诊，遇到重症病号需要帮忙，值班的扯开嗓子喊一声，围墙那畔总会有人应声而出。父亲往往是跑得最快的那一个，因为他在家也穿制服。医院的制服有长短两款，他在家喜欢穿短款的，搭配一条我妈手缝的胖睡裤。如此装扮，舒服，又可以节省换衣服的时间，抬脚就可以冲到急诊室。

至今记得夜自习放学回来，推开院门，隔着满院密密麻麻的葡萄和丝瓜，看见爸妈房间的南窗亮着，就知道父亲上班忙了一整天，晚上还在抓紧时间看书充电。用他的话说，医生必须经常学习新技术，才能跟上日新月异的新时代。经过门口，忍不住探头进去瞄一眼，他背对着门，端端正正坐在书桌前。于是，我赶紧蹑手蹑脚走开，拿出作业本，用功去了。

父亲是孤儿，靠孤儿院收养活了下来。童年的苦难铸就了他刚强的性格，刻苦读书考上大学。工作后，依然手不释卷，钻研业务不停歇，医术时时保持精进。

他在门诊、急诊、住院病房连轴转，没时间管我们兄弟姐妹，但他对待工作的热情投入和一丝不苟，他挂在嘴边的“世上无难事，只怕有心人”，就是对我们最好的教育。

在父亲的影响下，姐姐、我和弟弟都在高考录取率极低的年代，于千军万马中先后考上大学，在亲友间一时传为美谈。工作后，我们三个孩子对待工作都兢兢业业，凭着“世上无难事，只怕有心人”的家训，各自成长为单位业务骨干。

我特别爱看书，企业行政管理的本职工作繁忙，于是像父亲那样压缩业余时间，把属于自己的点滴时间全部交给书本、交给文学。如今，我家先后获得“全国最美家庭”“江苏省书香家庭”的光荣称号，我的散文和报告文学作品也开始在国家、省、市级刊物发表及获奖。

女儿从小能吃苦。记得女儿一年级第二学期转学，因为教学进度不同，她由班级第一名掉到最后一名。七岁的女儿感受到学习的压力，在学校门口哭哭啼啼不肯进校去。我蹲下来安慰她：“世上无难事，只怕有心人。只要用心，一切都会好起来，别怕，妈妈和你一起努力。”女儿似懂非懂，却也安静下来。半个月后，她适应了新环境，成绩很快回到原来的水平。

每当女儿学习上遇到困难，她总以“世上无难事，只怕有心人”这句话鼓舞自己，学习上再也没有掉过队，直至顺利考上大学。毕业后凭借出色表现，成功入职一家世界五百强企业。

“世上无难事，只怕有心人”的家风家训在我们一家三代人的接力中传下来，一代代孩子在父辈的激励下勇敢追梦，实现目标，这一直是我引以为豪的事情。

2022 年 6 月

百衲被，千千结

我家阁楼里藏着一床小被子，展开来四四方方，叠起来塞得进小号抽屉。白棉布被里，花被面。花，是因为被面不是一整张布，而是由许多块三角形小布头拼成的：有宝蓝底子银白小星星，有粉红底子枣红碎花，有苹果绿圆点，有深灰浅灰交错的菱形格子，还有柠檬黄、丁香紫、橙红、雪青、藕荷等纯色。这种用零碎布头拼成的被子，叫“百衲被”。

百衲被是我妈妈亲手缝的，曾用作我女儿的襁褓，包裹她小小软软的身体。那些零碎布头，是我妈妈挨家挨户敲门，到邻居、同事、亲戚家讨要来的。

这种讨要，不是借钱或者乞丐讨饭，而是极温暖亲切的。登门的眉眼含笑，两三句话直截了当说明来意，这家主妇恍然大悟，先道声恭喜，再赶紧在围裙上擦干净手，进里屋端出针线笸。那时候过日子，人人家里都有个柳条编的圆笸，装着剪刀、针、线、裁剪衣服剩下的边角料。主妇低头挑挑拣拣，终于找到一小块鲜艳或素净、挺括或柔软、轻薄或结实、自谓最合适最满意的布头，郑重放到来人的手心。

这是一项古老的习俗，不知道起源于何时。按照老辈人说法，此举意味着孩子一生下来就是属于百家的，穿百家衣吃百家饭，不娇气，好养活，能健健康康长命百岁。

在没有电话手机微信圈的时代，用这样的方式，几乎可以在最短的时间内，让家族圈、邻里圈、同事圈尽量多的人知晓婴儿到来的消息。这是对生命最初的尊重，无论男孩女孩，无论孩子此刻多么柔弱且懵懂无知，只要是生命，都值得被看见、被关心、被祝福。这种古老的宣告方式委婉而柔和，更像是一场你来我往、人情味浓郁的行为艺术，让参与的每个人都分明感受到日子虽静水深流般平淡，却潜藏着生生不息的美好。

布头讨回家后，考验人耐心和技艺的关键时刻到来了。拼布，并非简单地将各种布头一缝了之，而要让不同材质的布料结合紧密、颜色搭配和谐、局部花色各异、整体浑然天成。百衲被不仅是实惠的生活用品，更是精美的手工艺术品，展示了这家主妇的女红水平，如果客人赞一声小婴儿“白胖可爱”，再赞一声百衲被“真漂亮”，这家主妇嘴里说着谦虚的话，自豪的笑容却抑制不住，整个人都神采飞扬起来。

我妈妈做事仔细，首先烧一锅开水，把一堆碎布头煮沸消毒、洗净、晒透，然后戴着老花镜、拿起剪刀，先把大大小小形状各异的布头剪成三角形，大小一致规规整整，再将布头像摆积木那样一点点拼凑，花色不匹配就换一块，满意的就用细密的针脚缝起来。为防止脱落，每个接口处都要牢牢打个死结。一百多块布头全部拼凑完毕，单单打的结，已经密密麻麻数不清。再絮上雪白的新棉花，缝上被里，一床小小的百衲被，用了半个月才完工。如果到商店里买现成的婴儿被，方便得很，可是，买来的被子千篇一律、毫无个性，哪里有百衲被这样的款款深情，又如何传承古雅敦厚的文化传统呢？

在百衲被的呵护下，女儿能吃能睡长得飞快，才三个月，百衲被已经包裹不下她，只能用作盖被。一年后，连用作盖被也太小了，她却不允许我收起来。因为白天她摇摇晃晃乱走、满地乱爬只顾着玩，可是晚上一上床，就立刻想起来了，一定要抱着百衲被才睡得着，如果把被子拿走，她就哭得天塌地陷一般，让大人都跟着惶恐起来。也许被子的柔软触感让她安心？也许被子的熟悉气味让她踏实？这习惯延续到幼儿园，教室里午休时统一的蓝底白花被子让她有了“长大”的自豪，她才终于放弃了百衲被。

这期间，百衲被脏了要找个好晴天，赶紧拆洗干净重新缝好。洗得多了，总会有小布头松动脱落，没关系，另外找一块布头缝上即可，方便得很，丝毫不影响整体美观和实用。可见百衲被虽只是个小物件，却能够体现中国传统的生活智慧，精打细算、惜物惜福。

一眨眼女儿上大学了，她小时候穿过的衣服玩过的玩具大多数被我赠送亲友以物尽其用，这床百衲被我留了下来，藏进阁楼以作纪念。因为保管精心，至今仍像新的一样。偶尔女儿看见了，笑着问：“妈妈，我小时候真的那么小，能全部包进这个小被子里去？现在只够盖半截肚皮。”

我告诉她：“当然，人都是这样长大的。想想看，把小婴儿养成个头比我还高的大学生，真不容易哦。”她说：“知道，妈你辛苦啦。”

2023 年 4 月

相伴学习，美美与共

升入初中，女儿的功课压力明显大了起来，我不免也跟着焦虑。作业写错一个字，数学成绩不理想，英语课文背诵得不熟练，这些芝麻大的不如意，都会让我心惊肉跳，唠叨、数落、逼问、责骂……如此鸡飞狗跳一个月后，我遇到做职业培训的朋友，听完我的诉苦，他笑眯眯建议："去考个职称吧，对你对孩子都有好处。"

能有啥好处？朋友耐心点拨，我恍然大悟，第二天立刻买了中级经济师教材和习题集，厚厚的四大本。

女儿放学回家，我捧着书迎上去，愁眉苦脸求救。她看看我圈出来的几道计算题，笑了："题干里已经给出了公式，变化一下再套用都不会？"我就坡下驴："所以要请你教我嘛。"女儿拿出草稿纸边写边讲。她讲得太快，第一遍我没听懂，她掰开揉碎重新又讲了一遍，我终于明白过来。她笑了，一个月来第一次笑得如此灿烂。能够教会妈妈做习题，对于孩子来说，这是多么大的成就。

从此，女儿回到家以后，我不再死盯着她了。以前的我仿佛手握剪刀的园丁，虎视眈眈盯着小树苗，有了枯枝败叶立刻咔嚓一刀，有了旁逸斜出咔嚓又一刀，忙忙碌碌，却又身心俱疲。现在，我忙着自己的职称考试还来不及呢。

就像古人说的“与善人居，如入芝兰之室，久而不闻其香，即与之化矣”，我抓紧一切时间埋头苦读的身影，就是对女儿最大的激励，何况我时不时拿着题目去请教她，为了教会笨妈妈，她不得不仔仔细细捋思路、画步骤，提醒我注意关键词，产量“增加到”“增加了”是不一样的，利润“达到”与利润“总和”是不一样的……不知不觉，她的成绩稳定了，粗心的毛病改了不少。

作为家长，谁不希望孩子今后成为栋梁之材？可是独木不成林，家长必须以树的形象和孩子站在一起，一起扎根知识的泥土，一起经受风雨打击，一起感受炎炎酷暑和瑟瑟严冬，一起迎接春华秋实。

因此，拿到经济师中级证书后，我又报了人力资源管理师一级职业资格考试。每晚窗下，我和女儿共同学习。第三年，我顺利通过考试，女儿以优异的成绩考入重点高中。

回忆小学六年，我全身心扑在女儿身上，以致自己的工作业绩平平，偏偏在“一切为了孩子”的虚幻光环下浑然不觉。所幸，在三年考取两证的过程中，我潜在的斗志被激发，整个人重新焕发了青春之光。这些变化，女儿看在眼里记在心里：原来读书是件美好的事情，可以让人变得自信，充满光彩。这都给孩子无穷的力量与滋养。

当父母不再把所有的希望都寄托到孩子身上，有了自己独立的追求，与孩子各自奋斗、共同成长，这才是一个家最好的状态。

2022 年 8 月

独自去医院

池塘边，草地绿如茵，洁白蓬松的蒲公英在秋风里摇曳，一朵朵毛茸茸的“降落伞”时不时腾空而起，伴着薄纱般半透明的影儿，悠悠然飘向远方。

刚学会走路的女儿咯咯笑着，跟在后面跌跌撞撞地跑，试图抓住一朵小伞。我担心她摔着，忍不住一次次抓紧她的手。她一次次倔强甩脱，小胖手在我的手心里挣扎如一尾不停蹦跶的鱼。我妈笑着说：“别怕，你不放手，她永远学不会。”

妈妈讲了自己的为母之道给我听：一边上班一边独立带娃，没办法，能放手的只好放手。没想到仨娃不仅早早学会生活自理减轻父母负担，更养成了自信自律好习惯，全部顺顺溜溜考上大学，在那个录取率极低的年代被亲友们传为美谈。

我陷入沉思。是啊，蒲公英的种子成熟了，就会告别妈妈乘风起飞到别处，妈妈要做的，不是把孩子攥住不放，而是给每个孩子都戴上飞翔的翅膀。

于是，我跟着妈妈的秘籍培养孩子，果然，进了幼儿园，女儿各方面表现优于同龄人，受到一致好评，每学期拿回家好几张奖状。

九岁时，女儿因急性中耳炎后遗症，耵聍（俗称耳屎）多而硬，需要定期到医院清理，两个月一次。此时的我不再是那个动辄紧张过度的新手妈妈，九年育儿过程让我更加从容平和。我想：为啥不让女儿自己去呢？不就是掏个耳朵嘛，而且医院那么近。

当然，首先必须征询本人意愿。所谓征询，其实就是说服，讲究技巧，每个动作每句话都含蓄而巧妙地融入了心理学要点。

我蹲下来，看着女儿的眼睛，说："阿蒙已经小学二年级了，比幼儿园小朋友能干多了，对吗？"

大人放弃自己的身高优势主动蹲下来，孩子感觉到自己是被尊重的，是不需要压抑的，妈妈和自己是平等的。问话用的是平平淡淡的疑问句，暗合赞赏、期待与鼓励，正能量满满，诱导性极强。

果然，女儿眼睛瞬间熠熠生辉，大声说："对！"这正是我想要的回答。

我接着问："去医院其实挺简单的，妈妈教你，阿蒙肯定一学就会，下一次就可以自己去医院了，对吗？"

更响亮的一声大喊："对！"

母女共识愉快达成。二次复诊时，我拿出企业培训师的专业精神，将整个就医过程拆解成八个环节：

第一：将病历本、医保卡、房门钥匙、儿童水杯、零钱放进双肩包。

第二：骑自行车，十字路口红灯停绿灯行。

第三：到医院停车场，自行车锁好，车钥匙放双肩包里。

第四：门诊一楼大厅排队，挂五官科普通号。

第五：到三楼五官科，把病历本和挂号单交给护士，等喊号。

第六：如果医生惊讶，问："你家大人呢？出啥事了？"这时候要镇定，安慰医生说："叔叔（或者阿姨，视现场情况而定）别怕，我一个人可以的。"

第七：治疗结束，对医生说"谢谢，再见"。

第八：到停车场找到自行车，回家。

看似简单的过程，拆解下来居然要八个步骤。拆解细致清晰，孩子才不会觉得茫茫然无从下手。如果家长觉得事情简单、指导粗糙空洞，孩子自然应付不来，结果事情搞砸，大人生气孩子哭，两败俱伤。

实训开始。女儿兴冲冲收拾东西，骑上儿童自行车在前，我骑自行车在后。挂号了，我坐在长椅上，她背着双肩包站在长长的队伍里，小小的身躯淹没在人群中，时不时探出头，冲我会心一笑。诊疗结束，女儿雄赳赳气昂昂出来了，自豪地说："医生夸我是个了不起的小孩！"

这一个心跳的日子终于来临！第三次复诊恰逢暑假，说好了上午女儿自己去小区门口的舞蹈班，下午自己去医院。虽然上次实地演练很成功，但真的让她一个人去了，我心忐忑，熬不住，趁公司午休偷偷回了家，光着脚拎着皮鞋，进了卧室把门反锁。没敢把皮鞋放门口鞋架上，也没敢换穿拖鞋，怕女儿发现起疑心。

不一会儿，听到大门“嘭”地打开，杂沓的脚步声，孩子们的叫喊声，仿佛千军万马：

“阿蒙，你妈真好，我妈什么都不让我干！”

“耳屎怎么会像石头呢？我的耳屎都是碎碎的，软软的。”

“疼吗？”

“你有多少钱？够不够？”

“阿蒙都说过了，不疼，用吸管吸的，很细很细的吸管！”

我在卧室偷笑。肯定是女儿炫耀给了小伙伴们，小伙伴们按捺不住激动，纷纷请缨来观摩。等大门关上，我从卧室出来，一眼看见病历本忘在餐桌上。坏了！要提醒，又不能暴露自己，毁了当初的约定，怎么办？只好来个善意的谎言了。

我拨通了娃儿的手机：“妈妈在办公室，不放心，你去医院了吗？帽子和水杯带了吗？病历本带了吗？”

只听见手机那头一声惊呼，紧跟着周围一大片惊呼。我赶紧跑回卧室藏好。等千军万马冲回家再次出发，我轻轻掀开卧室窗帘，看见女儿推着自行车，后背挺得笔直，行进在队伍的中心，白色裙角在热风里骄傲地飘摇，大家簇拥着她，笑着跳着，共赴一场神圣的仪式。

后来，女儿告诉我：朋友们很听医生的话，安静参观了掏耳朵的全过程，胆小的两个捂住了眼睛，但也从手指缝里偷看得很清楚。每个人都伸出食指，轮流按了按掏出来的那一坨，真的很像小石头呢!

教会孩子勇敢自信的精神与独当一面的能力，是母亲给孩子的强壮翅膀，终将助力孩子高飞远翔。

2022年5月

茶香粥暖

我爸荣升主厨，纯属意外。我妈骑电动车买菜时出车祸，小腿骨折，统领厨房多年的人突然倒下，我爸只能仓促上阵，担当起服侍病人的大任。消息自然是隐瞒的，直到我妈手术出院回家安养两个月后，我爸才打电话告诉了我和弟弟，轻描淡写地说伤口愈合良好，一切都好，不必担心。

怎么可能不担心？我和弟弟赶紧请假，从各自居住的城市赶回老家。一路上，我发愁的不是腿伤，因为爸退休前是医生，主刀医生和护士长都是老同事，我愁的是爸不会烧饭，平时顶多摘把葱切头蒜给我妈打个下手而已，现在他俩吃什么？肯定是瞎对付，肯定两个人都瘦了一大圈。

进家一看，他俩身形并没大变化，我妈躺在床上有说有笑，脸颊隐隐泛红，皮肤光润，气色比以前反而更好。厨房里，虽说处处油腻污渍、环境明显脏乱差，但大砂锅里熬着粥，小砂锅里炖着鱼，白气袅袅升腾，饭菜香热烘烘扑鼻，汤汁挤出锅缝小声咕嘟，一派富足祥和的模样。

见我夸奖，爸大手一挥："这算啥？不就烧饭嘛，问问你妈，问问食堂师傅，问问邻居大姐，啥都会了，比处理那些重病号简单多了。"说着，兴冲冲盛出一碗粥让我尝尝，说是他的得意之作。灰扑扑、黏嗒嗒，稠厚如糨糊，里面悬浮着颗粒状不明物体。不忍心扫他的兴，我舀了一勺，入口绵、柔、糯，嗯，不错，没想到乱炖糊涂粥卖相虽丑，味道却出乎意料的好。再来一勺，绵而有骨，柔而不烂，用料扎实。嗯，真好吃，配料嘛，吃得出来有糯米、红枣、小黄米、山药、百合、莲子、薏米。

我说一样，爸点一下头，全部说完了，爸让我再细品，说还缺一样最重要最特殊的。我闭上眼，舌头在口腔里抵住牙齿根仔细抿，确实，除了粮食固有的朴素而沉稳的味道，另有一股香，幽隐、清淡而醇厚的香。似乎有点熟悉，可又与任何一种常见的粥料不同。是什么呢？我苦思冥想，到底没猜对，只好老老实实认输。

爸得意大笑："哈哈哈，就知道你猜不出来。这是我的独家秘籍，宁红茶！"

我妈年轻时工作过于操劳，得了浅表性胃炎，加上体质虚寒，经常胃痛，虽说吃胃药能够暂时缓解，但没办法拔除病根，脸色常年寡白。现在突遭车祸，骨科的有些药副作用大，特别伤胃，加上整天困守病床活动量骤然减少，几乎没了食欲，勉强吃下去也不消化。一个历尽沧桑的老胃饱受摧残。

作为医生，而且是内科医生，爸深知茶叶的功效，可以帮助消化、减轻胃痛，可惜我妈向来不喜欢茶，拒绝红白绿一切茶叶，说茶叶苦，涩口，难喝。我爸恰好相反，嗜茶如命，特别是晚上在病房值夜班，全靠浓茶提神。爸烧水，洗杯，小心翼翼捏一小撮茶叶，倒掉可能过浓的头汤后只留下第二泡甚至第三泡，无论精心准备的茶汤多么清淡，遇到我妈那敏感的舌头，统统败下阵来。夫妻俩谁也说服不了谁，只好一个捧着白开水，一个抱着紫砂壶，各行其是。

好在我妈喜欢吃粥，吃不够，一天三顿粥都不嫌腻烦。粥软烂，易消化吸收，适合脾胃虚弱之人，且包容性极强，爸于是开始在粥上动脑筋，翻古书查药典，到处寻觅食疗方。

茶叶水入粥饭，一些古书中提到过，比如晋朝傅咸《司隶校尉教》:“闻南方有蜀妪，作茶粥卖之。”唐朝储光羲《吃茗粥作》:“淹留膳茶粥，共我饭蕨薇。”《神农本草经》提到煎茶汁可以治病,李时珍《本草纲目》也提到茶叶具有一定的药物治疗效果，可是，用茶叶煮食的“茗粥”到底是什么?古书中往往三言两语，说得太含糊。

爸忽然想起几年前自己到江西修水出差，第一次喝到当地的什锦茶，真是大开眼界。菊花晒干后居然是用盐腌的，炒得喷香的芝麻、黄豆不是作为独立零食直接进嘴的，萝卜、花生这些只能下油锅煎炒烹炸的食物居然也可以放进清清爽爽的茶碗，甚至橘皮、生姜、花椒这些气味浓烈的东西也可以和清淡的茶叶在一只碗里和谐共处。茶碗里满满当当，乍一看，像蔬果杂合汤。

其实这是继承古风。秦汉时期，茶煮作羹，也就是茶叶中加入葱、姜、盐等调料煮成浓稠的粥。唐代开始研碎冲饮，可是茶叶里加入的配料更加丰富，直到宋代，全叶冲泡法才正式出现，即茶叶全叶冲泡不加配料，力求茶的原滋原味，称为“清饮”，并延续至今。我爸喝了大半辈子的茶，就是最简单的“清饮”。

开始实验。茶叶用修水宁红茶，醇和温厚，生津暖胃，非常适合我妈的体质。糯米红枣之类提前一夜泡透，第二天煮粥，锅开时偷偷加入一杯新泡的宁红茶汤，而且是头汤茶，酽酽的。因为粥料丰富，红的黄的灰的，色彩与气味皆缤纷，完全掩盖了茶汤的颜色和气味，我妈丝毫没有发现粥的异样，还夸奖说:“好吃，下一顿不要烧别的饭了，还烧这样的粥。”

那当然，宁红茶的品质之好，连我爸这样的老茶客都赞不绝口，平时不舍得喝，逢年过节才郑重泡一壶。茶叶品质好，首先得益于茶树生长环境好，修水位于丛山深处，地势高，雨量足，土壤肥，一年中大半时间云雾缭绕，所以茶芽肥硕，叶肉厚软。加上当地从唐朝开始种植茶叶，绵延不绝千余年，积累了宝贵的种茶制茶经验，可以说天时、地利、人和都有了，所以最终造就了宁红茶的精良品质。

据史料记载，到十九世纪中叶，宁红茶已经畅销欧美，号称中国名茶。美国茶叶专家威廉·乌克斯在《茶叶全书》中评述：“宁红外形美丽、紧结、色黑，水色红艳引人……色、香、味俱属上乘。”确实，宁红茶条索紧结、圆直、光润，汤色红亮，香高持久，滋味醇厚甜和，一杯下肚，令人神清气爽，五脏六腑都舒坦。

我一边吃粥，一边听爸絮叨茶粥的来龙去脉，不由得感慨万千，发议论说："文无定法，不拘束敢创新，才能写出好文章，厨道、茶艺，果然也一样。"爸歪着头想了想，慢慢点点头，仿佛各科会诊疑难杂症时做总结性发言那样郑重地说："你讲的很对。接下来，你努力写，争取写出更好的文章，我努力烧饭，争取把你妈的身体调养得更好。"

爸坦率承认，多少年了，都是我妈包揽家务，买菜呀烧呀洗呀，自己乐得偷懒，吃现成的。爸说："你也看到了，连护士长都夸我服侍得很好。你和弟弟工作辛苦，又要上班又要带孩子，我们老两口帮不了忙，就尽量不给你们添麻烦拖后腿。你们俩就放心回去，安心工作吧。"

我妈耳朵灵，在卧室里听到了，大着嗓门嚷嚷："是啊是啊，赶紧回去上班吧。"

好吧。等我妈身体痊愈，抽空我就带她去江西修水，亲眼看看茶树，欣赏当地山清水秀的风景，再品品茶香，感受一下千年茶文化之古雅，安享生活的乐趣和美好。

2023 年 5 月

味蕾的记忆

有一次，拿着喜帖和一群陌生人在金碧辉煌的大堂里吃饭，上了很多五颜六色不知名堂的菜，让我疑心错跑进工艺美校的实习基地，一幅幅微雕、透雕、粉彩、油画作品，让人心旷神怡的同时不敢下箸，还得撑着端庄的架子，但微笑、颔首而已。

酒过三巡仍饥肠辘辘，忽然来了一盘咸肉，和之前的菜系风格截然不同：没有拗造型，亦无华而不实的点缀，一片片堆在盘里，襟怀坦白，热气腾腾，一目了然。不由得一阵激动。感谢这盘咸肉，总算吃饱了。

像咸肉这样的食材不多，既可家常，又可筵席，宜室宜家，小家碧玉与大家闺秀之美兼得。最重要的是好吃，烧法简单：切成大厚片水煮，切成小薄片清蒸，或者咸蹄髈剁成块，连皮带骨油炸。而且不管怎么加工，都改变不了它本来的形状，瘦的粉红，肥的透明，即使面貌一时分辨不出，等嚼到口里，那特有的一股香就会令你恍然大悟。

味蕾应该也是有记忆的吧？而且是潜伏着的古老记忆，相当固执。味觉是属于童年的，是属于母亲的，或者说，是母亲培养的。母亲亲手操持的第一碗饭，用勺子小心翼翼地喂到刚断奶的孩子的嘴巴里——那应该是人生的最初始的品味，在时间之酶的催化下不断发酵，渐渐成为一生中品味的标杆。

民以食为天，在人生漫长的吃的过程中，尝遍川鲁湘粤各种菜系，不管是华庭盛宴，还是街头快餐，如果偶然吃到一味，说不出来的好，令你不由自主地再搛一箸，那么，细细品一品想一想，十之八九，是因为和母亲的某一道拿手菜比较接近。

咸肉家族的各个分支流派很多，北京人喜欢抹上甜面酱，四川人喜欢烟熏，不一而足。苏州人腌制咸肉别具风格，纯用大粗盐暴腌，层层放入缸内，封住缸口，上面还要用石头压住。因为腌制初始时不见天日，不用香料，故苏州咸肉保留了肉的本色，白的是凝脂，粉的似桃花，色彩悦目，清雅可喜。

讲到这里，不由想起小时候，一进腊月，大家就开始忙碌，再穷的人家，想方设法，总归要在屋檐下悬挂些咸肉咸鱼，以象征丰衣足食，和春联、鞭炮一起，几乎成了过年必不可少的民俗。过年时那种热闹喜庆的气氛和美好的感受，连同咸肉们一起镌刻进味蕾，可以说一生都很难改变。

物质匮乏的年代，馋不过，只好自力更生。除了摸鱼钓虾，盛夏时节，特别有一种美味：选一个夜黑风不高的晚上，悄悄来到河坝边树林里，别说话，脚放轻，借着熹微的星光往树干上瞅，似乎隐约有个小点点在动，立刻打开手电筒，强烈的光束下，哈，果然是知了在慢慢往上爬。或者在草丛里仔细寻找，发现有小圆洞，洞口泥土壁很薄，赶快用小铲子挖吧，底下肯定藏着一只知了。捉满一瓶，回家放到桌上，上面倒扣一只粗瓷大碗。

第二天打开碗一看，几只干干净净的乌黑的蝉，翅膀还是软的，旁边是淡黄的蝉蜕，半透明的，完整的，脚爪纤毫毕现，似乎还有生命，吹口气就能活，常常把我看呆了。蝉蜕放进布袋积攒起来，拿到药材店可以换钱。蝉下油锅略略煎炸，一概佐料皆无，只需撒上盐即可，但美味异常。

乡下孩子以泥土为师，以草木为友，认识万物，接受最朴素最生动的教育和美感熏陶。宛如谛听神灵的呓语，小小的身躯不由自主地战栗耸动，浑然忘我，那种五脏皆沸般的感受，那种锐利的喜悦，岂是在电脑前长大的孩子所能够体会的？所以，看现在的黄口小儿们贫乏单调的童年生活，真是可怜！

虽然三十年未操此业未尝此味，但是偶然在美食节上看见烤昆虫，居然有蝉，赶快买来，甫一入口，居然立刻回忆起来当年的味道和情景，可见味蕾的确是有记忆的。

到菜市场买菜时，经常看见包蓝花布包头、腰束作裙的老阿姨，守着一篮咸菜，笑眯眯地等待着识货的顾客。那是她自己按照多年传承的土办法腌制的雪里蕻，灰不溜秋，软塌塌的。不远处咸菜摊的专业咸菜们，不知摊主施以何种魔法，青翠碧绿，精神抖擞。

但是，不要被眼睛蒙蔽，让忠实的味蕾告诉你，什么才是和小时候的味道一样的正宗咸菜：要有一股香，若有若无却沉稳厚实，脆嫩中带点韧性，非常耐咀嚼，一碗咸菜烧好，放个几天还是很好吃。

因为这是乡下的母亲，舍得花时间和力气，用自家种的菜，晾晒、揉搓、翻搅，历经半个月光景才得来的。专业咸菜们徒有外表的可爱，不过依靠化学制剂催熟，未经时间的考验，轻浮得很，味道自然单调，只一味的咸而已，没有香，不耐咀嚼，如果第二天再回回炉，那简直无法下咽。

时值冬日，满大街的烧烤店、火锅店、羊肉店的香，在黄昏的凛凛寒风里尤其勾魂摄魄，让人忍不住想立刻就投奔进去。

这时，熙熙攘攘的大街上，缓缓走来两位和尚，目光清冷安详，空若无物，褡裢斜挂肩头，灰布长衫洗得可见经纬，圆口布鞋泛了毛边，全身衣物虽旧，却异常干净。

恭敬地目送和尚的背影远去，不由得想到一则禅宗故事：

徒弟问："师父，请问你都怎么样修行？"

师父答："我吃饭的时候吃饭，睡觉的时候睡觉。"

弟子很失望，问："一般人不也是一样吗？"

师父答："一般人吃饭的时候百般思索，睡觉的时候千番计较。故吃也吃不好，睡也睡不香。"

原来不需要晨钟暮鼓，依靠味蕾，也一样可以修行。好吧，到吃饭的时候了，吃饭去！

2012年1月

炊烟带走了一个孩子

一个孩子朝前走去。

她看见了无休止的风，吹动傍晚安静的村庄，吹动河边金黄的麦浪，吹动粮食在阳光暴晒下的干爽淡薄的香。麦浪无边，她小小的身子，被风吹得越来越轻盈，风无形的巨掌，托起她一只脚，马上又托起另一只脚。

她咯咯笑，举着一条小胖腿，等着，也许下一秒，就会像风筝一样，晃晃悠悠飘离地面，在无边的麦浪上空盘旋。等风止息，她小小的身子，就会穿过针尖般戳向天空的整整齐齐的麦芒的队列，蒲公英般，缓缓降落在那圆鼓鼓的麦粒儿上。

麦粒已经灌浆，采一把麦穗，在手心里搓，吹去薄薄的壳，奶奶紧紧抿着没牙的瘪嘴，眯着眼，认真地嚼着，一会儿鼓着左腮帮，一会儿鼓着右腮帮，好一会儿，舒了口长气，笑着点点头。她紧张了半天，这才跟着舒了口长气，跳起来，扳下奶奶高举的胳膊肘。

两只小手抓着一只筋骨毕露的大手，那手掌心，还剩几粒淡青浅黄的麦粒，她伸出舌头，小狗似的舔，口水洇湿了掌心的皱纹。麦粒“噗”地在牙齿间炸开，越嚼越黏糊，不舍得马上咽下去，淡淡的清甜，仿佛麦芽糖。

大人们都去哪儿了？在谷仓里磨镰刀？在村里最高的那块地里，一趟趟担着扁担浇水？

风把他们都吹走了吗？就像自己，简直被风推得停不下来，不知不觉就飘远了。

一只白色的蝴蝶，在风里跌跌撞撞，经过一棵大柳树，赶快抓住细细的柳条儿，停下来歇口气。

一群黄绿色的大蜻蜓，嗡嗡嗡，掠过头顶，透明的翅膀闪着磷质的光，呀！中间夹着一只鲜红色的小蜻蜓！她跑起来。风跟着着急，在背后推得更用力了，印满粉蓝牡丹花的棉布裙子，圆鼓鼓胀满了，像满鼓着风的船帆。

粉蓝色的小船，在田埂里时隐时现。细细的刘海，湿湿的，扑打着圆圆的大脑门，两根小辫子越来越松，快散架了，在肩头一颠一颠，起起落落，仿佛两根在风中舞蹈的狗尾巴草。

胖胖的狗尾草，你挤着我，我挤着你，一大片一大片，蹭过她的小腿，软软的，痒痒的。奶奶会用麦秸秆和狗尾草编小花篮，小花篮里装着紫红的桑葚，染黑牙齿和嘴唇，真甜，可是，染黑了衣服，奶奶就会说搓得手都疼了。

杏子有点酸，奶奶说：妮儿吃吧，奶奶不喜欢吃。

不，就要奶奶吃！抠下来一块杏，硬塞到奶奶嘴里，奶奶一哆嗦，眼睛闭得紧紧，半天睁不开。

蜻蜓越飞越快，飞进了无边的麦浪，不见了。傍晚的村庄，安静得像在沉睡。生产队的牛棚在最西头，看见了牛棚，她知道自己走得很远了。

风里多了一股味儿。她转身，迎着风看，果然，远处那小小的院落，那面彩色的篱笆墙的后面，烟囱里冒出来白色的炊烟。紫色的红色的喇叭花是她种的，碧绿的黄瓜秧和南瓜秧开出嫩黄的花儿，是奶奶种的。离得远，看不清细长的黄瓜和扁圆的南瓜，只看见一片绿上面，星星点点的紫、红、黄，热闹得很。

炊烟里，闻得出麦秸的味儿，柴火的味儿。

奶奶最勤快，总是全村第一个开始烧晚饭。系着深蓝色的粗布围裙，洗菜，切菜，炒菜，忙得汗珠一粒粒顺着脸上的皱纹掉下来。她两只手抱着风箱杆，前仰后合，脸蛋通红，呼哒呼哒，灶膛里的火苗一下蹿了起来。

她不在，谁帮奶奶拉风箱呢?

她转身向家里跑去。

一路上，又一根烟囱冒出了炊烟，那是东边的婶婶家。越来越多的烟囱冒出来炊烟了。

黑色的大肥猪，咕噜咕噜哼着，拱着猪圈，雪白的小羊，挤着撞着羊妈妈,咩咩叫着,跟着进了羊圈。沉睡的村庄,打了个瞌睡，醒了。醒来还有些愣怔，白色的炊烟笼着村庄，像一个梦。

柴火的味儿，馒头和玉米粥的味儿，辣椒炒鸡蛋的味儿，越来越浓了。

孩子小小的身影，走进了炊烟深处。喘着粗气，“咣”一下推开了木头门，大喊一声：“奶奶，我回来了，我饿了！”

风带走了孩子的喊声，带走了淡白的炊烟，带走了穿着蓝粗布围裙的微笑的奶奶，连同那座安静的村庄，也一起带走了。

整整三十年。

2021 年 1 月

雪花的约定

下雪了。来自云层深处的约定，在大雪节气这一天，如期而至。可能准备了很久，才鼓足勇气动身，冷暖气流推推搡搡，高原和雪峰一边挽留一边阻挡，撕扯、挣扎、攀爬、奔跑、跳跃……终于，在约定的最后时刻，苏州今年冬天的第一朵雪花，准时抵达。

节气的神妙令人惊叹。古人观察天象，捕捉日月风雨的变化，窥破天道循环的秘密，并以此驯服草木水土，助力万物繁荣，最终与宇宙达成约定。这种君子之约，千百年来双方都在默默而坚定地遵守。

雪不大，细细地落了一夜。第二天早晨，地上不见白，枯草依旧黄得鲜明，只屋顶上披了一层断断续续的白纱，隐隐露出瓦片起伏的边角。

那瓦是江南特有的青瓦，小而圆，一层层整齐排列，仿佛草鱼身上披挂的鳞。颜色原本是浅黑中带点蓝，现在被雪水打湿，浸了一夜，瓦蓝褪去，变成了纯粹的黑。在薄雪的映衬下，黑的愈发沉重，白的愈发轻盈，最简单的黑白两色排列组合，却有着无限丰富的韵律，仿佛水墨画的意境。

风起了，窗外窸窸窣窣响。透过花窗，我看见风正在努力摇动树枝，试图摇落那最后一枚大石榴。

所有的石榴都摘掉了，邻居家的小孩甚至来不及等到它们红透，就隔着围墙讨要。现在，只剩下最高处的一枚，也是整株树上最大的一枚，我一直让它留在枝头。我想看看它和举着它的树枝，能够坚持多久。

石榴嫩黄的外皮早已被严寒逼成墨黑的盔甲，却依然稳稳地立在枝头，像个奇迹。曾经一掐就出水的枝条枯瘦如干柴棒，树叶子早已掉光，露出许多原先被遮没的横生着的小枝丫，密而细，宛如一排排眼睫毛。风起了，眼睫毛眨了一下，那最后一枚石榴跟着颤了颤。

它能够坚持到明年春天吗？它鲜红的籽会凝固成甜蜜的小石头吗？真想把它摘下来看一看。转念一想，急什么呢？植物的智慧远超想象，不如把一切交给造化，看老天会给它一个什么样的结局。就像在大雪节气等第一朵雪花，人只要静静地等着，就好。

静静地等着。这个冬日的清晨，一切都和平常一样，可是，因为雪，一切又似乎不一样了：麻布灯罩下的柠檬黄的灯光分外柔和，铺着蓝印花布的书桌分外娴雅，老树根笔筒上酷似眼睛的疤痕分外深邃，佛手在白瓷盘里翘起的黄色手指分外妖娆，香囊散发的草药气息分外清冽。

虽然雪花远在屋外，并没有落到它们身上，但是，仿佛它们都沾染了雪花的气息，个个生动起来，鲜明起来，仿佛它们才是房间的主人，而我这个真正的主人，只不过是床上的一棵水草。

洗得发白的格子全棉蓝被单柔若无骨，棉花沉沉地压下来，温柔地制约，无力反抗，听任它隔开凛冽的寒气，围成一方小小的温泉。自己的每一寸肌肤，在无形的水流安抚下，越来越软，越来越滑，直至失去手和脚，失去头脑，失去思想，失去一切慌张、忧虑、爱与期待，像一棵真正的水草那样，缓缓下沉，缓缓下沉，一直沉到水底，在没有光的深渊里，跟随着水流的波纹，无知觉地摇摆……

雪，就这样短暂而强烈地改变了熟悉的世界。

想起一句诗：鸡声茅店月，人迹板桥霜。早起赶路的行人看见地面浓霜里的一行脚印，醒悟到还有比自己起得更早的人赶在了前头，这说明自己并不孤单，于是原本因四野空旷生出的凄凉心境，转而升腾起一丝淡淡的暖，不由得暗自对那同行者道一声感谢。

如果把诗句里的“霜”改成“雪”呢？同样是水汽的产物，雪花毛茸茸、活泼泼，比安静的霜更热闹更可爱。有雪花陪伴，哪怕一个人旅行，一个人面对无穷无尽的光阴，应该也不再孤独吧？

孤独，是可怕的敌人，我的朋友妞妞却不怕它。妞妞擅长女红，我床头的香囊就出自她的巧手。她裁剪花布，塞进裹着丁香、豆蔻和白芷的棉花团，缝成粽子形状，缀上一串红流苏。我接过来，郑重地挂在枕头上方，香气幽幽，心里欢喜，时时念着她的好。

前几天妞妞很骄傲地告诉我：这一年她没有虚度，因为她亲手给父母、祖父母、外祖父母，都织了一件毛衣。毛衣的颜色是他们各自最中意的，而花纹和款式由妞妞单独设计，每一件都独一无二，穿到大街上绝不会撞衫。相比纺织厂的机器，这四根由竹子削成的细棍子，原始、朴素、笨拙，却是她的武器，她用这种方式抵挡流年的侵袭，支撑平凡人家那细碎而踏实的幸福。

不是每个人都能幸运地找到独属于自己的武器。更多的人，手无寸铁，任凭生活驱赶，忙忙碌碌又无所事事，心里惶恐，忽忽若失。

还好还好，妞妞找到了针线，而我找到了文字。可以写的东西太多：田间劳作周而复始，庄稼播种又收割，劳作时汗滴禾下土，收割时喜看稻菽千重浪。篱笆园里鲜嫩时蔬等着采摘，灶旁咸菜罐子等着又一轮屋檐下风干的食材，日子只要精心安排就能够过得津津有味。柳絮四散飞腾，荷叶滚动露珠，晴空一鹤，千山暮雪，四季更迭，各有各的好。山居清静，可爱；街市热闹，亦可爱。过去的纠结，当下的奋斗，未来的期盼。个体的痛苦需要抚慰，凉薄的世界需要善与爱的传递。写作者虔诚地凝视并记录这些点点滴滴，记录生活，记录时代，记录美好。

因为文字，我结识了许多文友，从未谋面，却又熟悉彼此的脉搏跳动，知道对方每一次喜怒悲辛，仿佛传说中的悬丝诊脉，那根看不见的线，把一个生命与另一个生命联结起来。这种联结，疏离又亲密，很难用一种现实空间里存在的社会关系去代替它，因此愈发值得珍惜。

值得珍惜的，还有雪花——不会说话的朋友。那么小的个头，却那么勇敢，乘着风的翅膀从极远的地方、从人类终生无法抵达的高处赶来，穿越了那么多的云层，风雨雷电、千里万里，饱尝冷暖，寒与热都彻骨——只为赶赴每年一次的节气约定。

上班时间到，我背起双肩包出门去。雪开始大起来，北风愈发猛烈。隔着公交车窗玻璃，看见雪花像一群急匆匆赶路的白蝴蝶，使劲扑闪翅膀，借着风势、打着旋儿上下翻飞。我忍不住打开窗，把手举高一点，终于接住了最丰满的那一朵，紧紧握住，缩回来，关紧车窗，伸开手：

雪花不见了，手心里只剩下一颗水珠，圆圆的透明的水珠，像一面小型凸透镜，放大了手心的掌纹，倒映着窗外纷繁的世界。

2021 年 8 月

没有比死亡更孤独的了

陶文瑜老师走了。今天下午 3 点 53 分,《苏州杂志》的讣告是这么说的。死亡把他与我们隔开。3 点 53 分，五十六岁的他，一个人上了路。

他那么好，有才华、幽默、通达、随和，生前无论到哪里都是一片欢声笑语，不属于任何人，只属于大家，大家的朋友陶文瑜，大家的无价之宝开心果。如此喜欢热闹的他，依然要一个人上路。

早就知道他病危，最近两年，他接到不止一次病危通知书。想要去看望，终未成行。毕竟不很熟。

看望他的人回来告诉我，他住在癌症晚期病房区。还没进门，在走廊里就听见左边病房一位老太在疼痛爆发时尖声痛骂儿女不孝医生无能，听见右边病房的男人粗哑着喉咙复读机般说：想不通啊，凭什么啊。还有陪床家属压抑着的哭声。可以想象那些访客，必然会劝解到词穷，内疚到心如铅坠，虽然明知道他们的怨天尤人，是针对命运不公的正常感慨。

而陶文瑜老师，疾病与死亡并不能使他放弃微笑，他将骨子里的高贵，保持到了最后一刻。每一个踏进病房的访客，本来已经酝酿好眼泪与台词，可是，他孩子般顽皮的笑容，他一连串的俏皮话，逗得访客哭笑不得，忘了此行目的，忘了眼泪与台词，而最终一起哈哈大笑。谈笑间樯橹灰飞烟灭。

他用这样的方式暗中提醒：不关你们的事。

确实，死亡永远都是一个人的事情。他用自己的独特方式，悄悄卸下亲友们的心理负担，让他们能够在将来的日子里，继续轻松愉快地生活下去。

他一向厚道。直到最后一刻，他依然没有乱了阵脚、失了分寸。他用自己的独特方式，给亲友送上最后的体贴和善意。

他用诗告别人世。他写道：再见吧朋友。我们挥挥手告别。然后你拿出手机，把朋友圈里我的名字删去。

他写道：街道，快递，点心铺，公交车，面包店，幼儿园。白发老头扶着生气的老太，走进家门。所有的世俗，美丽的慌张，我是多么依依不舍啊。

他写道：妈妈，你还好吗？十多年前的一个傍晚，突然下起雨来了。你轻轻地说了一声：来接我了。那个接走你的是谁？现在，他也在我的门口，走来走去。

他写道：院子里的花，会爬在我的窗口。她们要看看，我在干些什么。她们爬在我窗口的样子，就是我生前的样子……看着来往的行人，心思如托孤。真想托付每一个人，让他们的微笑，爬上你的窗口，最最啊。（最最是他的孙子。）

镇定、从容、平和。没有呼天抢地，没有痛哭号啕，没有蹙眉顿足。世间除了生死都是小事，在他这里，无有恐怖，远离颠倒梦想，生死也是小事。

他是清澈池塘，清澈到池底鹅卵石和水草都历历可数。狂风暴雨让山川树木失色，而那池塘，却不动不摇，水面不起一丝波澜，水草缓缓沉入睡乡。

他是水晶玻璃。风乍起，吹不皱，雨打过，不留痕。

他的散文集《红莲白藕》还在我书架上放着，那次讲座结束他签名赠书的时候，只写了名字，没有日期，没有赠语，因为他已经没有更多的力气写更多的字了。他只能在书的扉页，简单写下“文瑜”两个字,用他一直喜欢的软笔。那种笔写起来最不费力，比钢笔毛笔都省力。

那是我听到的他最后一次讲座，在阳澄湖边的太平书院。他说：“我这辈子，文字上面也只能达到这个高度了。”是的，他在国内顶级核心刊物发表过大量诗文，但是疾病已经不允许他为更高成就而努力了。

这句话令我悚然一惊，那么我呢？我又能够在文字上达到什么高度呢？如果不倾尽全力，我又如何能够甘心呢？无人能够回答我的疑惑，但我依然感激他的无心之语。很少有人像他这样在公众场合敞开心扉，率真如顽童。

讲座结束交流时，他居然还记得我，虽然我与他极少交集，仅仅是他主编的《苏州杂志》众多作者中的普通一个。他认真地说：“你的文章，是有‘气’的。”我听懂了，这是一个前辈对新人的鼓励，是一个行家的简洁评语。我为此沾沾自喜，因为我理解他说的“气”，是元气和气韵。

那时他已经虚弱到从椅子上站起来的时候，需要两只胳膊在扶手上撑了又撑。他的儿子全程在旁边陪着，时不时伸手搀扶，最后干脆两手抱着他的腰，他斜靠在儿子怀里，拖着脚，像一棵芦苇，轻飘飘的，摇摇晃晃的，跨过老式木头门槛，走下青石台阶，转过河边的银杏树和石拱桥，消失在夜色里。

今天，2019 年 12 月 3 日，日常生活一如既往淹没着我：

手把手辅导一名即将参加演讲比赛的姑娘，见她吐字和情感的控制进步明显，我很高兴；

帮患胃癌的老同事填写表格复印病历，准备申请工会专项补助，他连连点头道谢，枯瘦如柴的脸、卑微的笑容，让人无法直视；

和公司同事们谈了各种工作，年终岁尾，大家都够忙，可是抱怨也没用；

一位朋友开车送来乌米粽子，穿着新的呢子大衣和长筒靴，真漂亮，而我捧着粽子，满心欢喜，乌米一向是我爱吃的；

下班时保安告诉我来福昨天还好好的，可是今天一条后腿瘸了，来福是一只大眼睛黄卷毛流浪狗，每天中午食堂开饭准时跑来门口等残羹冷炙，有人喜欢它，有人讨厌它，但无人知道它究竟住在哪里；

回家路上接到另一位朋友的电话，约我周六上午一起去听一位老作家的讲座，我满口答应，并且愉快地约好了共同出发时间。

回家第一件事是遛狗，胖胖在小区花园里闻着树根和灌木，时不时跳起来抱一下我的腿以示亲热。邻居们的油烟机四下里轰鸣，听得见吱啦一声油锅爆炒的声音，高压锅噗噗噗吐气的声音，葱姜、辣椒、清蒸鱼、羊肉汤的不同味道，在夜风里勾引馋涎。

忙碌而充实的一天下来，此刻，人开始懒洋洋掏出手机，发现半天工夫，微信圈里已经上百条未读信息，然后，我看见了《姑苏晚报》的讣告。

眼泪瞬间湿了眼眶。夜色深浓，小花园树影重重如《聊斋》里的荒原，四下里寂静无声，寒风来来往往，所有的尘世气息远远退开，我感到冷。

他的追悼会，时间恰好也在周六上午。我犹豫了一下，并不打算放弃讲座。讲座似乎更重要。如果他还活着，也会高高兴兴地去听讲座的吧？我拜托其他人帮我向追悼会上他的家人转达问候，应该可以吧？

明天，生活会一如既往继续淹没我：办公室最瘦的那个同事被女儿传染了水痘，需要请假；公司电脑打印机年度委托维护合同需要续签；家里南瓜馒头吃完了，等着我下班后切南瓜煮南瓜揉面蒸一锅新的；冰箱将空等着我周末采购填满……

凡尘的巨流河滔滔滚滚，泥沙俱下，五味杂陈，挟裹着每个人辗转其间，身不由己，欲罢不能。

人类的悲欢并不相通。我为自己的无情感到难过。

2019 年 12 月

在春风里读一首诗

——记“树木燃起全部的生命力”朗诵会

一个美好的下午，有微风，有雨后的清澈阳光，有帆布矮脚椅，有大片秋香色草地，有耳语般轻柔的电子琴声。

登台的是散文诗歌小说的写作者和《世界文学》杂志社编辑，简单地说，就是一群写字的人和一群看字的人，没有一个专业的播音员。他们大多带着害羞的笑，抱歉似的鞠了一个又一个躬，上下台时步子迈得很小，似乎生怕踩疼了舞台上临时铺的木板。他们开始朗诵了，未经严格训练的喉咙读着里尔克《秋日》、雅罗斯瓦夫《草莓》、罗伯特《给解冻的风》、帕乌斯托夫斯基《金蔷薇》，或者用英语法语朗读《当你老了》《今天，我们告别》。他们的声音不够圆熟，可是听起来却自然而贴切，像无心吹过肩膀的风，像白色幕布上摇晃着的树影。都是本来的样子。微凉的空气冰着手指尖，微温的阳光暖着额头，今天的一切都是本来的样子，自然而然，刚刚好。

此刻他们都是朗读者，用朴素的声音将前人深邃的文字一一展现。排列于草地的帆布椅仿佛一座座小小的白色孤岛，朗读声仿佛从低纬度向高纬度流动的暖湿海流在孤岛间回旋，并逐渐将孤岛联结起来。众人安坐，静听，眸子闪亮，似乎都想起了一些美好的东西，比如青春与爱情。年轻时候的梦，像过年时好不容易得来的红气球，宝贝得不行，谁要都不给，未料到自己不当心，忽然被风带走了，打着旋飘向蓝天，越飘越远。也像画糖人从石板上铲下的糖片，薄，脆，用一根竹签拈起，没舔几口忽然没了，连竹签都断了，只留余味在舌尖，甜蜜而惆怅。

此刻他们都是朗读者，用声音传播文字，用声音互相陪伴。陪伴很温暖，哪怕只有短短的半天。因为陪伴，当下的这一切就有了意义，无论微风、阳光、草地，似乎都是为了成就这一刻，都是因为这短短的陪伴而有了生存的意义。何况，声音的背后是文学，是诗歌，他们朴素的声音之所以听起来那么理所当然，是因为诗歌大多数时候是天真的、孩子气的、不需矫饰的。他们无意中契合了诗歌的本真气质。他们用自己的本真声音与群星般照耀人类灵魂的前辈对话，与新旧文友对话，与早春分分秒秒流逝，又分分秒秒定格的美好时光对话，于是，他们也成了美好场景的一部分。

香樟树从来不肯脱落自己的绿，哪怕是在寒气未褪的早春，浓密的小绿叶一面向天空反射着极浅而细碎的光，一面向树冠下舞台上的白色幕布洒下淡墨色的影子。似乎风是有韵律的，按照自己的主张紧一阵慢一阵，众人的头发于是跟着缭乱一阵又平服一阵。幕布上那些树影的晃动也是有韵律的，时而像淡墨色的波浪自上而下唰一下冲过沙滩，时而像蒲公英毛茸茸的种子自右向左慢悠悠飞过去，又慢悠悠飞回来。

白色幕布的右下角也画着一棵树，与幕布上面真实的香樟树遥相呼应，线条简洁，即使背景框中间细长条的留白截断了画面的完整，但是依然能够看出画中树的茁壮姿态。也许，一棵树就应该是这样子，一节一节，一段一段，在时光的格栅里努力向上生长，用蓬勃的枝叶燃起绿色的火苗，燃起全部的生命力，将美好的东西记录并传递下去。

这样的场景似乎只能发生在苏州，发生在苏州冯梦龙村的野营地。草地隐隐返绿，汁液开始在茎叶间鼓胀，踩上去软绵绵的。碎石子路在泥地上蜿蜒，帐篷东一朵西一朵，野树林未经园丁剪的蹂躏，保持着舒舒服服的旧模样。一头肚皮贴地的肥猪，披着黑白奶牛花纹，散步，打滚，兼职迎来送往，用鼻子友好地轻碰客人的小腿，换来笑声一片。好吧，“小池聊养鹤，闲田且牧猪”，这是唐诗里的又一重意境了。

2023 年 2 月

三年草药香

牵着女儿的手，走进四壁雪白的房间，把病历放到灰色铁皮办公桌的一瞬，我的眼泪跟着掉了下来。

间质性肺炎，这五个笔画简洁的字，像五座冰山一样压迫着我。起初仅仅是女儿在三岁时的夏天淋了一场雨，感冒后略有些咳嗽，连发烧都没有，以为不过是小毛病。谁能想到呢？噩梦开了头就停不住。一个月后，化验报告显示支原体感染、肺部弥漫状阴影。三个月后，夜晚咳嗽明显加重。半年后，轻度哮喘。抗生素、止咳药水、激素喷雾……吃的药成捆成堆，住院挂水扎得头皮和胳膊手脚满是针眼，以至于女儿看见医院大门就开始号啕，而咳嗽依然反反复复。

直到女儿六岁，实在受不了，下了狠心去中医院。中药苦涩，女儿喝不下去怎么办？如果中药也无效怎么办？心里乱纷纷，焦灼又疲惫。

医生抬起白帽子下面一双圆而大的眼睛，炯炯地盯着我，即使有大白纱布厚口罩捂着，声音依然洪亮：“别哭，我们一起努力。只要不怕苦，能坚持，孩子会好的。家长配合很重要，千万不能半途而废。你能做到吗？”

“能！”我咬着牙说。

医生摸着女儿毛茸茸的卷发，盯着女儿的眼睛，说：“我们是勇敢的好孩子，不怕吃药，对不对？”

“对！”女儿笑着说。

第一次诊疗，医生看得仔细，轮流号左右两只手的脉，观察舌苔和咽喉，把听诊器搓热了伸进衣襟前后左右听，把三年来的化验报告、住院记录翻看一遍，口述药方，对面的实习生在电脑上噼里啪啦打字记录。

那些陌生的草药名词我听不懂，我只听得懂他提到咳喘一号方、二号方、三号方。他解释说，小儿咳喘病因复杂，古代医书上多有记载，千百年来药方蔚为大观。根据自己的行医实践，在提炼古方的基础上，他总结出三套基本药方，以高效应对每天挤得满满的门诊病人。当然，并没有一成不变的万应灵丹，病人年龄和体质不同，在开方时还要斟酌加减。

因为女儿年纪小，不能用过于凶狠的虎狼药；因为女儿病程长、胃口差，所以药的种类不能太多，以保证肠胃吸纳；因为女儿夜里咳嗽比白天重，所以他最终选择了一号方的两味主药，再加上几味辅药。

此后三年，我家的厨房里，时时弥漫起草药的气味。那是来自泥土与阳光、来自植物与昆虫的气味，浓厚而独特，令人踏实，令人安详。《红楼梦》赞美药香气比一切的花香果子香都雅，确实如此。

出于谨慎，第一次只开了三天的药量。三天后必须回来复查，换药方。

为了哄女儿把黑色的苦药水顺利喝下去，从医院回家的路上，我买了新的拼图玩具、新的绣花公主裙、新的彩色童话书。因为被咳嗽折磨得太痛苦？或者一堆礼物的诱导？我舒缓而坚定的语气？医生的积极暗示？反正她非常镇定，双手捧起药碗，按照我的嘱咐一口气喝完，中间没停。把碗咚的一声放下来，她舒了一大口气，抬头看向我，等着我夸奖。我又感激又惊喜，简直不知道说啥好，赶紧递上漱口水，手都抖了。

奇迹出现了。原本一夜咳醒四五次，而当天夜里只咳醒了一次。第二夜，也是。第三夜，一声没咳。

多少个夜晚，我把咳得上气不接下气的女儿抱起来抚胸捶背，喂几勺明知没啥用的咳嗽糖浆，再哄她重新睡下。熬夜的滋味多可怕！眼圈青黑，嘴巴麻木，上班时常头晕。难得啊，现在能够睡个好觉，原本僵涩如锈铁棍的肉身，仿佛变成一团轻软柔暖的棉花。真幸福！

按时复诊，医生听完我啰啰唆唆的感激之辞，往椅子后背一靠，哈一声笑了："急则治其标，缓则治其本，当务之急先平喘，让你们休息好，否则不要说孩子，大人也撑不住。大人的身体垮了，孩子的病怎么能治好？"

因为三年来药吃得太多，女儿的肠胃给糟蹋得很差，不爱吃饭，脸色苍白，瘦得肋骨一根根支棱着，稍微受一点风寒就剧咳高烧，越复发体质越差。恶性循环。

所以第二次药方，在平喘的基础上开始调理肠胃，驱邪扶正，增强自身抵抗力。药量增加到五剂。喝完之后，一天也不可以耽误，必须及时再次复诊。

按照医生的要求，我开始频繁出入菜场，买新鲜的瘦肉和绿叶蔬菜，买鲫鱼用小火炖出雪白的汤，买白萝卜用蜂蜜腌出汁水喝，经常带女儿晒太阳、洗热水澡，经常到公园散步。女儿的饭量慢慢增加了，原本一小碗米饭磨磨蹭蹭吃半天还要剩很多，现在可以一口气吃光。

第三次复诊，药量增加到七剂。第四次复诊，验血，再次更改药方，并且药量由原本每天早晚各一次，改为仅晚饭后一次，因为女儿白天一切正常，只要保证夜里不咳嗽即可。第五次复诊，药不再放入电焐煲用小火熬得浓浓，而是煤气灶上煮开，略滚一滚立刻关火，绿色的药水还带着植物枝叶的清鲜之气，尝一口，甜丝丝的，有点像饮料。确实是饮料，医生嘱咐不拘次数，只要孩子渴了，就给她当茶喝。

一次次严格按照医生嘱咐的时间复诊，一次次请假调休，感谢单位领导和同事给了我最大的善意和支持。我们夫妻俩都是安徽人，大学毕业后到苏州打拼，赤手空拳成家，没有老人帮衬，一边上班一边带娃，处境狼狈。苏州本土同事经常对着我满目怜悯地摇头叹息，在我焦头烂额分身无术时，悄悄把我的分内工作帮着处理掉一部分。

如此三个月。第六次复诊，医生很满意，说可以暂停药休息，十天后再来复诊巩固。接下来一个月复诊一次。我觉得千斤重担顿时卸了大半。掐着时间大火小火熬药，有些先投或后放的药必须一味一味分清。心每天都揪得紧紧，真累。

如此一年过去了，盛夏，开始使用三伏贴。黑色黏稠的膏药，剪成一元硬币大小，贴在后背穴位上，冬病夏治。又一轮折磨开始了，天热，偏要忌口，不食生冷，只能眼巴巴看着满大街的小朋友吃奶油冰淇淋或者草莓棒冰。贴膏药的皮肤红肿痛痒，偏要硬忍住，不可以抓挠……

谢天谢地，三年的中药，三个夏天的三伏贴，总算坚持完成了。苦尽甘来，女儿身体渐渐好转，小学六年，病假请得越来越少；中学六年，除了体检极少去医院，而每次体检报告的各项指标都很好。特别是高三，紧张劳累压力大，同学们轮番请病假，而女儿一次都没有。她吃得下睡得香，顺顺溜溜考上了一所 211 大学。

我的一个朋友，家境和我极其相似，夫妻俩也都是外地人，也没有老人帮衬带孩子，孩子比我女儿小几岁，也经常发烧咳喘，医院进进出出没个完。他们夫妻俩愁得没办法，准备辞职回东北老家。我深深理解他们的痛苦，把女儿的医生介绍给他们，鼓励他们坚持治疗，不可随意放弃。三年后，毛病果然也断了根，孩子身体彻底好转。

很多年没有看见那位医生了，依稀记得他和我年龄相仿，圆脸，中等身材，姓陈，名字却已忘记。好医生如同再造父母，任何时候回想起来，都忍不住说一声：谢谢！

2021 年 6 月

病房手记

1. 疼

疼痛让人纯粹。你被逼着，退回最孤独的状态。人与人的联结全部被斩断，你变成一座孤岛。唯一的拯救者不是胸口佩戴十字架的基督，而是脖子上挂着听诊器的医生。

当疼痛海浪般袭来，你龇出牙齿、弓起背、竖起全身的汗毛试图抵挡，肾上腺素携带铺天盖地的冷汗，瞬间将你湿透。这时，你一肚子的唐诗宋词，不及一声“哎哟”明朗动人。你在客厅里的优雅、在厨房里的热情、在办公室雷厉风行的职场技能，统统归零。

你甚至不再是妻子、母亲、女儿、邻居、同事……任何一个社会角色都虚弱而可笑。再漂亮的女人，疼痛也会把你打回原形，你仅仅是掩埋着神经系统的一堆肉而已，是一个配备了雌性零件的生物体而已。

你不敢直视镜子：脸白如卫生间墙壁瓷砖，冷汗打湿的头发凌乱如青黑的水草，丝丝缕缕缠绕着额头下巴。那是谁？《聊斋》里幽怨的聂小倩吗？

当然，每个女人的身体里都曾经短暂地居住过聂小倩：妩媚、执着，孩子气的单纯里掺杂着贪婪，无数欲望如深夜里芦苇丛中的萤火虫升腾不定。而此刻，那些可以用数字衡量的东西，那些让你沾沾自喜的东西，比如腰围一尺七寸，房子面积两百平方，年终绩效考核九十五分名列公司第一……都变得那么可笑，像根稻草不值一提。你轻而易举地体会到了四大皆空的至高境界，只剩下唯一的愿望：不再疼痛。

疼痛总是主动进攻，你永远处在防守一方，被迫应敌的狼狈姿态，很难看。有时阵地战，有时游击战，有时在腰椎，有时在肠胃，有时潜藏在胸腔腹腔深处的角落，需要医生专业的手，仔细敲打寻找。

这具肉身已不再属于你，因为医生比你更熟悉它，你仅仅是寄居者，像寄居蟹可怜巴巴地挤在海螺壳或者贝壳里。

清醒的灵魂与疼痛的肉身，彼此牵制，彼此纠缠，各有各的苦，仿佛一根绳上拴两个蚂蚱，谁也跑不掉。

挣扎，拉扯，哀号，默祷……从白天到黑夜，灵魂与肉体一起踉跄着喃喃自语，仿佛一场长达二十四小时的舞台剧。舞台空旷，灯光凝成惨白的一束，追逐着唯一的演员。没有剧本，没有台词，因为疼痛无所不在，随时会激发起呐喊与倾诉。

护士来了，药水滴入静脉，被疼痛远远驱散的睡眠重新一点点聚拢。在沉入睡乡的一刹那，仿佛看见火焰升腾，沉渣层层泛起层层燃烧，灰烬细碎而清净，旷野辽远而平坦。一朵莲花，从它心形的花苞尖儿开始，缓缓打开繁复的花瓣，柔嫩洁白。

无有恐怖，远离颠倒梦想，究竟涅槃。

2. 杯子

一只陪伴你很久的杯子，不会无缘无故破碎。

它盛过蜂蜜水。半透明的柠檬片漂在水面，晶莹的冰块潜藏水底，安抚酷暑的焦灼。

它盛过红茶。细长黝黑的叶片，随一线从天而降的水柱团团转着，慢慢舒展，水汽蒸腾，温暖冬天的寒凉。

冷与热交替，风刀霜剑严相逼，一条又一条细小的裂痕，就在这样的时刻悄悄爬出来，只是，你没注意而已。直到有一天，它心力交瘁，碎落一地。你望着满地细小的碎片，惊愕不已。

就像西北地区的内陆河，流过春水涣涣，流过秋水长天，流过粉色的桃花与睡莲，曾经阔大丰盈的水面，越来越细，越来越瘦，最终消逝于寂静的沙漠。

就像苏州的草木。江南气候温润，暴风雨击打的力度有限，遽然折断的树极少，更多的草木，是在安宁的秋阳与霜露下，一点一点萎黄，一点一点死去。

人也是这样，一点一点死去了。

3. 一朵掉队的云

一朵掉队的云，在大得没有边儿的蓝色平原上，低着头，走走，停停。正好停在十楼我病房的窗口。

昨夜风狂雨骤，早上风雨止息。楼下小树林，梧桐树巨人手掌般阔大的叶子，柳树纤细袅娜如美人眉毛的叶子，都闪烁着水滴，尽褪浮尘，干净得如同这个清爽的早晨。

风轻轻吹，时不时会有一片圆胖的或者窄长的叶子，从枝头纵身一跃，高台跳水般跌进泥泞里。碧绿生青的颜色，却是今年秋天第一批落叶。

那朵掉队的云，仿佛在窗口和我一起专心致志地数着：一片，两片，三片，四片……一刻钟的时间，大约有九十九片叶子陨落吧？

看了九十九片落叶，所谓生死，也就平常了吧？

尚在抱紧枝头的树叶们，剩下的好时光不多了吧？

然而，什么是好时光呢？枝头春意闹固然是好时光，化作春泥更护花也是啊！

我的好时光在哪里？过去的，现在的，正在来路上隐隐可见的，心跳着期盼的，挣扎着接纳的，微笑着认命的，都是好时光，像树林里的叶子一样多，像树叶上的水滴一样多。

可是，我一句都不说。

我只想到楼下去，办完出院手续以后，捡一堆落叶，蘸着蓝墨水，用最简约的文字，在叶子上记录一段甜甜的好时光，然后，把它们重新交给泥土。

一刻钟之后，那朵云，慢吞吞起身了。仿佛天涯独行背包客，在祭祀结束后空荡荡的神殿广场，发了会儿呆，又继续奔着同伴的方向，赶路了。

2020 年 1 月

树山春早

树山如一株饱满多汁的春笋，静立在姑苏城外通安镇，游人至此，移步换景，景景不同，仿佛层层剥去春笋的壳，层层有惊喜，愈剥愈有趣。

山脚下，如果不是墙上写着“树山村口”四个大字，会让人怀疑自己错跑进一个文化创意社区，国乐、民谣、网络文学创作基地的牌子比比皆是，建筑物全带着强烈的现代博物馆风格，不规则几何线条营造出明亮而宽敞的空间，一幢一幢造型迥异绝无雷同，但外墙又都采用青砖、竹、木的传统材质，颜色或粉白或茶棕或柏灰或松绿，古雅端庄的气息，令人联想到广袖长裙的美人花窗独坐焚香抚琴的情景。

可，远处连绵的青黛山影、散落的碧绿菜园又提醒你：这确实是一个山村，有着山村的清澈空气、阳光和水，只不过引入了新的元素，古典与现代、自然与人工已融为一体。

继续往里走。主干道用大方石板交错纵横铺得平整，方便行走和车辆过往，却不单调，因为间杂着细细铺成回字形人字形的小青砖方块，花纹错落，展示着苏州古典园林特有的精致；通往梨园的许多岔道口衔接着旧路，黑色老石头肌理坚硬而沧桑，凝固着过去的模样。

路两边用深绿铁丝网围起大片大片的梨树，干枝灰黑，在早春的寒气里泛着隐隐磷光，鼓凸着无数小团团，嫩芽潜藏其中蓄势待发。昂扬遒劲的姿态，宛如直指天空的倔强胡杨，宛如盘旋多姿而骨节分明的古松，宛如习武多年的侠客铁铸般的胳膊。再过些日子，梨花盛开如雪如云，柔美似画，花谢后，甜嫩酥脆多汁的翠冠梨逐渐成熟，慰劳辛劳一年的农人。

规划非常科学，应该出自精心酝酿和反复推敲。几乎所有的种植区和游览区都用绿色的铁丝网隔开，充分保留古村落原始状态，外来游客对村民本身的生活不会造成过多的干扰，所以村民依然延续着自己喜欢的传统生活方式，在自己的一方小天地里怡然自乐。农家房舍疏疏落落，粉墙黛瓦，两层或三层，互相挨挤或独自站立，院子敞着大门。往来种作的身影穿着各色花布衫，有的蹲下身拔草，有的弯腰用长木柄大水瓢舀水浇菜。林间散布着许多小水塘，像一只只向天空睁开的眼睛，倒映着天光草色。那是村民于低洼处挖土而成，随圆就方，不讲究，没模样，可下雨天的时候能储藏起足够多的一塘水，就近浇灌周围的菜地，非常方便。水塘的周围蹲着小木屋，堆放各样农具，便于随手取用。

鸭子嘎嘎合唱粗哑，鹅的独唱高亢，母鸡叨叨个没完，狗和公鸡是冤家。听起来不嫌吵闹，只觉得亲切，只觉得理应如此。

如果说村口特色是腹有诗书气自华，那么，这里就是古诗里常有、现实中稀少的田园风味，是柴门闻犬吠、鸡鸣桑树颠的意境。

铁丝网隔而未隔、界而未界，隔断了互相打扰的脚步，好奇的视线依然畅通。游客们在游览区踱步拍照，与村民各行其道，你看得见我，我看得见你，互相观望，既满足了好奇心，又互相尊重不越界，在各自领域各自欢喜。这，应该是人与人相处的最好状态吧？

继续往里走，农家乐越来越多，藤椅摆满院子，香气勾得人走不动。露天集市的好婆阿爹们一口地道苏白，在小板凳上守着新挖的野荠菜、自家出产的鸡鸭鹅蛋。脸庞黑，皱纹深刻，笑眯眯。有客询问，粗糙的手抓起一把比自己还老的木头杆秤，仔细寻找着秤砣的准星。背后三轮车上摊晒着农家菜干。自己种的青菜萝卜，不加任何作料，只凭冬季里的寒风吹，凑近了，分明闻出茎叶质朴的清香。

生在这里是有福的，能够吃到自己双手劳作出产的新鲜菜蔬，知道吃下去的是什么，不会有任何的惶恐和疑虑。他们的笑容平静安详，令人联想到“醉里吴音相媚好，白发谁家翁媪”的画面。

开始登山。低矮的灌木和高处的香樟枇杷杨梅，在早春的寒气里依然片片深绿浅绿，像一幅层次分明的青绿山水画卷。观光木栈道仰仗金属架的支撑凌空而起，曲折蜿蜒，顺着山势向竹林深处伸展，踩上去空空地响。坡度平缓、行走容易，对脚和膝盖非常友好。因栈道架空，游客对草皮植被的践踏大大降低。新生的小苗、衰弱的老树，皆被金属支架仔细围起保护。人与自然的和谐相处，不是单方面从大自然中获得什么，更应该考虑对大自然的反哺与扶持。

半山腰至山顶，画风又陡然一变，危岩峻立巨峰叠翠，似一朵盛开的莲花，似群臣上朝时手捧的笏板，又似沙场将士全身披挂森然而立。仙桥横空出世，仿佛桂林的象鼻山。一线天是古人在山体天然裂缝处凿成的台阶，狭窄而陡。好几条小路都可以登顶，一条比一条崎岖，甚至需要手脚并用。虽然登山艰难，但幽奇险古、不染尘埃之景让人恍惚是在一步步接近仙界，一步步忘却俗世。

想不到，山下的烟火气如此喧腾浓郁，山上大石坞居然保留了原始状态，仿佛遗世而独立的绝代佳人，幽居在空谷，躲过了时光磨损，躲过了人力侵扰，完整保全着自己从盘古开天辟地时就有的模样。半山腰的众多摩崖石刻记录了古人对它的赞美，清代的建筑大师戈裕良更是在此观摩许久，画了厚厚一沓草图蓝本，最终设计出环秀山庄的假山，因“天然画本，尺辐千里”“山形面面看，景色步步移”的特点而名冠江南。

2023 年 2 月

藤椅咿呀在成都

去成都，起源于一场说走就走的旅行。没有攻略，没有导游，没有亲朋组团，心念一动，脚步就抬起了，小花布包挎在肩头，飞机就轰的一声起飞了。

到了。好听的四川话拖着长长的尾音,“车车”“雀雀”“葱葱”“杯杯”，几乎所有的名词都可以拿来重叠一下，并且语音会在叠词的同时发生微妙的变化，起伏回旋，就像那些弯弯曲曲的小巷子，站在巷口探头一望，深不见底，蕴味无穷。

到处都有藤椅，茶馆蒸腾的水汽里、饭店喷鼻的菜香里、柳条绿团团的树荫下、河湖光闪闪的泊岸旁。坐下去，藤椅吱吱响，伴随身躯扭动，时不时继续咿呀哼唱。声音极细微，仿佛夏夜窗外菜园里的蛩鸣，不会打扰清梦，只会让梦更酣甜。菜园里就应该有蛩鸣，就像夏夜就应该有萤火虫一样。

藤椅们仿佛商量好的，样式皆简朴，不花哨，几无装饰与点缀。原材料大多是藤与竹，保持着植物的朴素风貌与清新气质，制成的椅子分量轻到谦卑，搬动方便，承受力却极强，历经沧桑，依然韧劲十足。后背与扶手磨出了包浆，有隐隐的光泽，厚重，却不油腻，沉稳，却不晦暗。让人想起多年以前奶奶的手，指根老茧如豆粒，轻轻摸过孩子细软的头发，一下又一下。隔着头发，依然能够感受到那份粗糙和温情。

椅子多么重要，从草席、胡床到交椅，坐具经历了数千年演变。现代人的一生，有三分之一的时间是在床上度过的，其余时间是在各式各样的椅子上度过的吧？会议室的椅子需正襟危坐，才与那庄严的气氛相配。办公室椅子沉重而沉默，同事们不约而同绷紧肌肉身体前倾，敲着电脑键盘，屁股只坐半边，勤奋工作的形象油然而生。而藤椅呢？藤椅可不讲究这些，歪着，斜着，四仰八叉着，随便坐，跷着腿摇摇，踮起脚晃晃，都可以。只要舒坦就好，只要自在就好。

坐在藤椅上，喝茶，听曲，啃棒骨兔头城隍锅盔，吃抄手豆花三大炮糖油果子，捶背，掏耳，安慰疲惫肉身，没边没沿聊天，心里再大的烦恼忽然都不算个事儿了。屋檐上小鸟扑棱着翅膀，芙蓉花开深红一片浅红一片，大爷大妈拎着满把的菜从菜场慢悠悠踱出来，见了外地游客热心指路，顺便热心地说几篇关于古迹景点的传说故事。过日子就应该是这个样，有历史打着底，有现代的繁华富足，还有热腾腾的市井气息，无论生人过客，见了面就是朋友，响亮地打招呼，彼此都笑眯眯。不由得拍拍藤椅的扶手，感叹生活在这里的人真有福。

我有一个画家朋友，曾用半年时间创作出一幅版画，并获得业内大奖。画面极简单，只有一张空荡荡的藤椅，搭着条薄毯子，脚下矮凳上摆着圆肚老式茶壶，窗外隐隐可见苏州园区的地标建筑：大秋裤。古朴与现代的元素同时出现，浑然一体。无彩，只深深浅浅的灰黑白，是以刀为笔的另类水墨。雕功精细，用了最小号的刻刀，将藤椅经纬交织的肌理一一展现出来，静谧安恬的气息，就在水墨般的色调里不动声色地漾出来。流光容易把人抛，时间的透明脚印在藤条纹路里辗转走过，当年坐在藤椅上的人，却不知道哪里去了。

像一团棉花摊晒在冬日暖阳下，整个人在藤椅上渐渐松弛、渐渐绵软。这是一个坐下去就不想起来的地方，这是一个让人去了还想回来的地方——成都。

2023 年 1 月

绿山墙下梦槎湾

绿山墙，立在小巷深处。野草柔韧的茎叶互相缠绕，给墙头铺了一层毛茸茸的绿，如墨绿粗毛线织的厚毡毯，再越过墙头垂垂地下来，愈往下愈稀疏，颜色愈浅，似水绿纱袍。风吹过，满墙的绿猛地抖了一下，仿佛凝立不动的石墙原本正在小睡，现在忽然醒了过来，眨了眨眼。

在苏州东山镇双湾村，这样的墙可谓无处不在，高的过人腰，矮的不及膝盖，长的遮没两三户人家，短的仅仅护着一个鸡窝或鸭窠。形状呢？皆随着山势起伏而蜿蜒，像展开的一幅幅高低错落的屏风。所用石头大多赭黄色，间杂白与褐。模样方中有棱，不规整，不是砖瓦厂切割的标准规格，保留着从山上开采时的混沌模样。石缝里填充的是小石片碎石渣，没用水泥黏合，没用白灰抹缝，全凭石匠高超的眼力、手劲和经验，将大小不一游兵散勇般的石块巧妙组合，硬是垒砌成一体，经历数年风雨，依然稳稳当当，不歪斜不散架。石头断面粗粝，自带厚重朴拙之气，颇有北地粗犷风格，又因满墙蓬松的绿而温柔起来，与周围的粉墙、黛瓦、青砖小巷一起，构成江南水乡的妩媚婉约。

从外面看上去很普通的村子，没想到里边弯弯曲曲，竟然藏着那么多的小巷。遥想多年以前，也许就是这样吧？小巷狭窄，最窄处对面两户人家同时开窗即可传递东西。小巷通达，数量多而互相勾连，宛如蜘蛛网，宛如八卦阵，宛如“高低冥迷，不知西东”的微型迷宫。小巷弯曲，站在巷口向里面张望，望不到十米视线就会被打断，令人感慨小巷深深深几许？洗干净的衣服在阳台招展，到处都有人的气息，可因着视线的阻隔，到处又看不见人。宛若置身空山。空山不见人，但闻人语响。听得见房屋内的说话声、搓麻将声、手机声、菜进热油锅刺啦声、锅铲嚓嚓嚓翻炒声。油烟机哼哼着将白色的烟混着菜香米香一起送到小巷。

烟火气如此浓郁，却因粉墙黛瓦绿山墙的冷色调大背景而不感觉嘈杂，只觉得宁静，只觉得喜悦——岁月安稳静好的喜悦。

听见电动车的喇叭声，却不知车在哪里又去往何方，赶紧躲到最近的门檐下，很快一辆三轮车载着满车小树苗擦身而过，开车的老伯伯扶着车把，歪头和坐在旁侧的好婆说着什么，两个人都笑得皱纹簇簇。所经之处、小巷两边的门窗户里，时不时有人探头打招呼，两位老人提高嗓门答应着。人与车已消失，声音还在小巷回荡。东山话和姑苏城里的苏州话不一样，软糯里带着刚硬，好听。又一阵喇叭声，两轮电动车上女孩抱着妈妈的后腰，仰头对着一扇窗户尖声嚷嚷，里面马上有个童音回应。很快人与车又都消失不见，小巷复归平静。

久违了，这种邻里间的亲切。

当然，在上坡下坡、岔道转弯如此密集的窄巷里开电动车需要高超的技术，外地人估计要紧张得手心冒冷汗，可是这里的人熟练而从容，像一尾尾鱼悠然游于小河。有趣！

阳光下，小狗趴着睡成一团软泥，陌生人走来走去丝毫没有影响它们酣甜的睡眠。偶尔爬起来，抖抖身上的草屑，抬起慵懒的眼皮好奇地看看来人，尾巴犹豫着慢慢摇几下，羞涩地表示友好。花色和个头不同，但肥圆的毛脸、沉静的眼睛透着相同的憨厚。草丛深处忽然蹿出来一只潜伏的花猫，嗖地跃过巷口，消失在草丛更深处，只留下草叶被踩得一个劲摇晃。猫猫狗狗生活在这个村里，自由自在，看起来安逸得很哪。

村里绿意葱茏，低处是篱笆围起的青菜，高处多白果、枇杷和杨梅，野草花遍地。也许因为村外玉笋峰、龙头山茂密果园的出产已经足够，也许因为昨夜风雨大，所以村里散落地上的白果无人捡食，脚踩上去，外皮噼啪一声轻轻炸开。村民经过也毫不介意，任由白果树在风里摇它的叶子、落它的果子。“自歌自舞自开怀，且喜无拘无碍”，真好。

老树身上皆绑着铁牌，写明树种、属地、编号，俨然户口本和身份证。甚至注明了责任人的姓名，责任明确到人，可见保护之用心。例如：一棵尾号 99 的白果树，属于双湾村下属的槎湾，责任人姓叶。“槎”字很少见，当地人说成“擦”，但口型更圆，发音更有吴侬软语的柔和。

槎，意指用竹子、木制成的筏。传说春秋时伍子胥的母亲曾在此居住，将养蚕等技术传授给当地百姓，又帮助山农砍竹伐木编制成槎，槎湾因此得名。东山古时也叫胥母山。胥母祠曾改名地母庙，唐代贞观年间改为保安寺。至今槎湾村里的古保安寺仍供奉胥母塑像。寺门口一颗圆柏，树龄约1016年，依然挺拔，青枝绿叶，让人惊叹。

清代诗人龚自珍曾游历东山，认为槎湾可能和宋代抗金水军有关，水军所用的船只平时需要藏起来，故此地有“藏船坞”。槎湾清丽山水让龚自珍念念不忘，在《己亥杂诗》里深情写下：“今日闲愁为洞庭……梦断槎湾一角青。”

村子的古老还表现在：在村里随意乱走，时不时就会撞见一处老房子，外墙印满斑驳的水渍，像一幅简洁的水墨画。窗户关得严严，木头窗棂雕着花，爬着青苔。在斑驳的树影间，在流动的光影图画里走，阳光如此灿烂，从太湖吹来的风如此清新，时不时飘来炊烟的味道让人恍惚，仿佛逐渐走入时空隧道，看见往事旧梦。居住城市太久而凝结于胸的乡愁，似乎在这一刻找到了安放之地。

村民维护老村的用心随处可见，比如墙上贴着村规民约：“村规民约是个宝，村民自觉遵守好，倡导文明好风气，幸福生活乐陶陶……”内容浅显，句式整齐又押韵，很有乡土味儿。比如地面精心铺砌，青白色小石板平平展展严丝合缝，间杂着黑色的小鹅卵石，如一格一格的黑白画，路边沿用小青砖铺成人字形花纹，砖缝里冒出草叶和紫红小花。既方便通行，又美观。

双湾村紧挨太湖，多山，用来居住和耕种的土地有限，最早定居于此的先民们需要踏勘地理环境、通晓自然资源特性并进行科学规划设计，将极有限的空间加以最大化利用，并一代代不间断地维护，才能够始终保持传统村落的淳朴面目，保持物产的丰饶与衣食住行的舒适。这是一种保持人与自然和谐相处的智慧，一种苏州特有的螺蛳壳里做道场的精细。所以，游客至此，看见村子里那么多小巷、山墙、房屋、菜园、果树聚集在方寸之地，呈现的不是拥挤逼仄，而是曲径通幽，是柳暗花明，是百转千回式的井然有序，是千锤百炼后的浑然天成。

2023 年 3 月

轻绣，轻绣，且去森林悠游

太湖之春，山温水软，处处皆青绿。湖岸小山沿着淡蓝天际画出的柔和半圆是青黛色，茸茸野草经历冬霜的侵杀变成淡黄底子泛出浅绿的秋香色，满山桂花树橘子树的叶子绿得莹莹，东一丛西一簇的竹林绿得苍劲。近岸湖水因清澈而清浅，远处湖心又因群山倒影而幽深，湖水从浅碧逐渐洇成靛青。

一切都是可爱的。叶，草，湖，山，各有各的好。姑苏城外的古镇光福，果然是“光天福地”。

走进森林，门口的院子是可爱的。高处的乔木低处的灌木形成高低错落的层次，树们无论大小，皆身形婀娜可以入画，枝条的伸展颇讲究，禁得起推敲。圆形水池里铺满白色碎石子，制造出枯山水画面，宁静，安详。所有细节都出自老园艺工的精心设计，没有砌封闭式院墙，只围了一圈整齐的原木色篱笆，营造出浓郁的田园风味。篱笆起着隔断的作用，仿佛一扇巨大的屏风，隔断墙外菜园。透过篱笆的稀疏缝隙，看得见墙外的苏州青一朵一朵，绿得发黑，叶片圆肥。远处的黛色山影横在蓝色天际，仿佛是院子天然的背景。院子明明不大，可是因为曲径，因为高低错落的树，因为外面无限宽广的清丽背景，反而有种庭院深深深几许的错觉。这是巧妙地用了古典造园的借景之术。

涧里村的名字是可爱的，且有典故。光福多山，此村临近卧龙山，山南与另一座名叫铜井的山相峙，两山之间形成一条山涧，也是光福诸山中最长最有气势的山涧——惊鱼涧，长达数里，两山之水皆由此奔流太湖。每当春夏雨季，山上积水自山顶泻入山涧，哗哗声响彻两岸，奔流的山涧水于湖滨形成湍急漩流，令附近鱼儿惊恐不已，因此得名“惊鱼涧”，也有的写成“警鱼涧”。湖中鲫鱼甚至会惊飞蹿起，溯流逆上，跃入山涧，村民不需要辛辛苦苦扬帆摇橹深入太湖，只要在山涧边守株待兔，就可以轻松捕获新鲜鱼虾。所以村里的农家乐除了固定菜单，另有一份城里饭店想都不敢想的好处：碰到什么吃什么。乡村的率性烂漫，暗藏着得天独厚的底气，还自带开盲盒般的有趣。也对，事事皆因缘，一饮一啄皆有定数，看个人的口福了。

卧龙泉是可爱的。花岗石砌成的平台保留着百年前的沧桑，在井口蹲下身几乎就能摸到水面。此井是活水井，号称龙眼，一年四季水位几乎不变，干旱季节水位略低，遇到连日暴雨，泉水涨到井口却从未外溢。这里距离太湖实在太近了，所以水质极好，清爽、纯净，入口柔和，回味微甘。以前到杭州旅游，见当地人拎着大大小小的塑料桶赶路，觉得奇怪，一问，原来是到虎跑泉打水的。仅仅因为名气不够响亮，所以卧龙泉至今只能造福当地百姓，不被外人知晓。

轻绣森林的名字是可爱的。百余亩林木把空气几乎染绿，精细雅洁的苏绣作品摆满展厅，有花鸟风景，也有衫袍鞋帽，最别致的是两双小鞋子，花纹极其独特，分别寓意不同属相，却又不是常见的传统生肖图案，而是在传统的基础上融入了现代几何纹路的变形，别有韵味。这是孩子的母亲为自己的女儿和儿子单独设计的，独此一份，市面上根本见不到同款。如今姐弟俩长大了，曾经穿在脚上的婴儿鞋被摆在了展柜里，让人感叹真是有福气的脚丫。

记得我女儿三个月时，也曾获赠两双绣花鞋，女儿长大后，许多衣服玩具被我送给了亲友以物尽其用，可是这两双绣花鞋我一直珍惜地收在抽屉里。鞋子布面，布底，一双黄色的绣菊花，一双红色的绣牡丹，是我那不识字的婆婆凭着记忆，自己用铅笔在白纸上描画“花样子”，再把白纸缝到布料上绣成的。最简单的平针绣，针针线线都是心甘情愿耗费的精力与时间，是长辈对新生命到来的喜悦与尊重。每一个新生命都值得这样被爱。想当年，婆婆小时候得到过自己母亲、姨母姑母、奶奶外婆亲手做的衣衫鞋袜，家族亲情就是这样在针针线线里维系，传统女红就是这样一代代传承。

曾经的光福，家家有绣绷，户户有绣娘。游客至此，可以拈起针线捧起绣绷，在当地绣娘手把手的教导下，体验宋代才子柳永“针线闲拈伴伊坐”的柔情，体验“玲珑绣扇花藏语”的雅趣，体验平常日子里潜藏的诗意，体验紧张工作匆促生活里久违的闲散与松弛。针线起起落落，渐渐忘记了职场的戾气与喧嚣，远离了纠结与急躁，心越来越平静，像一株纤细的水草在涓涓水流间越来越舒展，像一尾小鱼游向大海更幽静的深处。阳光暖暖的，风儿轻轻掠过窗外的树梢，远处山间传来几声清脆的鸟啼。一针温婉，一线安详，一针一线的，就这样把自己绣进唐诗宋词，绣成巧笑倩兮的好模样。

如果带着孩子一起来呢，当然更好了，刺绣体验工作已经做好了前期准备，孩子坐下来，短时间内就能够绣完一个作品。丝线穿进针眼的刹那专注，绣花针往复循环的耐心，眼睛手指的协调配合，都将给孩子提供很好的学习和锻炼机会。看着一朵花在自己手下渐渐成型，这是多么大的成就感，将自己亲手绣的小手绢、小香囊、小团扇带回家展示给亲友同学，又是多么令人骄傲的事情。“纸上得来终觉浅，绝知此事要躬行”，让孩子从小接触传统技艺的熏陶，是父母亲给孩子的最好教育。

2023 年 2 月

霓虹灯影夜姑苏

逛观前街，最好的时间是在下班之后，三五好友慢悠悠荡过去。胭脂般的晚霞层层隐去，水墨般的夜色逐渐深浓，终于，在某个时刻，高耸的屋脊、婉转的回廊、雕花的门厅、招摇的酒幌，上下左右的路灯、角灯、射灯，连同勾勒出建筑物外观曲线的各色光带，所有的灯唰一下全亮了。赤橙黄绿青蓝紫，好一个霓虹灯影，好一个繁华夜姑苏。

清朝的苏州画家徐扬用了二十四年时间，画了幅比《清明上河图》还长一倍多的宏伟长卷，记录家乡繁华风貌，名为《盛世滋生图》，又名《姑苏繁华图》，得到了乾隆皇帝的盛赞。如今，位于苏州古城区的观前街，浓缩了徐扬巨作的神韵，特别是夜色降临后，霓虹流光溢彩，蓬勃花草与往来游人被迷离灯影映照得恍惚而绰约，苏州即刻变为姑苏，商贾辐辏百货骈阗的姑苏，水袖翻舞游园惊梦的姑苏，大多数人想象中的人间天堂，似乎就应该是这个模样。

逛观前街，最好的路线是从一条小河开始，小河名临顿，南北走向，因春秋时代吴王阖闾在此地临时安顿休憩而得名。石头垒砌的驳岸腻着茵茵青苔，中间夹着一条细长的水流，闪着细碎的波光。隔不多远就有一座桥，名字古雅：善耕桥、白塔子桥、西花桥、忠善桥、菉葭桥、悬桥、苹花桥、碧凤坊桥……桥洞弯弯，与水面倒影凑成一个玲珑的圆。河窄，桥身自然极小，有的三五步即可跨过，真是名副其实的“小”桥流水呀！

石桥板走上去空空响，颗粒状小坑洼微微硌着脚心。一弯淡白色月牙钻出来，晚风灌进衣袖裙摆，垂柳摇晃，水面倒影缭乱，心里涌动莫名的柔情。“独立小桥风满袖，平林新月人归后”，苏州，诗意无处不在。

临顿河西侧即是观前商圈，商圈里小巷密密匝匝：诗巷、观巷、宫巷、因果巷、邵磨针巷、乔司空巷、珍珠弄、平安坊、蔡汇河头……名字或考究或直白，有些还藏着故事。巷弄大多数极窄，对面来人需各自侧一下身。长的二三十米，短的二三十步就到了头，真是名副其实的“小”巷呀！却都有名有姓，巴掌大的蓝底白字铁皮户口本，庄严地钉在粉白墙上，让人忍俊不禁。

灯火明亮处，总能看到人家，孩子们牵着小狗跑，老头在藤椅上咪黄酒，老太太一边洗菜一边和小巷对面邻居大声说着什么。苏州话对外地游客如同鸟语，听不懂，却甜脆软糯，好听。

小巷是古老的，从春秋时期伍子胥建城至今数千年了；小巷又是鲜活的，充满人的气息，水、桥、巷、人相互交融，以各自的生命力滋养着对方。

迷一次路吧，关掉手机导航，收起地图，像古人那样“率意独驾，不由径路”，乱走一气。放心，所有的巷弄都相通，没有死路，最终都能走回到观前街主路上去。

一到主路，腾腾热气扑面而来，川粤淮扬各色餐馆、煎烤烹炸各色小吃，香气在夜色里袅袅，勾得人垂涎。百年老店众多，拱门敞亮、灯笼高悬，造型古色古香、优雅大气，得月楼、松鹤楼主营精致考究的苏帮菜，陆稿荐专营地道苏式酱肉，采芝斋和黄天源的苏式糕团软糯香甜，元大昌柜台上蒙着荷叶黄泥的黑陶酒坛一打开，古法酿造的黄酒汤色清冽、酒香袭人。美罗商场、观前一号、第一百货等现代化大商场里有着时尚国际一线品牌的衣服鞋包。其余各种店铺挨挨挤挤，经营着不同风格的裙衫、首饰、文创、瓷器、丝绸……人群熙熙攘攘面上含笑，一起组成了热闹非凡的观前夜游图。

一条金黄色光带勾勒出飞檐翘瓦，那是观前街中段的玄妙观，山门广场开阔，三清殿周围大树挺拔，绿荫浓密如冠，千年道观的气度深远安详，在周围的喧哗里辟出了一片静心地。新华书店的玻璃门擦得干干净净，一楼到三楼都有人站着坐着看书，老人孩子年轻人都有。远远听见琵琶叮咚，走进光裕书厅，粉墙黛瓦砖雕门楼后面的剧场，穿旗袍戴珍珠耳坠的姑娘正在用“中国最美的声音”唱着评弹。寸土寸金的商圈，依然给道观和书店、书场留足了空间，难得！

处处可见苏州人的精细与用心：公共洗手间建成两层楼，充分利用宝贵空间，门口竖着木头屏风，折扇式展开，黑漆边框，画着亭台楼阁春兰秋菊；下水道井盖上用简洁线条刻着苏州古典园林；仿古灯彩层叠繁复，款式多样，圆的方的、四角的五角的，米色底子画着一圈如意形花纹。

古典的，又是市井的；家常的，又是大气的；厚重饱满的，又是舒适惬意的。拆开来看，这些元素每一个都是独立的、冲突的、格格不入的，可是它们偏偏全部融合在一起，你中有我我中有你，自然而然、鱼水和谐。

这是千年文化沉淀出的优雅自信，这是从《红楼梦》延续至今的“红尘中一二等富贵风流之地”，这是江南独有的苏州气质、观前味道。

2022 年 9 月

神山圣湖

飞机降落拉萨后换乘大巴，到了尼玛县，最高温居然才16℃，清凉直沁肌肤，令苦夏已久的我们长嘘一口气。回想起长三角城市里连日火炉般的高温煎熬，此刻感觉甚是幸福。

窗外人与房屋皆稀少，视野极开阔，荒凉而雄壮的风景迥异于繁华精致的江南。明明离家越来越远，却隐隐有种梁间燕子飞回旧巢般的亲切。你看：三只毛茸茸的野驴齐刷刷掉转身子凝神相望，仿佛车里的游客是它们的主人；穿着白色藏袍放羊的男孩勒住胯下黑马，对着车子歪头细看，仿佛打量久别的亲戚；一堆隆起的碎石废墟，神似堆在童年老房子里的柴草垛；头缠发辫的藏族老太太弯着腰踱步，看起来那么像小时候最疼自己的奶奶，干瘦身材像，踱步姿态像，慈祥笑容更像。

正对着窗外出神，眼前一黑，原来是天上飘来几片黑云，瞬间大雨倾盆。高原气候变幻莫测，没几分钟，云散雨收、阳光灿烂。恰在此时，大巴车转过山坳，一片蓝色大湖突然跃入眼帘。

那么蓝，蓝得像无垠的晴空全部融化到了水里，像装在玻璃瓶里首次开封的纯蓝墨水，更像一场深邃的梦境，否则，人世间怎会有如此纯净而浓郁的，闪着釉蓝、靛青、鸢尾蓝、矢车菊蓝光芒的大块琉璃？你看，梦里的风吹不动真实的水，大湖如此平静，不见波纹，湖面光滑如刚擦洗过的镜子，清晰倒映着远处连绵起伏的银白色雪山。

那大湖就是当惹雍措。亦真亦幻、令人目眩神迷的当惹雍措。

藏语中，“湖”的发音直译汉语为“措”，“雍措”在藏语中是对湖泊更高规格的称谓。在西藏，措随处可见，但只有六个湖泊有资格被称作“雍措”，羊卓雍措、玛旁雍措、当惹雍措，等等。前二者由于分别距拉萨、神山之首冈仁波齐非常近，因此知名度高、朝圣者旅游者众，当惹雍措潜伏在文布荒原秘境，除了偶尔在民间神话传说中被提及，外界几乎无人知晓，涉足者更少。

其实雍措里，当惹最有特色。它的深度超过两百米，是西藏最深的湖，它罕见而迷人的蓝，与水深密切相关。它的形状最神奇，上圆中细下部长，很像金刚杵，佛教密宗中的金刚杵所向无敌、无坚不摧，可以断除烦恼、消灭恶魔。在西藏若干个圣湖中，它又是最古老的，是西藏最老的苯教徒所崇拜的圣湖。据史载，苯教有自己的创世神话，是远古藏民族文化精神的象征，发祥地在象雄，“象雄”一词意为大鹏鸟所居之地，早在公元前五世纪就产生过极高的远古文明，史称古象雄文明，甚至有些研究者把它和南美洲玛雅文明进行过类比。公元七世纪，象雄被吐蕃所灭，但苯教文明却延续至今，湖边的文布南村即是活生生的图腾，是今天解读象雄文化之谜的一把钥匙和研究苯教文化的重要场所。村民皆为苯教信徒，庙宇和服饰与拉萨地区不同，更古朴而素净，令人颇开眼界。

因为易守难攻的地势和良好气候，此处曾是象雄古国的王宫所在地，也是整个藏族政治、宗教、文化的中心，其势力和影响遍及中亚、西亚、南亚、西伯利亚、中原汉地，可以想见它的威武与昌盛。可如今怎样呢？宫阙万间都做了土，连像样的大型遗迹都极少，只剩下些许断壁残垣，或者小小一团夹杂着碎木片小石子的乱土堆。这些遗留下来的宝贵痕迹里，藏着当年的泪水与欢笑、逝去的幸福与辉煌，天地悠悠，沧海横流，时代之变迁真让人感慨。

漫步湖岸，高原特有的阳光灿烂如金子，迎面吹来的风不沾一丝浊气，远处是达尔果神山七峰，红褐色的山脊上披着终年不化的白雪，仿佛神山七兄弟举起洁白的哈达欢迎游客到来。文布南村里，充满与世无争的静谧，看见陌生游客，无论老人孩子都没有一点拘谨、害羞或者慌张，甚至连好奇也没有，他们只是安静地看向你的眼睛，你来与不来，他们就在那里，与他们的神山圣湖一起在那里，不悲不喜。

他们的沉默里有巨大的力量，让人安详，呼吸从容，意念纯净，心静如磐石深海。他们的神山、圣湖、建筑、长袍以及他们自己，都依然保持着古文明的风格，这些使得游客产生极大的情绪触动，失落会骤然涌上心头。但，一切美好的事物都伴随着失落，人生也是一场旅行，相遇与离开都是最寻常的事情，如同白云偶尔投影在湖水的波心，所以，最好的珍惜就是安住当下。

不知不觉，曾经火炉般煎熬的种种焦虑抑郁烦恼渐渐消失了，压抑心灵的重负渐渐抛开了，前所未有的轻松喜悦，如同羽化成蝶。如此效果，恐怕高价心理咨询也未必做得到。也许是因为金刚杵的无穷威力？也许是因为古老苯教的无形加持？也许是因为这里才是西藏最神圣的天堂？

待来年，若心底烦恼再次簇簇丛生，我将回到当惹雍措，让不堪重负的心灵回到精神故乡，于雪山、湖泊、遗迹、村落的如画美景处，于蓝色圣湖边五体投地，再次求得解脱欢喜与身心清凉。

2022 年 8 月

带着荷香归去

满眼的绿，浅绿深绿青绿墨绿，连同一片汪洋的碧水，向着茫茫天际铺展过去，无穷无尽。高处遮阳伞般的荷叶绿若翡翠，隐隐透着阳光，中间层层叠叠的荷叶密密交织成幽绿长廊，荷叶空隙里漂荡的浮萍绿茸茸碎如繁星。粼粼波光是绿的，水底倒影是绿的，迎面吹来的风是绿的，睫毛也染绿了吗？眨一眨，轻盈似翠鸟的羽毛。

乘一只红漆画舫，在船头艄公的咿呀摇橹声里，穿过荷叶的团团绿云，滑进一条条迷宫般的水上小路，白荷冰肌胜雪，红荷娇艳如霞，无论含苞、初绽、盛放，皆清新可爱，仿佛仙子冉冉降临，亭亭不语，只微笑静默，红白罗裙洁净，不染一丝尘埃。荷叶的香，荷花的香，清淡清鲜，染得游客的发丝都香了，举起袖口闻一闻，衣袖也香了，恰如唐诗《采莲曲》所写：翠钿红袖水中央，青荷莲子杂衣香。

这里是山东济宁微山湖，我国北方最大的淡水湖，湖区内各处连片生长的荷花足足有十万亩，蔚为壮观，“中国荷都”的美誉当之无愧。我到过清华园和净慈寺，亲眼看见过朱自清笔下曲曲折折的荷塘，以及杨万里称赞的接天莲叶，它们确实很美，但比起微山湖水面之辽阔荷花之繁盛，它们就显得太小太单调了。

从微山湖旅游区游客中心出发，岸边绵延的芦苇丛茂密如森林，修长的茎叶在风中轻轻摇摆，发出极细微的响声，唰啦啦唰啦啦，像绿精灵的悄声梦呓。蜻蜓三三两两低低飞过，引来孩子们惊喜叫喊。到处都看得见白鹭，慢悠悠地飞，羽毛银白闪亮，翅膀不慌不忙拍打，胸有成竹的样子，纤细的长腿斜斜掠过画舫，大人们忙不迭按下手机快门。

因湿地公园林木水系交错，园内形成了一片天然鸟林，丛林中几乎每一棵树的树枝间都有鸟巢，号称“筑巢鹭隐”。朝阳初升，白鹭离巢觅食，夕阳西下，白鹭归巢休憩，在差不多同一时刻，成千上万只白色大鸟翩翩飞舞，宛如一片片流动的、有生命力的白云，那情景美得让人屏住呼吸，既怕错过珍贵镜头，又怕打扰了它们，似乎它们才是这一方湖水真正的主人，日出而作日入而息，生活简单自在，神仙般的境界，而手持相机的人类不过是匆匆过客，偶尔得窥自然界的神妙秘境，与世间万物刹那间有了短暂联结，这种联结，令人谦卑而欢喜。就与白鹭荷花同坐吧，水汽缭绕，荷香氤氲，明月清风我。

万物有灵，栖居于此的白鹭是有福的，微山湖物产丰富鱼虾众多，白鹭们自然不必为三餐辛苦奔波，所以养成了从容风度。微山湖之所以拥有如此广阔的水域，是因为优越的地理条件，以及京杭大运河的助力。大约明朝时期，微山湖出现，为大运河向北方发展提供了便利，古老的人工河最终完成了五大水系的贯通，完成了划时代的历史承启转折。在这里，河就是湖，湖就是河，烟波浩渺浑然一体，这段湖中运河是京杭大运河的一部分，也是当地值得自豪的文化标志之一。

值得自豪的，还有微子墓和铁道游击队纪念园。

微子名启，被孔子称为“殷商三仁”之一，秉持仁爱思想，因纣王无道、数谏不听，愤而出走，死后葬于此，微山因此得名。距微子墓不远处是目夷墓，目夷字子鱼，微子十七世孙，《子鱼论战》一文体现了他的英明远见。因景仰先祖微子，死后便葬于此。先贤影响深远，铸就当地仁厚、刚毅、果敢的民风，甚至令外敌折服。微山岛有块双面碑，正面是清朝同治年间刻的“皇清”二字，内容是老百姓收割麦子分租量地的情况，抗战时期日军丰田部队大队长龟田下令把碑的反面磨平，亲手书写了“殷微子之墓”五个字，此碑即成双面碑。先贤人格之伟大，连杀人魔王也拜倒在他的脚下。

抗战时期，微山湖抗日根据地最卓越的贡献是开辟了湖上秘密交通线，护送人员往返延安、运送物资、传递情报，为全国抗战胜利做出了重要贡献。1945 年 8 月，日本天皇宣布无条件投降后，当地一千多名日军携带轻重武器顽抗了一段时间，最终败阵，向足智多谋、不足百人的铁道游击队投降，微山湖区的抗日传奇画上了圆满的句号。电影《铁道游击队》播出，英雄们艺高人胆大，能够赤手空拳扒上飞驰的火车，让银幕下的大人小孩看得目瞪口呆。“西边的太阳快要落山了，微山湖上静悄悄，弹起我心爱的土琵琶,唱起那动人的歌谣。”充满浪漫与豪情的歌曲久唱不衰,更让微山湖名扬天下。

现在,“微山湖号”列车静卧于湖畔，这是一辆行驶于上海到徐州之间、承载了几代人回忆的绿皮火车，看见它，就仿佛看见过去的峥嵘岁月，回想起飞虎队队员打票车、截布车的精彩场景。铁道游击队纪念园占地近百亩，庄严肃穆，广场东西两处人物群雕鲜活生动又大气磅礴，纪念碑做成了帆船形状，高耸入云，让人瞻仰凝思。和平来之不易，想起前人的流血牺牲，更觉眼前美景值得珍惜。

一天行程结束，带着满身荷香归去，今晚定会做一个香远益清的甜梦。

2022 年 6 月

凉风万里敕勒川

敕勒川的风，凉凉的，飒飒的，带着哈素海的潮润，带着绿草的清鲜，浩浩荡荡直扑入怀，满身的烦热瞬间消解，精神顿时一爽。忍不住高抬下巴张开双臂，感受那风温柔有力而无形地托举，仿佛肉身已经幻化为蝴蝶轻盈的翅膀，于草叶间翩跹。

风吹草低见牛羊的敕勒川，天似穹庐笼盖四野的敕勒川，在古典诗歌璀璨的海洋里雄踞至今的敕勒川，只有亲自来到这里，双脚踏踏实实踩在这里，才能真正感受到它的壮丽。

清晨，推开蒙古包的门，淡青的晨光下，绿草地一夜之间神奇地变成了白色，茫茫一片令人惊奇。蹲下来仔细看，原来是无数露珠挂在草叶细长的尖儿上，宛如给草们盖上了一层薄纱织就的白披风，更像是传说中用千万颗珍珠连缀而成的珍珠衫，贴身穿可以养身健体。这是大自然珍重的赐予。北方夏季，只要夜间有露，白天晒得卷缩发干的植物叶子很快就会滋润得恢复原状，所以人们常把“雨”“露”并称，就是这个道理。

傍晚，夕阳缓缓坠入地平线，躺在草地上，遮阳帽盖在脸上，厚而绵软的草叶缓缓散发着白日的余温，熨帖着多年来因伏案太久而酸痛僵硬的腰背。尘嚣远离，一切烦恼皆暂抛，神游八荒，心怀舒畅。这时会特别理解古希腊哲学家第欧根尼那句著名的话——他正躺着晒太阳，国王来拜访，故作谦虚实则傲慢地问：我能为你做点什么？他说：请你走开，别挡住我的阳光。

深夜，虫鸣四起，星星一串串冒出来，那么多那么亮，低低地垂在头顶，仿佛一棚晶亮的葡萄架，抬手就可以轻轻摘掉最大的那几粒。萤火虫的灯笼一只跟着一只点燃了，它们是人间的小星星，颤颤悠悠地飞，时间在它们那里变得很慢，但每一秒钟又似乎那么饱满。它们三五成群，掠过草丛模糊而浓重的暗影，消失在茫茫夜色，像一个被惊醒的梦。

下雨的时候，两个人在半明半暗的蒙古包里挤在一起，听水滴敲击帐篷的声音，像一首无字的歌，有着冬不拉和马头琴的旋律，简单、悠扬、纯净，听久了会催眠。雨点在半透明的帐篷顶绽开圆花瓣，如同一朵朵刹那怒放又刹那凋零的透明向日葵。水流在草间汇集，成小溪，成河流，成小型湖泊。雨停了，赶紧出去走一走，脱了鞋袜光着脚，草叶痒酥酥挠着脚心窝，钻进脚趾缝又从脚趾缝钻出来，每个人都咯咯笑着变回小孩子。一只红蜻蜓飞过，大家喊叫着去追，气喘吁吁。

敕勒川的美无论白天夜晚都令人欣赏不够，不仅因为其独特地理位置与丰富物产，更因为近年来的开发建设使得自然人文资源进一步丰富。如今的敕勒川占地面积约三万亩，以种植天然牧草为主，保留草原本真模样，让久居内地的人惊叹旷野之美。哈素海是蒙古译音，意为青色的湖水。湖面开阔，盛产鱼虾，湖边芦苇深深、绿柳依依，风致独特，特别是恼包村，村里小桥流水风格的园林建筑让人恍惚如入江南。

这里更有别开生面的游览项目，让人充分感受到民俗文化的魅力。胆大的可以骑马，体验游牧民族马背驰骋的豪情；喜欢安逸的可以滑草，在长长的坡道上享受滑梯般的快乐；带着孩子的可以去华谊兄弟星剧场，汇集文化、旅游、商业、演艺等多种功能于一体，一站式玩个够；喜欢露营的可以去陆游房车营地，营地内物联智能水电桩、餐厅等配套设施一应俱全，睡在森林星空下，感受独特的草原露营体验。舞剧《千古马颂》里马术表演技艺高超，融合全息影像技术呈现百骏出征的壮观场面，唯美震撼。到恼包民俗美食街享受纯正的地方美食，蒙古老酸奶滑爽香浓，六蒸六酿的马奶酒清冽甘甜，烧烤牛羊肉鲜嫩醇厚，各种美味入口难忘。

一首《敕勒歌》从南北朝时期传唱至今，此刻，站在草原极目远望，依然是天野相接无比壮阔的景象。凉风起，打着小小的旋儿，于青蘋之末飒然而来，无数草叶跟着起伏宛如深深浅浅的绿色海浪。就变成一棵小草吧，站在敕勒川，向着天空伸展纤细而挺拔的腰身，听土壤深处先民的马蹄回响，看千年前的明月俯照今天的篝火，只安静地站着，不说话，就十分美好。

2022 年 7 月

行走瓜洲

穿过一条条老街，去寻找传说中的瓜洲古渡。时至正午，披着沧桑外衣的烟囱们陆续升起了炊烟，草木成灰后的气息微微呛着喉咙，带着一缕若有若无的暖，羽毛般拂过冰凉的脸庞，远远地飘向墙外的大运河，消失在冬天凛冽的晴空。

楼船夜泊、雪落无声的瓜洲，与京口一水相隔的瓜洲，泗水流汴水流的瓜洲，唐代鉴真东渡日本时从这里起航，杜十娘在这里怒沉百宝箱……存在于多少诗词歌赋里、唤醒多少美丽想象的瓜洲，如今，以一块石碑提醒我们：就是这里了。

石碑长方形，高过人头，灰白色，刻着“瓜洲古渡”四个红色大字，竖排，行楷，阴文，笔画饱满厚重，没有落款，没有花纹装饰，配合着花岗岩的粗糙材质，朴素而沉稳。几步台阶下面，立着一个高大的牌坊，两根柱子刷得雪白，撑起横梁和斗拱屋顶，对着河水的一面，横挂着木牌，黄底蓝字，写着“江天胜境”四个字。字迹和底色都有些剥落了。两侧对联：浊浪排空势吞吴楚，渡头纵目气贯江淮。

对联气势雄阔，描写的应该是渡口鼎盛时期的景象。唐宋以来，尤其是明清时期，瓜洲商贾如云，舟樯如林，是当时南北漕运货物集散之地和水路交通要道。唐开元二十六年（738年），伊娄运河开通，长约二十五里，大运河于是不再绕道真州，而从三汊河至瓜洲古渡入长江，缩短了漕船的线路，水上交通更加便捷。瓜洲因此成为南北交通的重镇，富甲一方。伊娄运河两岸为自然岸线，基本保持完好，现为国家级文保单位，岸边竖着石牌和长廊，有详细的介绍。

眼前这条河流，江面不甚宽，水流不甚急，因为天气晴朗，能见度高，西岸镇江市的楼宇看得清清楚楚，更远处隐隐一团青黛色的山影，就是金山寺所在地。密密麻麻的渔船，紧贴着河岸停靠不动。

同行的摄影家放出了小飞机，从航拍的照片看，古渡口一带河道，仿佛传统祥云图案，以柔和舒缓的曲线，沟通连接起附近的水系，岸边五颜六色的船舱，仿佛给河道镶上了一道线条硬朗的花边。导游指着它们介绍说，渔船都是附近渔民的，因为古渡口一带的河道已经废弃，所以大家就近取便，把这里当成了停船场。

四下里异常安静。水波轻轻拍打石头堤岸，风轻轻吹过树枝，细微的扑扑簌簌声。地面上厚厚一层落叶，松针细长、深绿、柔韧、软绵绵，扇子形的银杏叶和巴掌般的杨树叶，黄褐色、薄、脆。大片大片的芦苇，枝干细瘦，苇絮蓬松，白得像仙鹤的翅膀，也许下一秒就会飞走，又像是一个雪白的梦境，响亮的汽笛也许会把它惊醒。杨树成排，几乎有五六层楼房那么高，威严地站着，不动声色，秋霜冬雨把它们的绿叶染成了浅黄、明黄、金红，衬着瓦蓝的天空，花团锦绣，美得人眼发花。

那么，作为水上交通要道，那些过往的船儿，现在都跑哪里去了呢？它们奔向了附近新的瓜洲闸。装满货物的大船，吃水极深，河水几乎与船舷平齐。它们缓缓地挪动着，方头方脑，看似笨拙却灵巧，沿着笔直的水泥驳岸，驶过宽阔的节制闸，规规矩矩排成一字纵队，进入长长的船闸，等待下一道巨大的闸门打开，就可以从大运河驶进长江，或者从长江驶进大运河。

我们经过的时候，五六只大船正排着队等待过闸。它们庞大的身躯，在更为庞大的闸门面前，仿佛沦为孩子手里摆弄的玩具船。抽水机轰鸣，白色的水花飞溅，钢筋铁臂拉扯着闸门缓缓张开。人站在桥面上，脚底板隐隐感受到震颤。

看水，看树，看云，不停地用手机拍照，和可爱的导游姑娘谈天说地，只一会儿工夫，一回头，那些船就不见了，远处夕阳洒落，水面点点泛金，隐隐可见最后一只船匆匆的背影，拖着一条长裙般的水波纹，消失在水天交接处……

2022 年 1 月

像麋鹿一样温良

长江北、淮河南，静立着一座小城，通扬运河穿城而过，两岸勾连起大大小小的湖塘河流，仿佛为小城披上了水做的袍。处处水汽氤氲、水波粼粼，酷似江南水乡，可朴拙的乡音、青砖青瓦的街巷房屋，分明又是北方风貌——姜堰，位于江苏中部的小城，亦南，亦北，灵秀而厚重。

暑假第一天，从上海虹桥站乘高铁两小时直达姜堰站，打车一刻钟，就到了溱湖国家湿地公园。一进门，田野清新的气息乘风而来，包围住全身，深深地呼吸，五脏六腑仿佛被山泉水清洗过那样舒畅。满眼是绿，满眼是闪闪的波光，近处的房屋、木船，远处的拱桥、高塔，都迷离在恬静的烟波水汽里。堤岸随圆就方，有小的修整，未过度干预和堆砌，所以不生硬，保留着河流湖泊天然模样，蜿蜒、随性、自在。

近处水面覆盖着荷叶荷花与浮萍，远处倒映着蓝天白云，纤细的芦苇和更加纤细的蒲草密密麻麻环绕岸边，浓密的绿意似乎要顺着每一片修长的叶子滴入水中，又似乎要把每一团接近的透明空气染成绿色。登高而望，湖面阔大，岛屿星星般散布水中，四周通向湖区的主要河流有九条，九龙朝阙的景观颇奇异。

木头游船造型简洁朴素，摇船的姐姐立在船头，来回搬动粗长的橹，唱着山歌。动物大多不怕人，各色水禽自顾自在船边游着，一派安闲。白鹭拍打着雪白的大翅膀时不时掠过水面，向着水天交界处越飞越远，忽然猛一下扎入水中捉鱼。黑天鹅白天鹅各自成双成对，扭动优雅的长脖子，回头照看毛茸茸的浅黄色小天鹅。披着褐色麻衣的野鸭们排成一字形长队，抬头挺胸，挺神气地嘎嘎叫，叫声在水面回荡，愈发显得四周空旷而宁静。

园里生物众多，最可爱的是麋鹿。瞪着呆萌的大眼睛，黑色的眼线仿佛精心描画过，眼珠如黑曜石，如黑珍珠，如黑葡萄，盯着每一个接近的人，以及人手中的青草。厚嘴唇嚅动，小尾巴轻轻甩。正逢夏季，它们原本黄色的外套变成了红棕色。成年雄鹿头上顶着树枝形的大鹿角，枝枝杈杈的，仿佛某种奇怪的兵器，却不可怕，因为鹿角上茸茸的毛抹去了冷兵器的威严肃杀，更因为它们的眼神温和如绵，毫无攻击性。

麋鹿早在200万年前就出现在地球，是我国特产珍兽，脸像马，角像鹿，蹄像牛，尾像驴，俗称四不像。范晔《后汉书·郡国志》记载“海陵麋鹿千万成群”，李时珍《本草纲目》记载“麋，今海陵间最多”。海陵即今泰州。姜堰境内出土的麋鹿化石数量居全国之首，其中一尊陈列在泰州博物馆，几乎是目前国内最完整的麋鹿化石，极珍贵。可见位于神秘的北纬32度的姜堰，因河网密布水草丰茂，自古就是麋鹿的理想家园。

麋鹿性温顺，喜群居，善游泳，以青草、水草、树叶为食。发情期的公鹿不像梅花鹿、马鹿那样攻击人，争夺配偶的角斗也不激烈，几分钟结束战斗各自走开。甚至人给幼崽检查身体时，母鹿听见幼崽的哀叫，只观望却不攻击人。因种种原因，清朝时期麋鹿在我国绝迹，后经捐赠重回故国。

经历过艰难的族群流浪，如今的麋鹿在故乡安然生活，慢慢嚼着青草，眼神如老人般沧桑、婴儿般纯净，让人忍不住羡慕它们的恬淡温良，和谁都不争，和谁争都不屑，随遇而安，宠辱皆忘，如此方能享受真正的幸福与快乐。

园子很大，往里走，天气愈发晴朗，阳光在水面上跳荡如碎金，飞鸟翔集，植物葱茏，陆生的动物三三两两在各自的领域踱步。众生安宁，时间静止。大自然的美感染着每一个人。

湿地号称“地球之肾”，是万物生长的乐园，天然湿地生态系统对生物多样性的包容与支持，仿佛大地母亲用沉默而踏实的力量滋养无数生命。这种力量与滋养，每一个踏进园子里的人都能够感受到。

享受了自然风光后，告别溱湖，打车半小时，赶赴北大街罗塘。

姜堰也叫三水，因东有大海、南有长江、北有淮河，三水汇聚而得名。各路水流相触形成水塘，水面多漩涡，如人的手指螺纹形状，故又名罗塘。水多，水灾自然多，百姓深受其苦。传说北宋富商姜仁惠、姜锷父子两次出钱出力，百姓自带工具自建工棚共同筑坝，保护了一方百姓生命财产安全，所筑坝堰即“姜堰”。

抗洪水利工程的胜利，是先人与天地奋斗的结果，当年艰苦卓绝的工作、紧张激烈的气氛已经在通扬运河的水波里消融。如今的古罗塘景区，闹中取静，书香气与烟火味皆浓郁，书店饭馆茶肆一间挨着一间，有着老街特有的安闲舒适。时不时有老人推着童车慢悠悠走过，与熟人大声打着招呼。姜堰的方言是能够听懂的，北方方言的刚硬里掺杂江南吴语的柔和，很有特色。

景区是在古民居建筑的基础上修旧如旧，老墙老井老物件特有的历史感，令人仿佛穿越时空来到百年前。小巷幽深，纵横交错,有江南姑苏小巷的神韵,但更平直。房屋外墙青砖青瓦清水墙，小刀勾缝，不用石灰粉刷；屋梁粗大，只油不漆；地面用青砖与麻石铺砌。在通风、采光、防潮、防蛀等细节上却非常讲究，以呵护居住者的健康。这样的设计，删繁就简、朴实大气又古雅温良，特别适宜人居。

保存完好的徽商胡氏旧居，四合院坐北朝南，龙凤滴水檐。茶文化展示中心展示了徽商在姜堰历经百年创造的辉煌。乾隆昌栈是民国初期姜堰最大的南北货商行，修缮后现为姜堰籍画家艺术馆。王氏宗祠是明代泰州学派的重要讲学场所，文化底蕴深，房屋保存完好，兼具明清特色。古色古香的建筑群落中，美食众多，姜堰薄脆、溱湖八鲜等特产格外诱人。

夜色加深，景区外面不足百米就是通扬运河，河上的拱桥大多有廊有檐，彩灯勾勒出优美身形，连同两岸楼阁亭台一起迷离在河水倒影里，仿梦似幻。烧烤摊的香气四散开来，三五亲朋落座，哧一声打开啤酒，敬昨日敬今朝，敬身边的每一座廊桥与荡漾在波心的廊桥遗梦，敬这温良安适的小城，直至月上中天。

2023 年 7 月

芹川

用双拼法输入 qin-chuan，跳出来的是“秦川” 和“琴川”。秦川在西北，泛指秦岭以北关中平原，浩浩莽莽八百里。琴川在江南，是苏州常熟的别称，传说城内曾有平行的七条河，像古琴的七根弦，故称琴川。

到今天我才知道还有第三个 qin-chuan，当我站在浙江淳安芹川古村门口的时候。

从停车场下来，远远地听到流水声，不很响亮，活泼而繁密，仿佛刚学会说话的孩子，用清脆的童声重复着一些含糊的单音节词，虽然听得不甚明白，却让人莫名欢喜。

那就是芹川，一条浅浅的小河，这座古村庄就是用眼前这条小河来命名。苍老斑驳的石头驳岸，衬得河水清澈如玻璃，河底细沙历历可数，几只鸭子从桥下悠悠飘荡而来，并非为迎接远客，不过是日常的游戏兼觅食，云无心以出岫般安闲自在。

村口的河上有桥，极小，单孔，十来步就跨过去了，但极精美，青石板铺就，上砌廊檐，比美国电影《廊桥遗梦》里的廊桥美得多，白墙、黛瓦、飞檐、木窗，典型的徽派建筑。

古村刚开发不久，游客不多，村民一如既往守着千百年的日子，街坊邻居闲坐聊天，游客擦身而过，他们视若无睹。比起那些过度开发的著名古镇里千篇一律的沸反盈天，这里，真让人舒服。

到处都是小水闸小堤坝，从村头到村尾，大大小小几十个。依着从高到低的山势，将水流截成许多个迷你瀑布，动如脱兔。堤坝的上与下，同时形成了平缓的水潭，静如处子。

站在迷你瀑布边上，哗哗哗的水流声颇为响亮，可是，反而让人感觉更加安静了，如同鸟鸣山更幽的境界。白雪般轻盈细碎的水花，细腻如天鹅绒的青苔，小石子朴素的质地和色彩，一切都赏心悦目。

最可爱的，是这条名叫芹川的小河。它从山上一路欢笑着冲下来，屈曲盘旋，一千多米长，将整个村庄分成了两半。每户人家都是临水而居，在房前屋后的水码头，用这样的天然活水洗衣烧饭，方便极了。而且，是小朋友最好的玩具。这里的小朋友好福气，水那么干净，那么浅，最深处不过成年人的小腿。家长自可放心，基本不会有啥卫生问题和安全问题。

可惜耕地太少，村民见缝插针，不放过一寸珍贵的土壤。只见一户人家门口，用瓦片垒砌了小梯田，种了四棵包菜。四棵包菜而已，就填满了整个园子。因为周围大树太多，为了争取阳光，包菜们不得不站了起来，细长的腿儿哆哆嗦嗦，艰难地举着硕大的脑袋。如果它们看见苏州平原地区懒洋洋趴在地面、吸饱了阳光和水、圆肥如猪的胖子同类，不知会做何感想。

大多数房子仍有人住，个别已人去楼空，比如这一个，木门用木搭扣虚掩，随手一推，吱呀一声大开，青石板铺的台阶，通向另一扇虚掩的门。上世纪七十年代风格的木门，瘦伶伶的，全无雕琢修饰，仿佛清水洗脸红头绳扎辫的乡下丫头，怯生生缩在墙角。

青苔漫地，墙皮斑驳，不见当年人。

山里潮湿，时不时飘过一阵轻纱般的小雨，落地无声，青石板浸润得发黑，隐隐闪着暗沉沉的幽光。

这样沧桑的老屋，这样沉寂的小路，这样半明半昧、让人又欢喜又害怕的境地，一个人站着——

想到了：苍苔满山径，最喜客来稀；

想到了：门前迟行迹，一一生绿苔；

想到了：苔痕上阶绿，草色入帘青；

想到了：柳门竹巷依依在，野草青苔日日多；

想到了：别有幽愁暗恨生，此时无声胜有声；

……

沐沐你又一个人跑哪儿去了？隔墙蓦地一声大喊。好吧，我想多了，赶快追上小伙伴们，掉队可不好。

可还是不死心，推开了石板路尽头第二扇门，如果蹦出来一个树妖花仙或者狐狸精，我倒不奇怪，没想到映入眼帘的，居然是一排玉米。

这座荒废的老屋，屋顶已经烂没了影，边角借着残存的地基，开荒培土，拓成了小小的园子。玉米地那一头，窸窸窣窣钻出来一位瘦如竹竿的老爷爷，一手拿个葫芦瓢，一手拎着水桶。他满头白发，剃了个短短的平头，洗得薄薄的短袖汗衫紧贴着干瘪的胸膛。

我讪笑着放下正在拍照的手机，他瞟了我一眼，目光平静而淡漠，好像我不是一个大活人，而是风偶然吹过来的一片树叶。他蹲下来，慢条斯理地，一根根拔掉玉米秆之间的杂草。

他安详得就像这座老屋。

河面上这种独木桥有十几座。应该是就近取材，把从山上砍伐的大树，锯成木板，平铺在水面。一脚踩上去，颤颤巍巍。

可怜可怜，有三棵面黄肌瘦的包菜，被锱铢必较寸土不让的主人，种在了围墙上，比刚才那四棵种在坡地上的，命运更加不济。

有懂行的小伙伴说：这种泥土房子，至少是上世纪五十年代的，居然保留了下来。周围的新建筑簇拥，仿佛四世同堂，白发垂髫，共享天伦之乐，让人不由得感慨。

几只散养土鸡刨来刨去，看见游客走近，飞上断墙的一瞬，翅膀拍打得颇有气势，让我相信它们的祖先的确曾翱翔蓝天。

不时有小朋友指着水面惊喜大叫：好多鱼！此地特产石斑鱼，手指头大小，灰黑色，类似泥鳅而扁圆一些，软软滑滑，往来穿梭，动作极快。

比起城市公园里豢养的大胖蠢鱼，这些小个子，明显带着江河湖沼之气，带着活泼泼的乡野之气。

我猜想，当年庄周站在濠梁之上，感叹说“出游从容，是鱼之乐也”，他看见的，应该是类似我眼前的这种野生小鱼。

正宗农家火腿，挂满木壁板，阳光静静地从天窗洒下来。门窗大敞，主人到邻居家搓麻将去了？临走为啥不锁门呢？垂涎三尺站了一会儿，忍不住迈过门槛走进去。农家土法火腿哎！比某宝上的应该正宗很多吧？

一只花狗蜷成一个毛球，两手抱着头，在墙角睡得正香。听见脚步声，眼皮黏黏地，抬起一条缝看看我，啪嗒一下又合上了。

估计我把它家东西偷光了，它都不会吭一声。木头叉子就在屋角挂着，可不可以戳一个火腿下来，压一沓钞票在桌子上呢？隐约记得小学课本上，看到过情节类似的故事，在这保持了上古淳朴民风的山村，似乎也可以浪漫地搬演一番。可是，万一人家留着自己吃不肯卖呢？大呼小叫着追上来呢？多羞耻。算了。

村子里狗狗很多，都像一个娘胎里出来的：中华田园犬，披一身脏兮兮的短毛，除非自己跳河里涮一涮，主人大概从来想不到用狗沐浴露，帮它们洗澡。

四肢肥嘟嘟，走路慢吞吞，目光温顺，一脸无辜，看见陌生人就主动行个注目礼，然后恭敬地低头，主动把目光移开。最主要的是始终保持哑巴似的沉默，乖得让人心疼。哪像我家的“汪星人”，脾气极坏，物业阿姨在院墙外小路上扫地，十米开外，它都要凶神恶煞般大叫，阿姨挥着大扫帚慢慢走远了，它还不依不饶，叫得喉咙几乎裂开。

在小店里买了几包麻酥糖，不同于甜腻的苏式糖果，这里的麻酥糖是用米粉代替面粉，加麦芽糖制成，入口干爽酥脆，又柔韧，很有嚼头。黑芝麻并未碾成粉末，半碎不碎，带着农家的粗犷随性，很香。

空气潮湿，雾气蒸腾。出来的时候，四周青山依旧在没完没了地喷云吐雾，仿佛冬天电水壶嘴里，吐出的一团团白色水汽。山岚云烟，仿佛一张巨大的水墨画，真好。

2019 年 3 月

小暑荷塘自在香

处处浓阴匝地。高处的乔木、低处的灌木以及到处攀缘的爬藤皆绿意深沉，草木清鲜的气息愈发鲜明。风不停地吹，吹到人身上，无论清晨还是深夜都不再有一丝凉气。蟋蟀的歌声近了，因为它们离开了无遮蔽的田野，到人家院落墙角下躲避炎热。

小暑到，万物依照古老节气的召唤，开始呈现不同的面目，恰如古人的概括："一候温风至，二候蟋蟀居宇。"

小暑大暑，上蒸下煮，户外蒸腾着热浪，三伏天即将开始。带着老人孩子，去荷塘月色湿地公园吧，那里的荷花开了，白如雪红如霞，美颜盛世，清香袅袅，怎可辜负？

公园位于苏州相城区太阳路南，由沉降鱼塘、荒滩、废弃河道改建而成，集湿地保护、生态旅游和科普教育于一体，荷花面积两千多亩，几乎是江南一带最大的赏荷景点。

苏州自古就有赏荷习俗。相传，春秋时期吴王夫差为西施移植过野生红莲，明末，民间把农历六月二十四日定作荷花生日，文人雅士三教九流于此日聚会，赏荷吟诗，载歌载舞，为荷花祝寿。如今的荷塘月色湿地公园再现了旧时观荷盛景，传承着莲在江南的文化风情。

清晨入园，轻纱般的薄雾在水面低低缭绕，鹭鸟拍着白色大翅膀三五成群起飞，把孩子们惊喜的视线引向高远的蓝天。荷叶上露珠晶亮，风起时滴溜溜打转，风停时颤颤地重归荷叶圆心处。

踩着空空响的观光木栈道，随着曲曲折折的长廊，向荷塘深处走去，直到公园中央的梦龙亭，最佳赏景地，周围是白莲、粉莲、红莲，不同睡莲与荷花超过一百种，大小、颜色和形态各异，美不胜收。

赏景，拍照，品茗，垂钓，拈一根细长的鱼竿端坐，头顶蝉鸣阵阵仿佛催人入眠的白噪音。剥几颗嫩嫩的莲子，清甜鲜爽的滋味散入舌尖齿缝。叹口气，只觉浮生静好安闲。

到荷塘，怎能不乘船？木船成排等着，造型简洁而朴素，几乎和童年记忆里的一模一样，仿佛乘上它就可以摇啊摇，摇到外婆桥。阳光穿过船篷竹席，洒下一格一格阴影，像绣娘精心绣出的回字形图案。随着船身的摇晃，光与影的形状不停变化，斑驳如水墨画。

一身蓝印花布的船娘立在船头摇橹。橹也是木头做的，粗而长，一头固定在铁链上，一头探入水底，极笨重的样子。船娘摆布起来却极轻巧，如拈汤勺。木船在船娘手下进退自如，灵巧如鱼。这是世代居住水乡积累出的高超技艺，需要柔中带刚的那股子巧劲。

荷叶极盛，挨着挤着，宛如密密的矮森林。船娘在森林里杀出一条小路，蜿蜒前进。细碎的浮萍被分开，短暂露出清澈水面，船行后又迅速聚拢。

坐在船舱里，只看见满眼的绿、满眼的荷花，前后都看不见其他的船，但听见了歌声，所以知道另一条游船就在前面不远处，而后面又有一条船跟来了。

“乱入池中看不见，闻歌始觉有人来。”

船娘质朴的嗓音保留着农家底色，吴侬软语柔媚，旋律舒缓而悠扬，摇橹声吱吱扭扭，仿佛跟着节奏应和。古老的山歌小调已经在水乡传唱多年，落在游客耳朵里，哪怕是第一次听到，都带着点似曾相识的亲切，此刻浸染了荷香与水汽，更加甜糯。

白天，映日荷花别样红，晚上，另有一番景致。暮霭从天际垂下来，灯光次第亮起，一花一木，亭台拱桥，皆被灯光勾勒出斑斓身影，流光溢彩，如梦似幻。

月亮静静悬于中天，洒下满地清辉，轻纱般的薄雾再次升腾，低低笼罩水面，荷花的香经过月光的沉淀与滋润，愈发清晰而清新。头发、手腕、衣领、姑娘的裙摆，甚至五脏六腑，都被满池的荷熏染得干干净净。

每个中国人的心头都有一片白月光。从《诗经》“月出皎兮，佼人僚兮”到李白的“床前明月光”，从苏轼的“明月几时有”到辛弃疾的“明月别枝惊鹊”，乃至朱自清的散文《荷塘月色》。那一片月光多年来始终照耀着现实世界与心灵世界。

清华园的荷塘小而曲折，见证过朱自清徘徊的脚步和满脸哀愁。他的心里颇不平静，因为当时的动乱时局和艰难生活。多庆幸此刻的千亩荷塘里，只有老老小小的欢愉自在——李商隐“惟有绿荷红菡萏，卷舒开合任天真”那般的自在。

北宋周敦颐《爱莲说》以浓墨重彩描绘了莲的形象和品格，“出淤泥而不染，濯清涟而不妖”，外在形象与内在品格兼美，使得莲花几乎成了洁身自好的情操的象征，成了美的理想的化身。所以，南宋宋伯仁用《荷花》“绿盖半篙新雨，红香一点清风。天赋本根如玉，濂溪以道心同”，直接表达了对周敦颐（号濂溪先生）的尊敬与认同。

确实，面对现实生活中的些许污浊，如果偶尔感觉困顿，那就看看《爱莲说》吧。看莲花如同高标傲世的君子，勇敢地直面现实，不逃避，不畏惧，不妥协。借先贤无形的手帮助我们保持自己的清白立场，从容而坚定。

2023 年 6 月

踩尽黄泥始得金

远远看见村子里竖着一根圆而高的烟囱，时不时冒出团团白色的烟，在初夏的暖风吹拂之下逐渐拉长，逐渐淡薄，略带焦煳味和烟尘味，传送着一种朦胧的似曾相识的亲切。烟囱下面的火炉里究竟烧的什么？大家吸着鼻子，纷纷猜测：劈柴？稻草？蜂窝煤？似乎都不像。

主人提醒说："砻糠。"哦哦哦，对呀，是砻糠。

苏州自古盛产大米，稻谷脱下的壳叫砻糠，是极普通的燃料，就近取材，不花一文。记得小时候，农村里家家户户烧地锅灶，厨房边搭间小仓房堆满砻糠，妈妈扎着围裙包着头巾，站在灶台前汗流满面操持一日三餐。孩子中听话的阿大或勤快的阿二，照着妈妈的吩咐，用柴筐装满砻糠，不停地喂进地锅灶膛那红亮温暖的大嘴里。

大家纷纷点头叹息。久违了，童年的味道。可是为什么烧砻糠呢？随着经济发展，现在村民大多放弃了庞大笨重的地锅，改用轻巧便捷的煤气灶，而工厂锅炉一般烧煤，火力更旺更持久。砻糠的身影退出烟火人间好几年了吧？主人笑眯眯地说："别急，跟我来。"

村子不大，满地绿茵茵，毛茸茸的狗尾草、挺着细长穗子的车前草在风里摇头晃脑，野雏菊和喇叭花东一堆西一簇，嫩黄紫红的花瓣招引着白色蝴蝶。花草间一条窄窄的水泥路漫不经心伸展着，几十间农家场屋随意卧在道路两侧，白色粉墙上覆着乌黑的小青瓦，晾衣绳横在院子里，各色衫裙随着微风轻轻摇摆，一切都显得那么安闲自在。有些人家门口挂着农家乐的牌子，牌子和原木色木头门一样朴素。

周末如果有空，一家人到这里玩个半天是很惬意的，除了享受回归田园的宁静悠闲，更有满桌湖鲜可以大快朵颐。如果站在农家乐二楼阳台向东张望，能够看见村外碧绿的芦苇丛密如绿纱幕，更远处在阳光下泛着粼粼波光的大片水面，就是著名的苏州阳澄湖。湖里出产清水大闸蟹，青壳、白肚、金爪、黄毛，滋味美妙天下闻名，章太炎夫人汤国梨曾写诗称赞：不是阳澄湖蟹好，此生何必住苏州。除了大闸蟹，阳澄湖还出产茭白、水芹、芡实、螺蛳、鳗鲡、白鱼等，清炒爽口，清蒸嫩滑，红烧肥美，炖汤醇厚，入口难忘。

作为风水宝地，阳澄湖另有一样隐秘的、众所不知的宝贵特产：烂泥。阳澄湖三分之二的水面属于相城区，相城区境内、阳澄湖西岸的黄泥非常独特，黏而不散，粉而不沙，细腻纯正，特殊的土质在全国范围内极其罕见，称为"澄泥"。至今相城区的一些砖瓦厂依然使用澄泥烧制仿古青砖，使用的是明代沿用至今的传统工艺。

说话间，主人带着我们走进了制砖厂的炼泥车间。一位穿短袖碎花上衣的阿姨，宽肩、清瘦，双手背在腰后面，低着头，弯着腰，在地上的方形木头框里踩着什么，一双长及膝盖的浅黄色高筒橡皮胶鞋紧包着小腿。听见响动，她回过头，看见一群拿着照相机和手机的游客，赶紧摆手说："难为情哦，你们别拍我，女人家光着脚，难为情的呀！你们拍他。他是男人，用不着害羞的。"她一手捂着嘴笑，一手指指车间里面一位大叔，笑得像个淘气的小姑娘。

她大约四十岁，短发用两个大发卡整整齐齐别在耳朵后面，几缕碎发挣脱了发卡，跟着她用力踩踏的动作荡来甩去。旁边的大叔比她还瘦，短发灰白，脸色黑红，双手背在腰后，双脚不停踩踏，只是憨厚地笑着，并不接话。

我们这才发现，原来他们俩都仅仅穿着黑色五分裤，都没有穿鞋，裸露的小腿和脚上糊满了厚厚的浅黄色泥巴，远远看去，给人穿了高筒胶鞋的错觉。

他们俩的小腿明显比一般人的粗，皮肤紧绷绷，隔着泥巴，依然看得出腿肚子肌腱饱满，一团团的，跟着脚的起落而微微抖动。脚跟肥厚，脚指头张得很开，牢牢抓住地面。

用光脚踩烂泥，这种工作用行话叫：炼泥。澄泥从湖边挖出以后，首先用机器进行初步的粗加工，过滤掉泥里混杂的草根、石子、沙砾、贝壳，等到杂质清除干净，放进四根木条钉的框架里用光脚踩。中间的泥被挤向周围越踩越薄，需要及时用脚拨回中间，溢出木框外面的泥也需要及时用脚拨回，如此反反复复，直至泥团踩透。那情形，很像家庭主妇在面盆里把面粉加水揉成光滑面团。人工炼泥过程缓慢，费时费力，但慢工出细活，只有如此，才能够保证泥质均匀、黏韧似胶。

记得小时候，踩泥巴是男孩女孩都喜欢的，且因总是被大人呵斥而更令人神往。夏天，雨后，泥土湿软而滑，从十个脚指头的缝里挤出来，像一条条小鱼，钻进来又溜出去，酥酥的，麻麻的，痒痒的，好玩极了。一群孩子挤来挤去，脏成了泥猴，一不留神踩着了别人的脚指头，被踩的和踩人的一起大呼小叫，乐不可支。

对于我们来说，那是童年的游戏，可对于他俩来说，那是艰苦的劳动。每个木框里的泥团，都要反复踩踏上百次，一边踩，一边用粗糙的脚不停搅拌，凭脚底板和脚指头的敏锐感觉，把每一团泥踩熟踩透。泥团越来越黏，每一次踩下去都必须腰腿共同发力才能踩到底，每一次拔出脚，都必须腰腿共同发力才能够拔得出。一团熟泥搬起来，整齐摆在车间墙角，再挖一团生泥放进木框，继续踩。机械、单调、枯燥，没完没了。半天劳作下来，腰酸腿痛。

古法制砖技艺繁复，工序多达二十几道，环环紧扣，一道不达前功尽弃。虽然有些工艺可以用机器代替，但是部分重要环节非人力不行，比如炼泥和烧窑。

一股热流迎面扑来，我们到了另一个重要车间：烧窑。泥炼好后，经过阴干和晾晒，成为合格泥坯，就可以运进窑里烧了。窑是土窑，严格按照传承下来的古法建造，用青砖层层垒砌成圆形，越往上口径越小，仿佛一顶椭圆形的帐篷。灶膛里跳动着红红的火苗，窑口熏得乌黑。烧窑师傅时刻守在旁边，观察火苗势头，根据泥坯的不同大小加减燃料，调整所需的不同温度，全凭一双慧眼多年积累的经验。燃料以砻糠为主，因为砻糠火力均匀易于控制，能保证每一块泥坯都均匀受热。但砻糠火力难以持久，烧得快也灭得快，师傅必须不停地添加燃料，一筐一筐又一筐，白天夜晚三班倒，人可以休息，但火苗必须始终跳跃。从泥坯入窑到烧成出窑，师傅们心绷得紧紧的，丝毫不敢马虎。

我们今天看见的是正在烧制的小青砖，长方形，和普通手机差不多大小。苏州古典园林以及现在的仿古建筑的庭院里，地面上最常见的就是小青砖，黛青颜色，遇水则成深灰黑，侧着铺成人字形、口字形、折角形等简洁图案，自带一股沉静、安详、古雅的气息。小青砖不仅美观，还非常实用：江南潮湿多雨，用小青砖铺地，既可防止地下潮气上升，又利于水的及时下渗，所以雨天不会积水，就算有水，走路也不会打滑。

用此种古法制作的极品砖头，号称“御窑金砖”，明清以来受到历代帝王的青睐，成为皇宫建筑的专用产品。明代永乐年间，明成祖朱棣大兴土木建造紫禁城，由于陆墓砖头质量优良，永乐皇帝大加称赞，赐名窑场为“御窑”。现在北京故宫的太和殿、中和殿、保和殿以及十三陵之一的定陵内的地面所铺均为御窑金砖。

所谓金砖，实际上是统一规格（长二尺二寸、径一尺七寸）大方砖的雅称。古籍《金砖墁地》解释为：“专为皇宫烧制的细料方砖，颗粒细腻，质地密实，敲之作金石之声。”故称“金砖”。

《姑苏志》第十四卷：“窑砖出齐门外六里陆墓镇，坚细异他处。工部兴作，多于此烧造。”清朝《苏州府志》:“在齐门外六里，因陆宣公墓为名，居民多造窑。”清朝吴门钱氏钱止庵辑录编纂的《吴门补乘》:“陆墓窑户如鳞，凿土烧砖，终岁不绝。”从各古籍的记载可以想见当初陆墓砖业的兴旺。

御窑原址位于现在的相城区元和街道一条南北走向的河流元和塘附近，当地已经建了一座御窑金砖博物馆以保存这份文化遗产，近年来在原址陆续发掘出古窑遗址遗迹多个，对明清时期窑业、手工业考古研究以及进一步挖掘江南文化的历史纵深有重大意义。2006年，御窑金砖的制作技艺被列入首批国家级非物质文化遗产名录。

御窑金砖具有较高的实用价值和观赏价值，是我国民族建筑文化中的一颗璀璨明珠。用金砖铺成的地面光润耐磨、愈擦愈亮、不滑不湿，而且能把房屋殿宇衬托得更加古朴典雅。2003年，天安门城楼开始了自1949年以来第三次大规模修缮，经国家文物保护专家的多方论证与对比之后，最终决定一万多块大金砖和特制古城砖全部由相城区御窑供货。北京颐和园、上海城隍庙等全国各地风景名胜建造修复工程大多都采用相城区御窑金砖。

古老的金砖烧制工艺极为复杂，费时费力，远超想象，一块泥从湖边挖出到烧成出窑，需要半年甚至一年。这是一个漫长的过程，急也急不得。日复一日，年复一年，无数师傅将宝贵的技艺和工匠精神代代传承下来，沉默，坚韧，守着一份责任，守着一种精神。游客在大开眼界的同时，忍不住对他们油然而生敬意。

2022年7月

楝花风起江南

五一长假，避开所有拥挤的景点，去苏州西美巷况公祠寻幽。看庭院深深，看楝树花开如紫云，看原木色三脚架上陈列的一幅幅精致的书画小品，享受半天的悠闲时光，心里像山泉水洗过似的清爽，又像秋天垂着头的稻穗一样充实。

西美巷藏在热闹的道前街与人民路之间，闹中取静，出脚方便，出了地铁，顺着小巷荡过去，没几步就到了。况公祠淹没在粉墙黛瓦之中，不高大，不醒目，不像一般景点那样浓墨重彩赫赫扬扬，而是融入周围民居，共同保持内敛身形。

一进门，洁净而整饬的气息扑面而来。首先看见一座四四方方的古典戏台，歇山顶，赭红色美人靠样式的木栏杆环绕，正中竖着大电子屏，循环播放况钟的有关影像。这是用的《十五贯》寓意。

《十五贯》出自明代冯梦龙《醒世恒言》，讲了熊氏兄弟各遭冤案，双双被判死刑，幸得苏州知府况钟复审平反的故事，后改编成昆曲，况钟“况青天”从此和包拯“包青天”、海瑞“海青天”并称“中国民间的三大青天”。他刚正、清廉、勤谨，任苏州知府十三载，整顿吏治、设仓济农、建府学、修水利，做了许多好事。任期满，万人联名上书乞留，感动朝廷，下诏留任。后病故于任所。百姓感念他的恩德，苏州府七县为他建多座祠堂，现仅存一座在西美巷，是清同治年间的建筑。

戏台北面的享堂是第一展厅，展示了况钟年幼丧母、奉敕赴苏、名扬青史等事迹。享堂西有院落两重，其中第二展厅“三离三留”的故事最令我感动。

原来，况钟有不止一次升迁的机会。除继母病故守丧、百姓请愿后复任，宣德十年（1435年），按明朝考核制度，况钟赴京述职，百姓怕他因政绩优异升官离去，第二次联名上书，况钟得旨再次回到苏州。正统四年（1439年），况钟赴京述职，百姓第三次联名上书，朝廷下旨复任，同时擢升正三品。这是明建朝七十多年从没有的规格和礼遇。

多媒体幻影成像的设计精巧，电子屏小得仿佛一张张A4纸，拇指大的小人儿梳发髻、曳长袍，跪拜、奔走、执手、拭泪，服饰鲜明，影像生动，逼真展示三离三留的全过程。几百年后的人看着这一切，恍然如梦。

我想，假如，假如是我，老老实实完成了本职工作，已经尽到了应尽的责任，顺理成章即将被提拔，到更高的职位上享受更多人的尊敬和更优厚的俸禄，我会因为市井小民的挽留就放弃吗？也许，不会。

而况钟做到了。何其不易。他来时，天下“九府难治”而苏州“繁剧尤甚”，他走时，苏州已物阜民丰、吏治井然。

一边感叹，一边来到第三展厅。电子屏点击“与况钟对话”，跳出一串问题，我点了“家风”，况钟出现在大屏幕，纱帽、红袍、皂靴，低头沉思，慢慢开口，说了一段话，大意是：治理家庭最关键的是自己以身作则，为家人做个好榜样。

我笑了。怪不得况钟号称“刚健能吏”，果然洞察世事。心理咨询师朋友说过：习惯了对外人客气、对自己宽容而对家人随意苛责，是目前家庭不和谐的主因。如果听从况钟的意见，许多家庭的痛苦将大大缓解。

假期新增的书画小品展览颇可观。书法功底沉稳，却不泥古，有创新的小意趣。国画无论花鸟还是山水，都于平淡间孕育勃勃生机。一幅幅看，不觉半天过去了。无一丝嘈杂，无一人打扰，窗外偶尔两三声鸟鸣，啾啾咕咕，愈发让人感觉心底清静，如早晨睡了一整夜的水井。只有这样的环境，才能让人专注欣赏字画，而只有专注，才能领略丹青之美。否则，乱哄哄走马观花，等于至宝山对珠玑却空手回，终无所得。

苏州人善于造园，况公祠方寸之地而亭、台、池、桥俱全。六个展厅新媒体融现代趣味，游客静观、深思、参与、互动、心有所触而终有所悟。我想，所谓江南，也许就是这样，集昆曲与园林两大特色元素于一体，墙外市井繁华，墙内风物清嘉，历史承载深厚，人文品位超逸，思想启迪和艺术熏陶交融，历久弥新，生生不息。

这样的环境里，游客会不由自主放低了音量，放缓了语气和脚步。两位穿着同款薄纱印花外套的阿婆，皱纹深，短发白，这么大年纪还有闺蜜，腿脚还健，还能无须儿女服侍而独立出游，真好。她俩害羞地笑着，低声请我帮忙拍照，一口地道苏白，腔调软糯如豆蔻少女，互相搀扶看着镜头，眉目宁和，白发在风里微颤，如同在风中微颤的楝树花。

楝树立于允心亭旁，花朵繁盛细碎，树冠蓬松如伞，如浅紫色的轻纱，飘拂在鳞鳞青瓦之上，庭院于是整个被笼罩在浅紫色的柔和光辉里。香气极有个性，绿茶般清苦而倔强，初闻浓烈馥郁，仔细一闻，似乎又消融于无形。

风吹过，几朵小花缓缓飘落，像紫色的雨滴。《花镜》说："江南有二十四番花信风，梅花为首，楝花为终。"楝花风起春将尽，接下来，是梅子金黄杏子肥的夏季。如果况钟还在，估计会开始忧心熟梅天气半阴晴，督促维修农田水利并亲自劝课农桑了吧。

2023 年 5 月

彩云一点菩提心

民国时期，外地的文人们到了苏州，如果不去曲园坐坐，就像道上的弟兄到了上海，却没去拜访杜月笙一样。

曲园，国学大师俞樾的故居，曾经是民国时期苏州最有文化分量的地方。

而现在，苏州观前街西北方向，一条灰头土脸的小巷里，藏着寂寞的曲园，大白天也没有什么游人，看门老头打着无聊的哈欠。

曾国藩、李鸿章、翁同龢、康有为……各路名人题写的、响当当的牌匾下面，一架黑色的老式钢琴，抱歉似的，缩在墙角。木头材质，L 型，立式，油漆黯淡，掀开沉重的盖子，雪白的琴键，已褪成象牙色。

它的主人，是赛金花。

在女人最美的年纪，她被自己的夫君，清朝外交官洪钧，带到欧洲五年之久。洪钧任期满，奉旨回国，一同带回来的，就是这架在欧洲买的钢琴。因为不能入境，洪钧特意取道香港，绕了个大圈子，终于将这六个仆人才抬得动的大家伙，搬进了苏州小巷里的状元府。可见，头发已然花白的洪状元，是多么宠爱自己年轻漂亮的三姨太。

可惜，回国才几个月，洪钧就去世了，几天之后，赛金花离开苏州，去了上海。

为什么？

《红楼梦》里号称菩萨一样慈悲的寡妇李纨说过：丈夫死了，跟前的几个人就立刻打发了。

意思是，丈夫生前有好几个小妾，都被我一下子全部赶走了，让她们另寻活路。

说得轻描淡写。那些小妾被“打发”之后，是死是活？不得而知。

贾宝玉出家后，袭人也被正牌夫人薛宝钗，软硬兼施地“打发”了，袭人不肯离开，哭得死去活来。她从小被家人卖进贾府，赤胆忠心，勤谨周到，将宝玉伺候得舒舒服服，甚至被其他丫鬟讽刺为西洋花点子哈巴儿，意思是哈巴狗一样的狗奴才。没想到却被一脚踢开，连条狗都不如。万幸袭人有个亲哥哥，把她接了回去。

大户人家子弟，既要风流快活，又要家族脸面。二者不可得兼，倒霉的只能够是女人。

可是，赛金花能到哪里去呢？她出身贫贱，十三岁被卖到苏州的花船，当了清倌人。两年后，比她大三十五岁的洪钧，把她买回了家。其后，公使夫人的几年风光，不过昙花一现，她依旧两手空空，一身纯白的孝衣还没来得及脱掉，状元府的大门，就在身后关上了。

二十二岁的她能怎么办呢？除了死。

命运，在她十三岁被卖上花船的那一刻，就宣判了她的原罪，此后的五十年，无论她怎么做，都是错。

同样的两难选择，北齐胡太后也曾经遇到过。中国历史上，乱世改朝换代之际，暴力和道德的血腥尤其肆虐。北齐亡国，作为太后，除了要承受和男人一样的暴力血腥，还要承受道德的血腥。在那样一种情况，她只有自杀和当妓女两个选择。

蝼蚁尚且贪生，她想要活下去，错了吗？

于是，就有了那句惊天地泣鬼神的名言：为后不如为妓乐。意思是：当太后还没有当妓女快乐。也许是不想让别人看笑话？也许是阿 Q 的精神胜利法？

蝼蚁尚且贪生。赛金花做出了与胡太后一样的选择，她到了上海，后来又到了北京，把本来的名字傅彩云，改为赛金花，书寓挂牌：状元夫人，花中魁首。

是挑衅？是赌气？是破罐破摔？是勘破红尘？不管出于何种考虑，这都是金字招牌啊！市场定位准确，营销口号响亮，产品优势一目了然，文案简明有力。

鲁迅的小说《肥皂》，写一位自命正人君子的绅士，看见大街上有孤女乞讨，众人围观，两个泼皮无赖说：别看她现在脏乎乎的，如果用盆清水加肥皂，咯吱咯吱洗干净，是个好货色呢！

于是绅士就跑到店里，买了块高级香皂给妻子，顺便义愤填膺，从道德高度谴责了那两个无赖。可惜不小心被妻子看穿了：不要脸！这肥皂哪里是给我的礼物？咯吱咯吱！明明是你自己，想亲手把那女乞丐脱光洗一洗！

中国文人，最擅长意淫。

她与洪钧的恩爱，她作为第一批到国外居住的中国妇女的传奇经历，她灵巧的手在钢琴上弹奏德国的《圆舞曲》和中国的《茉莉花》，她刻苦自学最终会说一口流利的德语，她无师自通的外交手段，她在各种场合进退自如的翩翩，她作为文艺青年的天赋才华，被同时代的人看在眼里，且喜且惊：

一个女人，一个婊子，怎么可以这么聪明？怎么可以这么出风头？你让男人怎么办？你让绅士们怎么办？

阿Q谁都打不过，于是只好去欺负比自己更弱小的尼姑，拧住尼姑的脸蛋说：和尚动得，我动不得？

同理，洪钧动得，我动不得？

于是有了小说《孽海花》，有了诗歌《彩云曲》《赛金花诗》，即使近不得美人身，摸不到美人肉，我也可以在文字里，睡了你。

甚至后来有了种种野史传闻，八国联军祸害北京的时候，说她利用当年做公使夫人结识的外国人，救了慈禧太后和全城百姓。这是民间喜闻乐见的传统故事，类似梁红玉擂鼓抗金，是对正统势力的一记响亮耳光吗？正史颜面岂非丧尽？

她因此有了个响当当的名号：赛二爷。这个名号，让我联想到打虎英雄武二爷。如果她是个男人，如果生了个好时代，凭她的高智商和高情商，凭她的坚韧和刚强，也许，是可以做出点成绩的吧？

还说她睡了八国联军统帅德国军官瓦德西，这让文人们意淫的时候，更加乐不可支，艳帜高张，石榴裙下又收服了一个，尤物啊！

赛金花死后，有人为她撰写挽联：

“巾帼愧须眉，泽被苍生，三字姓名传冀北；

青灯留古佛，魂归净土，一腔幽怨葬城南。”

意思是：赛金花巾帼不让须眉，发菩提心，为老百姓做好事，功德无量，所以大家才传颂她的名字。而她本人，死的时候，却是满腔幽怨。

挽联情真意切，我看了又看，眼泪几乎掉下来。我心疼这个美好的女子！我宁可相信，她的一生，真的如同传说中的那样精彩。

可是，我又那么难过，我更希望她是邻居傅大哥家普普通通的女孩儿，小时候是爸爸妈妈的心头肉，长大嫁给一个忠厚男子，有情饮水饱，恩爱两不疑，不被辜负，不被轻贱，走完了无灾无难、安稳静好的今生，了无遗憾地合上眼，睡在那一方小小的黑暗墓穴里。

赛金花死后葬于北京陶然亭，离石评梅的墓地不远。一代才女石评梅，与高君宇两情相悦，却因种种原因，有情人终未成眷属，所以，她只能够在高君宇病死后，在爱人的墓碑上，刻下自己的断肠独白：君宇！我无力挽住你迅忽如彗星之生命，我只有把剩下的泪流到你坟头，直到我不能来看你的时候！

比起石评梅的不幸，起码，赛金花和洪钧耳鬓厮磨的那几年，应该是快乐的。洪钧对她，应该有过些许真情，这些稀薄的爱，多少可以温暖此后的苍凉人生吧。

2017年3月

因为爱

翻唐诗宋词，有个好玩的发现：写男女相恋相思的，一抓一大把，而且花样百出，缠绵妩媚，极尽妖娆，仿佛五颜六色的烟火，轰轰烈烈绽放在高空，在暗夜里一闪一闪，闪得人眼花。

结婚以后的呢？仿佛烟火燃放的时候，力气用得太猛，结果瞬间归于虚空，寂寞到万籁无声。

当然，没有大数据支持，这只是我个人的感觉：无论《全唐诗》，还是《宋词三百首》，以夫妻婚姻生活为题材的，数量明显少于爱情诗。

“后来，王子和公主就结婚了，从此，他们就幸福地生活在一起。”这是许多童话的结局。听到此处，小女孩们把托着下巴的小胖手，不约而同放了下来，长长地舒了口气。好了，黑衣魔法师和骑扫帚的巫婆，统统都被打败了，结婚了，就好了，一切磨难都结束了，从此天下太平，幸福万万年。

——其实，过来人都知道，结婚才是刚刚开始，经营婚姻更是一门大学问，需要抖擞精神，穷一生精力应付。

婚前是城堡里的公主，闺房前一面大旗猎猎招展，上书两个大字“可爱”，因此，简直可以理直气壮地啥都不懂，每天的重要功课是，把两个天真的大眼睛眨一眨，嗲嗲地说：“真的吗？人家不会哦！我好怕怕哦！么么哒！”隔三岔五这么来一记，少女形象维护得妥妥的。

结了婚，就要上得厅堂下得厨房，等到十八般武艺般般精通，可爱牌公主也操练成了黄脸婆，一不小心，剑走偏锋，甚至会操练成河东狮。于是发现门里面两个人的战争，实在比门外面的魔法师和巫婆，还要“结棍”（苏州话，厉害的意思），真真把人烦煞哉！所以，“婚姻宝典”之类的书籍、讲座，一直挺热销的。

我喜欢一本古代的“婚姻宝典”——《浮生六记》，作者沈复，字三白，苏州的穷书生。书的内容很简单，自传体，记录了自己和妻子陈芸二十三年的家居生活：

莲子老了，壳又黑又硬，把两头磨薄，找个空蛋壳塞进去，放到正在孵蛋的老母鸡翅膀下。等小鸡孵出，蛋壳里的莲子，也在毛茸茸的温室里，加温了二十多天。取出莲子，种在加了燕巢泥和天门冬的花盆里，开出的莲花，只有酒杯大，碧绿的荷叶，缩得只有碗口大，亭亭可爱。

室内焚香虽然风雅，但是烟雾缭绕，让人不爽，怎么办？把沉速等香料，放在饭锅里，隔水蒸透，在小火炉上，安置一个铜丝做的小架子，离火一寸多高，慢慢烘烤，其香幽韵而无烟。

夏天到了，荷花早晨开放，晚上花瓣收拢。用纱布缝一个小纱囊，撮点茶叶，傍晚的时候，把纱囊小心放置在荷花花心，第二天早晨取出泡茶，香韵尤绝。

长方形盆里先铺上沙子，再铺一层黑色的木炭，种上白色的黄芽菜，黑白分明，有淡墨花卉的意境。我查了下资料，以沈复的经济实力，文章写到的黄芽菜，肯定是一种便宜的家常菜，只是不知道究竟是大白菜，还是韭黄。凭我的直觉，应该是苏州人爱吃的韭黄，细长的叶片，飘逸袅娜，颇有兰花的风姿。大白菜圆胖胖，直挺挺杵在那里，画风明显不对劲。

总之，他们很穷，标准的贫贱夫妻，但是他们的生活，很好玩，很文艺。

比较严谨的说法是：他们卑微而不卑贱，平凡而不平庸，认真经营每一个生活的细节，鸡毛蒜皮一经他们之手，立刻活色生香。那不经意间流露的学识、才情和浪漫气质，可谓不着一字，尽得风流。

苏州是历史文化名城。讲到文化，除了感谢高山仰止的一代代大师，不要忽略许多像沈复夫妇的平头百姓。他们是散落民间的武林高手。

武林高手不一定要住在华山之巅，武林高手也不一定是吐纳烟云、餐风饮露的半人半仙，也有隐身闹市的，和邻家阿哥阿嫂一样，你耕田来我织布，但偶一出手，自然显示出修炼多年的内家功夫。

如果生于当代，开个公众号，每天写写美文，发发照片，肯定会成为草根名号，点击量可观。

可惜他们是弱者，惯常的姿态是逆来顺受，过分善良的天性，令他们连起码的自保都不会。偏偏，上帝他老人家也喜欢柿子单拣软的捏，所以这对夫妻一个劲触霉头，最惨的就是被父母逐出家门。

独自在外地上班的公公，人老心不老，想娶个小老婆，照顾自己寂寞的单身汉生活。留守苏州的婆婆一肚子不开心。可是一夫一妻多妾制，贤惠的女人在这事上必须大度，没有理由公开反对。

因为识得几个字，公婆之间书信来往，全靠陈芸代劳，多做多错，老夫妻之间的不可说的矛盾，全转化到了陈芸的头上。天下无不是的父母，陈芸恪守孝道，选择了沉默。公婆愈发生气，以为她目无尊长，傲慢无礼。

沈复作为夹心饼干的中间那一块，两边都不能够得罪，估计日子不好过，所以书中这一段的记录，语焉不详。

反正，最终的结果是：陈芸的忍气吞声没能息事宁人，反而被公婆赶出家门，病死异乡。这等于犯了七出之罪啊！是封建时代妇女的最大悲剧了。从这一点来说，陈芸做人是失败的。

祸兮福之所倚，有时候，退让也是一种进攻，她彻底俘获了丈夫的心，以致丈夫毅然决然和她一起离家。

民间小调《摘石榴》唱道："打一个包袱我就跟你一道走，一下扬州再也不回头。"那是一个未经开化的乡下女子，性格豪迈，没啥顾忌，在园子摘石榴，无意中遇到了情郎，把石榴和父母双亲都扔了不要了，干脆就跑了。

沈复的情况可大大不同，他是封建士子，饱读四书五经，清朝又是以孝治天下。上有高堂，下有儿女，自己除了会写诗作画，百无一用，没有挣钱的技能……离家与否，顾虑重重，沈复的内心，肯定激烈地挣扎过。江南一介文弱书生，关键时刻的决绝，丝毫不输给抱铜琵琶、执铁绰板的关西大汉。

不是每一个人都能够做到这一步。例如，那首催人泪下的《钗头凤》，牺牲夫妻情分，委曲求全，换取孝道，就是一种更符合常规的选择。面对连深爱的妻子都不敢维护的陆游，沈复可以自豪地说："余勇尚在，谁人贾之？"

精明干练的王熙凤女士说过：贾府这一大家子，不是东风压倒西风，就是西风压倒东风。

套用过来，沈家内部东风和西风的较量，陈芸无意中获胜。不战而屈人之兵，实实在在地体现了兵圣的最高境界，令人佩服。

从这个角度来说，我深深地佩服林语堂对沈复夫妻的赞美："在他们面前，我们的心气也谦和了，不是对伟大者，是对卑弱者，起谦恭畏敬。"

是什么赋予了两位弱者让人谦恭畏敬的力量？

我想，是爱。

因为爱，沈复选择了站在妻子一边，从此颠沛流离，而始终不离不弃。"有情饮水饱，知足菜根香。以胶投漆中，谁能别离此。"

因为爱，本来有点丑的陈芸，变身为"中国文学上一个最可爱的女人"（林语堂语）。之所以说她丑，是因为沈复老老实实写道"两齿微露，似非佳相"，意思是陈芸长了龅牙，不漂亮。

出身贫寒、本没有多少文化的陈芸，在丈夫的指点下，自学成才。这对夫妻，亦师亦友，一个愿教，一个肯学，诗文唱和，惺惺相惜。腹有诗书气自华，令观众忽略了她的龅牙，把她认作美女。

因为爱，沈复写下了《浮生六记》，本意不是为了仕途经济，调子和身段，自然都放得很低，平铺直叙如流水账，记录老百姓自己的生活而已。所以《浮生六记》初看平淡无奇，而细读则心荡魄移，其清新质朴浑然天成，达到了很高的艺术水准，被俞平伯比喻为“一块纯美的水晶”。

如果没有《浮生六记》，谁会知道沈复？微如草芥的穷措大，一生毫无建树，落入历史的长河里，连水花都不会打一个。可以说是陈芸成就了沈复。

《倚天屠龙记》结尾，赵敏和张无忌有情人终成眷属，周芷若虽然煞费苦心，在这场多角恋爱里，却最终失败。她心有不甘，晚上约张无忌做最后一席谈，张无忌以为她会设毒计刁难，暗暗做好了防范的准备。没想到的是：

周芷若嫣然一笑，说道：“你们尽管做夫妻、生娃娃，过得十年八年，你心里就只会想着我，就只不舍得我，这就够了。”说着身形晃动，飘然远去，没入黑暗之中。

傻小子张无忌糊涂了，心想：“为什么、为什么、为什么呢？”

其实这层意思，很多人都糊涂。直至张爱玲写了小说，“红玫瑰白玫瑰”理论横空出世，并用 “红砂痣和饭黏子、床前明月光和蚊子血”做比喻，掰开了，揉碎了，说透了，世人才恍然大悟。

周芷若虽然不会写小说，但是她已经悟透了此中深意。她年纪轻轻就做了峨眉派掌门，果然比一般人有水平。至于张无忌和赵敏结婚以后究竟怎么样，金庸并没有继续写下去，读者只好凭自己想象，去补充了。这是金庸的聪明。

以此对照，二十三年了，依然爱惜彼此如朱砂痣和明月光，依然把对方当作自己手心里的宝，沈复夫妇的婚姻，真真儿难能可贵啊！

扯远了，就此打住。

2010 年 5 月

走过那座小石桥

如果不是甬道尽头那块灰白色的石碑，如果不是石碑上“启南处士”几个红色大字，走过那座小石桥，你永远不会想到，桥堍下的小园子——绿水环抱、草木疏朗、素朴而静谧的小园子是一位著名艺术家的长眠之所。

沈周，字启南，号石田，明代吴门画派的创始人。一生不应科举，专事诗文、书画，与他的三个学生文徵明、唐寅、仇英并称“明四家”。各地博物院藏有他的国宝级画作，如《庐山高图》《秋林话旧图》《仿董巨山水图》《烟江叠嶂图》等。另著《石田集》诗文十五卷。

他很少离开水汽氤氲的阳澄湖畔，那是他的故乡，当时叫长洲，如今属苏州相城。阳澄湖水见证了他从孩童成长为宽厚长者，终生布衣，岁月静好，走完了看似平淡、实则昂扬而高贵的一生，最终在故乡的泥土里安心睡去。生于斯，长于斯，八十三年后，歌哭于斯，未尝不是一种现世安稳的幸运。

是的，早在当时的年代，他“宽厚长者”的赞誉，已经和他的书画齐名。

孤儿阿富，懒且笨，“量才为用”，只能让他到厨房烧火。若干年后阿富忽发奇想，要出去闯世界，寻找诗意与远方。沈周同意了。可惜一无所长的阿富，根本没办法养活自己，一段时间后又灰溜溜回来了，沈周再次收留了他，让他回到灶膛前的老岗位。

一位来访的朋友，无意中看到沈周书架上的一本古书，随即用手指着，吃惊地说是自己家的，并指出书中某页的特征。翻开一看，果然！沈周当场将书免费奉还，虽然此书是他花高价从别人手中购得。对于卖书人究竟是谁，沈周坚持“隐恶扬善”的原则，三缄其口。

因经办人统计失误，沈周的名字被写到了画工的花名册里。他正在家里宴请宾客，突然闯入一群衙役，命他立即前往苏州太守府，因为旧衙正在修整，墙上彩漆残破剥落，需要画工重新绘画。家人和朋友认为这是“贱役”，以沈周的古稀年龄和威望，应该减免。

沈周却说：你们不要吵嚷，不要吓到我的老母亲，我收拾东西，马上去画。至于服役，是人人都要参与的正常工作，哪里低贱了呢？

为避免惊动朋友为他出头打抱不平，他特意住在了名叫“草庵”的僻静小庙里。住持是位高僧，沈周白天上班服役，晚上与他谈佛论经，为他写诗作画，寂寞的草庵后来因此而扬名。

当时的太守曹凤，正直廉明，政绩卓著，深得百姓爱戴。他是河南人，忙于公务，并不知道那个早出晚归、登高爬梯、认认真真画壁的老人，就是朝野敬仰的隐士沈周。直到一年以后，晋京朝觐，位高权重的朝廷大员们问他:“沈先生无恙乎？”他大惊。回来后立即到沈周家里负荆请罪，沈周一笑置之，两人举杯，尽欢而散。

随着他诗、书、画名气的远播，他题名为“有竹居”的家，越来越热闹。江南水乡，河网密布，河边柳荫下，泊满了大小船只，随和好客的沈周，不愿意使人难堪或者失望，凡是来索字画的，哪怕贩夫走卒，哪怕仅以一条毛巾为酬礼，他也答应。一些专门造假的人见他并不深究伪作，胆子更大，索性把假画拿来，请沈周亲自题诗落款。

朋友们愤愤不平，他却认为：“吾诗画易事，而有微助于彼，吾何足靳邪？”意思是：对于我来说，写诗作画都是很容易的事情，而那些造假画的人，可能需要卖几个钱救穷救急，我这么做，不过希望对他们有小小帮助而已。

至于种种天灾人祸：大雨滂沱时黎民望天哀号，洪水袭来死伤无数，西山饿虎吃人官府应对不力，捐税逼迫下贫苦乡邻流离失所……他敏锐的眼睛时时刻刻关注民生，将自己的忧世忧民诉诸诗歌绘画，或直接记录在他那内容极为广博的纪闻中，以自己的方式为百姓发声，也为后人留下了珍贵的史料。

艺术上的成就，从来都不会无缘无故。苏东坡落魄黄州，背倚巨崖，面对长江，悲愤郁积，内外因缘的共同成就，“大江东去”的千古绝唱方才横空出世。相比苏东坡的坎坷代价，沈周为了专心追求艺术而做出的让步，已经微不足道了。

这是祖辈父辈书香家教的熏陶，更是天性使然。许多人一生苦苦修行，仍旧不能明心见性，沈周却似乎天然具足，悲天悯人的情怀，般若菩提的智慧，使得他一生不为琐屑烦恼，不为俗事牵绊，外人眼里的得失计较，于他，不过画檐蛛网，即使粘衣，拂之即可，有什么值得纠结的呢？文徵明称他为飘然世外的“神仙中人”，不虚也！

这是真正的智者。算盘打得噼啪响、唯恐吃亏的所谓聪明人，往往是因小失大的蠢货。多少人的一辈子，就这样在沾沾自喜的算计里虚度了，轻如柳絮的个体价值，落在历史的长河里，连水花都不会溅起一朵。

网络时代，快餐作品如烟花般迅捷而绚烂，一个跟着一个，在夜空呼啸着炸开，让人目眩神迷应接不暇，滴溜滑的阅读体验，仿佛刀尖上抹油，在读者的痒痒肉上轻轻划过，刺激，微痛，过瘾，却不入骨。大浪淘沙，此类作品，且不说百年十年，一年后还能被人记住的，能有几个？

这不是文学艺术。文学艺术本身不需要刷存在感，不需要任何证明。它存在，它便成为源泉，它发展、跃动、升腾，便是对作者的最大回报，胜过一切尘世的黄白之物、绶带勋章。

就像沈周以三年心血，画成的赠好友吴宽的《送行山水卷》，长逾五丈，气势宏阔，十日画一山、五日画一水的精思与凝练，足以抗衡他所景仰的王蒙、吴镇、董源、巨然。而画作反过来给予作者的滋养与快乐，是其他任何可以量化的“么事”（苏州话，东西，事物）都无法比拟的。

专心致志于书斋，孜孜矻矻于笔墨，不汲汲于仕途，不营营于富贵，面对一向年光有限身，沈周做出了明智的取舍，将有限的时间和精力集中起来，最终取得如此高的艺术造诣，留下了大批国宝级书画作品，像山间清澈源泉，滋养无数后人。

除了“明四家”中三位弟子，沈周以自身的人格魅力，团结了一大批文人雅客，诗词唱和，丹青绘画，叠石，种花，悠游于山间水涯——明代陈继儒在《小窗幽记》称作“吴趣”的生活姿态，被他们追寻与发扬，并一代代流传至今。

苏州自古就是历史文化名城，小巷深处，无数操着吴侬软语的市井子民，于柴米油盐处寻“吴趣”，自得其乐地享受着文化的生活。江山代有才人出，类似沈周的大师们，举重若轻地创造着生活的文化，引领着崇文重教的时代风尚，所谓文脉，即是这样一代代传递，绵绵不绝，并在寻常百姓家蔚然成风。

走过那座小石桥，静水深流，阳光炽烈，两三个男子在钓鱼，四五个孩童在追逐嬉戏。成群的蜻蜓无声地扇动鲜红的、浅金的或者黑色的翅膀，半透明的鳞光倏忽闪烁。草在结籽，绵软的风在摇动它们的叶子。不远处即是农家鱼塘，水平如镜，倒映着粉墙黛瓦的村庄。四下里一派安详。

依稀看到宽袍布履的老人，眉目蔼然，从有竹居里踱出，立在小石桥堍，看看素朴而静谧的小园子，微笑，颔首，说：“此处甚好。”

想到一句老话：忠厚传家远，诗书继世长。

诚哉斯言！

2016 年 1 月

梦龙踏歌

读书如交友。打开一本本书，仿佛与各位不同性格的朋友初相遇，或者再相逢。

有的朋友，需要远远地出去迎接，毕恭毕敬，进客厅，请上座，细白小瓷盅里泡酽酽的茶。主客二人皆衣衫整齐，眉目端庄，笑不露齿，手脚更不可乱动，肃穆如两棵笔直的青松。所谈或文雅，或严谨，或高古，会心处如醍醐灌顶——读四书五经的感觉，大致如此。

有的朋友，无须迎接，直通通自己就推门进来了，往小院的竹躺椅上一歪。主人一身软塌塌棉布睡衣，趿拉着拖鞋，到厨房端来一盘五香瓜子，往旁边的另一张躺椅上一歪。仰面看白云朵朵变幻如苍狗，微风吹过，小米粒般的桂花簌簌落满身，瓜子皮则落满青砖地。主客二人畅所欲言无所不谈，会心处拍着大腿笑出眼泪——读冯梦龙“三言”及《山歌》的感觉，大致如此。

冯梦龙，明朝末年人，出生于苏州，被誉为“中国通俗文学之父”。中国古代文学向来有雅俗之分，当时的士大夫阶层更欣赏高高在上、精致而严肃的庙堂文学，而冯梦龙的书恰恰相反，不摆架子，不板面孔，身段放得极低，低到泥土与草丛里。看“三言”，就像有位评论家所言：“好比吃带壳的花生、毛豆，吃田螺、螃蟹，品赏大地的滋味、湖泊的滋味。”这个比喻令人拍案叫绝。的确，冯梦龙的书，朴素、活泼、生机蓬勃，讲述草根阶层自己的故事：种田、养蚕、纺织、打鱼、读书、开店、赶集、小买小卖……带着亲切的家常气息和浓郁的市井气息，不仅当时受到老百姓的普遍喜爱，就是现在的读者，尤其苏州地区的读者看起来，仍然感到津津有味，妙趣横生。

冯梦龙多才多艺，见识卓越。他认为通俗文学是“民间性情之响、天地间自然之文”，是真情的流露。在《山歌》中，他大量搜集、记录苏州当地的民间小调、吴语山歌，借男女之真情，勇敢突破宋明理学的束缚。他重视通俗文学的教化作用，认为天天背诵四书五经，未必能够迅速而深入地打动、说服老百姓，反而是内容丰富情节生动的通俗小说，可以让怯懦者变勇敢，淫逸者变贞洁，刻薄者变敦厚，冥顽不化者茅塞顿开。

冯梦龙学识渊博，却没有书蠹头的呆气。他整理的这些书，特别注重实用价值。例如：记录当时社会事件的文章，具有很强的新闻性，成功地吸引了大家的好奇心；解读四书五经的教材辅导书，满足了科举制度下学生们的功课需要，自然受到追捧。至于小说、剧本、民歌这类书，语言通俗，文化程度不高的人也能看懂；情节曲折，讲述忠诚、孝老、节烈、报恩、行善等生动故事，老百姓喜闻乐见。因此，冯梦龙的书在当时极为畅销，这在中国古代文学史上是不多见的。

大浪淘沙始见金，历史终于给了冯梦龙公正的评价，他的书一版再版，越来越多的专家学者开始关注他。18 世纪初期，被翻译成英文推广，是中国小说中最早被译为西文的作品之一，现在已经开始走进英语区的大学课堂。可以说，冯梦龙的书，对中外文化交流的丰富和深入，起了很好的作用。

如今，黄埭镇特意为他新建了纪念馆，总建筑面积近四百平方米，从为官生涯、文学成就、吴地渊源、文化研究等方面，全面还原冯梦龙历史原貌。在五个展厅里，观者可以看到冯梦龙在福建寿宁县为官时廉政勤政、亲民爱民，看到冯梦龙不同版本的书籍和图画，看到明代百姓生活百态图景墙，看到冯梦龙戏剧作品勾勒出的明代苏州风土人情，看到国内外对冯梦龙的研究成果。

粉墙黛瓦，庭院深深，在这座清雅的院落里，特别适合坐在藤椅上，打开“三言”或者《山歌》，安安静静地读。白纸黑字间，仿佛渐渐竖起了一座五彩斑斓的戏台，耳边会渐渐响起琵琶叮咚三弦婉转，一幕幕悲欢离合的故事，令人百看不厌。当然，如果此时抓一把黄埭镇特产玫瑰香水西瓜子边吃边读，会更加有滋有味，余香满口。

2018 年 8 月

上善若水

风起了，水波层层叠叠向着岸边奔涌而来，脚下青草覆盖的土地恍惚似应声而起，似乎将要随着无尽的波浪滑向绯红与淡青交汇的天际。春雨初霁，草叶上时不时有银闪闪的水滴倏地滑落。风里含着饱满的水汽，吹到脸上，像母亲在熹微的晨光中忙碌的那双湿润而微凉的手。

虽是早春，江南的田野已然大片大片的新绿。柳枝柔润舒展，当风儿止息，柳条儿静静垂下来，映着水面倒影，看上去愈发纤长。水是罕见的清，像透明的蓝玻璃，能够清楚地看见近处的岸，灰褐色的泥土以柔美的弧线伸向岸底。

这是今年三月，在望虞河永昌泾看到的情景。一座以传统拱桥形状矗立在水面的建筑，学名叫节制闸，整体连续三孔结构，宛如鸟儿的双翼般向两边伸展开来的，是上下游翼墙。远处白茫茫的水面即通往无锡的漕湖。

据《吴越春秋》记载，公元前482年，越王勾践“使范蠡、泄庸率师屯海通江，以绝吴路”。范蠡率领部队先开到太湖东北角，然后辟蠡渎、拓巢湖，以通长江（蠡渎，即今望虞河南段；巢湖，即今漕湖）。虽是断敌国退路的战争手段，却无意中使太湖连接长江，对泄洪和交通都是有利的，应该算是苏州地区比较早的水利工程了。

更早的是传说中的禹，《尚书·禹贡》描述禹“奠高山大川”，排洪行水，继而以求舟楫灌溉的长久之利。其道法自然、因势利导的方略，与水神河伯授予河图的瑰丽神话一起流传。从此，在兴水利、避水患、与水相生相克、以水谋求发展的漫长历史过程中，一代代人付出了汗水和智慧，不断地为华夏文明的形成、为经济社会的进步做出贡献。

都江堰灌溉出富饶的天府之国，川西平原得以实现“水旱从人”的梦想，编草鞋的刘皇叔，得以抗衡强敌，三分天下。

悠悠古运河，一部扬州史，“锦帆过处，香闻十里”，吸引了多少人梦想着“腰缠十万贯，骑鹤下扬州”。

再近一点，我们生活的这座城市，“上有天堂下有苏杭”妇孺皆知，我常常想，是什么成就了这两座城市的如此美名？

事实上，如果追根溯源，这两座城市的繁荣，一直和水相关。

唐朝之前，杭州还不过是一个小镇。唐朝时，一位大臣将西湖打开，引水供给城中居民，这才慢慢形成了城市。宋初的杭州，城区附近供水管道常常损坏，管道漏了，因杭州地近大海，居民只能吃咸水。苏东坡任杭州太守后，开始了供水管网改造工程，用比较坚固的陶瓷管子来代替以前用的竹子水管，并在上下用石板保护之。他因兼任着钤辖，即当地最高军事长官，所以就可指派一千个军士来支援，不仅速度加快，而且工程质量很好。从此，杭州市民才家家喝上了西湖的淡水。

元祐五年（1090年），为了挽救西湖被野草遮蔽、二十余年之后将消亡的悲惨命运，为了杭州市民不再失去宝贵的淡水水源，苏东坡奔走呼号，西湖清淤疏浚工程终于开工。完工后留下堆积如山的水草和淤泥，一时无法处理，苏东坡发挥诗人的想象，化腐朽为神奇，以此建造了一道长堤以贯穿湖面南北。美丽的苏堤由此诞生，西湖和杭州，从此声名日隆。

再来说说苏州。

“七里山塘到虎丘”，著名的山塘街始建于唐宝历年间。白居易到苏州任刺史，因看到虎丘附近河道淤塞，水路不通，立即找来有关官吏商量，决定在虎丘环山开河筑路，开凿一条山塘河，东起阊门渡僧桥附近，西至虎丘望山桥，在阊门与运河相接，大大便利了灌溉和交通，直接促使这一带变成了热闹繁华的市井。诚如清乾隆年间《姑苏繁华图卷》所画，“居货山积，行云流水，列肆招牌，灿若云锦”，一条不起眼的河，就这样遥遥开启了后世的花样年华，甚至被曹雪芹戴上“红尘中一二等富贵风流之地”的桂冠，这一点，也是白居易始料未及的吧？

苏州地势平坦，河汊纵横，到了宋朝，由于年久失修，堤坝圮塌，水灾频仍。景祐元年（1034年），范仲淹到苏州上任，正值大雨滂沱，积水难泄，百姓苦不堪言。

他亲自查看河道，研究出治理方略：东面的水经松江导入长江，西北另开挖一条新河，太湖北面的水导入长江。一项巨大的水利工程开始了。范仲淹身先士卒，与数万民工一起吃住在工地上，共疏浚了五条河，苏州境内的积水逐渐减少，过去的沼泽地变成了稻米之乡。

再来看另外一个例子。北京自来水公司档案史料记载：北京因为气候亢燥，雨泽稀少，加上近郊二十里，无河流灌溉，故一切食用之水，胥仰给于土井。北京城内的井水，多苦涩。清军入关后，习惯了白山黑水的满族人，对北京的水颇不适应。顺治六年（1649年），摄政王多尔衮曾以“京城水苦，人多疾病，欲……创建新城移居”。因水的困扰，一代枭雄甚至被迫想创建新城然后迁都！后因估计经费太大而止。

清初，扬州人王懋麟在《藏天水记》写道：自己在北京十二年，“日出钱买井水，苦不可饮，间有甘井，又远在十数里之外，非资车马不可致”。而家乡扬州，“有河水可汲，名泉可求，天复厚之以雨泽，近取之檐楹，不费一钱”。也就是说，上天厚爱，赐扬州丰富的河水、泉水及雨水，生活在那里真是幸福，颇应加以珍惜。以此想来，那位以莼鲈之思而著名的张翰，宁可辞去洛阳的官职，千里迢迢返回家乡苏州，恐怕他思的不仅是莼菜和鲈鱼，还有家乡随处可取清澈甘美的水。

一句话，“上有天堂下有苏杭”——水之功，善莫大焉。

不久前参观上海世博会的土耳其馆，进门就被一团幽黑笼罩。忽然从明亮的白昼堕入黑暗，嘈杂的人群不由得屏息静气，小心翼翼循着光亮的引导，摸索前行。当穿越安纳托利亚的记忆长廊时，雕塑、城市模型等在明亮的射灯下逐个展现，一目了然不足为奇。然后看见了一幅古怪的壁画，令人百思不得其解：似乎表现的是某个宫殿，为什么树立着那么多大石柱？以此推测，这个宫殿大得惊人，却又空荡荡的，这样又大又空、石柱密集的宫殿派什么用场？我知道伊斯坦布尔作为丝绸之路的终点，是东西方文明的交融中心，特别善于学习别人的长处，难道是在模仿古罗马的斗兽场？可为什么又在大石柱的下端画着水的波纹？宫殿泡在水里了？为什么还把某个女神画在显眼的位置？长发凌乱，表情冷峻，是美杜莎吗？

拥挤的人流推挤，我无法长时间驻足凝望，回家后立刻查阅资料，原来壁画所表现的是公元六世纪拜占庭时期最大的地下水库（也叫地下水宫）。当年这个水库的修建目的很单纯也很实用，就是为了安全供水。这个奇特的供水方式一次次解决了当小城被围时的用水问题，而且不用担心城外的敌人们会通过在饮用水中下毒来进攻。整个水库深八米，面积一万平方米，共有一百三十六根罗马风格的石柱支撑。水库的西南方向，有两个用美杜莎头像作为底基的石柱。没有人知道为什么要将美杜莎的头像放到这里，有一种说法是：美杜莎拥有将看她的人变成石头的力量，古希腊人将其雕塑放在重要和特别的地方，用来保护平安。

看了这些资料，我惊叹了，一千五百年前的巨大的地下工程，至今仍闪耀着神秘而浪漫的智慧之光，难道冥冥中真有神的力量在庇佑？

《创世纪》里那位卷胡须的老人家，神力无边，无所不能，可是，当他生气想惩罚人类时，握有火、雷霆、闪电、地震等利器的他，却最终选择了水，以滔天洪水来作为刑具，这种选择颇耐人寻味。

水，至柔至刚，无形无状，在峰为瀑，在谷为湖，奔腾时迅猛如电，温顺时平和似玉。它是尊贵的，君王将相为它煞费苦心乃至顶礼膜拜；它是微贱的，穷街陋巷、污泥浊地随处可见。它迷人的特性，引起了青牛背上的老聃的注意，在《道德经·第八章》郑重写下：上善若水。

诚哉斯言！

2010年11月

一滴水走过的路

一滴水，从太湖出发，潜入地下幽深黑暗的圆形管道，跟着无数水滴汇成的洪流，用透明的小脚，不慌不忙地走啊，走啊，日夜不停。

那是一条透明的长路，长达数千米，一般人看不见，而老张看得见。

老张和自来水管打了一辈子交道。当年因父母体弱多病，他小学刚毕业就丢下蓝粗布书包，挽起裤脚下了稻田，挣工分换口粮，帮着父母养家。凭着手脚勤快能吃苦，后来招工进了苏州陆墓公社水电安装队。

老张记得很清楚，那是在1981年，他和工友们接到了一桩大任务：在当时公社最繁华的一条街上安装自来水。

苏州市自来水公司出技术，陆墓公社出劳动力，两家单位合作，花了几个月时间，开挖路面，铺埋水管，安装水龙头和水表。说是最繁华的街，其实路面不过窄窄的两三米，两边大多是些颤巍巍的老房子，所以小张他们施展不开手脚，很是犯了些难。

难归难，工程按期结束，老街四十户人家，领到了白色硬纸片上用黑色钢笔一笔一画写着姓名的水费卡，成了公社第一批自来水用户，成了相城区（当时隶属吴县）四百一十六平方千米的土地上，第一批自来水用户！

经过半年的试运行，第二年元旦，大家敲锣打鼓放鞭炮，举行了简朴而隆重的正式供水仪式。远近乡邻都来看热闹，比吃喜酒还高兴。到处挤满了人，最远的甚至摇了船，赶了几十里水路，只为了亲眼看一看“水龙头一开，清水自然来”的奇迹。这条碎石铺就的老街，无数车马行人走过，几经兴衰，多少年没有如此盛况了。

虽是江南水乡，但祖祖辈辈都是弯下腰，用大大小小的水桶，从河里、从井里打水，用扁担、用绳索，肩挑、手提，一桶一桶，倒进水缸。现在可真好，水自动跑来了，再也不用受累了。白头发的好婆摸着自己佝偻的腰背和酸痛的肩膀，笑着笑着，掉下了眼泪。

小张和工友们挤在人群里，挺起胸脯，满脸自豪。

当时共打了两眼深水井，装了抽水机，盖了间小平房，门上用红油漆写着“深井泵房、闲人免进”八个醒目大字。每天早上，小张合上电闸，电泵嗡嗡嗡响着，开始抽水，每眼井每小时出水八十吨。为了夜里的安全，每天下班前，小张要关上电闸。所以，家家户户黄褐色的陶土大水缸仍旧必不可少。

小张兼做抄表员。挨家挨户敲门，进屋找到厨房角落里的水表，掀开蓝色塑料盖，蹲下身，打开手电筒，凑近玻璃罩，将指针指着的挨挨挤挤的一串数字看仔细，用黑色钢笔在本子上记下来，当场算出水费，当场收现金，一毛两毛的票子点清楚了，装进斜背着的黄帆布包。

如果家里正好一个人都没有怎么办？没关系，小张用粉笔在门板上写好水表读数和应收水费两个数字，明天再来。主人晚上回家一看，心领神会，第二天早早准备好钞票等着小张了。

后来，用户越来越多，水管越铺越长，水缸消失得越来越快。到 1997 年，为了保护地下水，防止开采过度，水源改为太湖水，由苏州市自来水公司统一调度供水。两眼老井完成了它们的历史使命，小张和同事们一起，把当年亲手挖的井，用一层厚厚的水泥亲手封了井口，趁水泥还湿着，印上了“水利局封”几个大字。

后来，高高的水泥柱子上顶着外星飞碟般大圆盘、画着蓝白条纹的水塔们，小区楼顶朝天张着大嘴的四四方方的露天水箱们……完成了增加水压的历史使命，一个接一个拆除了，替换为更先进、更干净、全封闭、全数据化的叠压式二次供水泵房，储水量更大，增压性能更强。

后来，机械表淘汰了，抄表员不用和一只只水表捉迷藏、玩手工了，新小区改用远传智能表，抄表员通过电脑和平台系统，直接远程抄表，又快又准。

水费呢？有了联网收费系统，银行、支付宝、微信，随时随地可以缴费，方便极了。

后来，电子听漏设备装上了小张的工程抢修车。小张心灵手巧，学了一两次就知道如何摆弄这高科技新武器了。他说："这就是个大号的听诊器嘛！"一点不错，工作原理一样的，只不过医生听的是病人的心脏，小张听的是大地深处的声响。

白天噪声很大，影响听漏准确度。夜深人静，万籁俱寂，小张和工友们出发了，戴上耳机，放下探头，一边盯着主机屏幕上闪烁的分贝曲线，一边凝神屏气，从永不止息的风声、偶尔驶过的车轮摩擦声、空调外机的轰鸣声等各种噪声里，捕捉那微弱的水流声。这是一门技术活，易学难精，幸亏小张有多年和水管打交道的经验，听功越来越好，漏点找得越来越准确。

这又是件苦力活，始终在路上，走来走去，走来走去，一刻不停。夏天蚊虫扑脸，有人的地方看家狗隔墙汪汪叫，荒凉的地方经常和老鼠碰面，时不时还蹿出一条蛇。好在小张满足了，自己文化水平虽然不高，却始终没有落伍嘛！一点不输给大学生同事嘛！供水事业的军功章，也有自己一份嘛！

2019 年，老张快退休了，听漏的活计交给了年轻工友，他的工作改为白天路面巡检，发现异常立即联系公司 24 小时热线中心，统一派单维修。和所有上了年纪的人一样，老张聊天的时候开始喜欢忆旧：想不到哟！变化大哟！当初用户四十户，现在呢？二十四万户！当初自来水管只有一根，一千多米，现在呢？一张大网！一张错综复杂、互相沟通、有粗有细、密密麻麻总长七百五十公里的地下管道网络。

老张知道，一滴水从太湖出发，需要走的路，越来越长了。

可是，奇怪，当初敲锣打鼓迎接来的、每一滴都异常珍贵的自来水，如今的人们却不稀奇了，似乎感觉不到它的存在了，水龙头开开关关很简单嘛，公共厕所里有人洗了手水龙头没关就扬长而去。但凡看见这种长流水，老张都会火急火燎跑过去拧紧水龙头，恨恨地自言自语："作孽哟！我们多少辛苦换来的。就该给你们停三天水试试！哼，身在福中不知福！"

是啊，回头看看吧，看看一滴水在地下管道里走过的艰难路，看看祖辈父辈曾经的生活，看看沧海桑田般的时代巨变，人就会对当下的幸福珍惜起来。

阳光下，元和塘荡漾着粼粼清波，这条开挖于唐朝元和年间的河道，自南向北流过了一千两百年岁月，见证了几多兴衰沧桑，至今流淌在人烟繁茂处。老张下了巡检车，拿着扳手走近河岸。河的东西两岸林木郁郁，翠色欲滴，一群雪白的水鸟悠然起飞，掠过路上行人惊喜的眼眸，消失在烟波水汽里……

2019 年 4 月

时光深处

时光如流水不舍昼夜，城镇、村庄、稻田、河流……都在时光冲刷下变了模样。但总有一些事物，因为造化安排及人力的苦心经营，而保留下来过去的印记，比如黄埭老街。

站在热闹的中市桥左望，沿河小巷细细长长分，像无风时静静垂下来的柳条儿，像一管等待奏响清亮乐曲的竹笛，那就是黄埭老街。

走下桥堍没几步，抬头看见一座老房子，红漆木门，黑色小圆瓦，砖雕门楼花纹简洁，典型的苏派建筑，前后带廊，厢房后面长长的备弄，让人疑心月朗星稀的时候，会有红裙翩然的丫鬟，引着娴雅矜持的小姐，绣花鞋踩过青砖地，到小花园里，弹一曲《高山流水》。

这是熙馀草堂，清道光三十年（1850 年），由香山帮工匠，为本地乡绅朱福熙精心营造的宅院，2005 年，被列为苏州市文物保护单位，现在是镇评弹博物馆，玻璃展柜里的琵琶和三弦，仿佛还留着先人手泽。

求新与怀古，是奇妙的一体两面，各类博物馆、民俗馆里的砖瓦、灯盏、锅灶、木头摇篮……总会吸引很多人驻足感慨。借着这些老物件，我们会看见自己的向所从来，因此更加踏实而坚定，明白自己将去往何方。

想当年，“说书跑码头，先过黄埭关”，黄埭书场在江浙沪评弹界享有盛誉。现在，新建的书场就在隔壁，定期请评弹名家来演出，镇上的百姓可以就近享受福利。琵琶叮咚，文化传承至今绵绵不息。

继续朝前走，看见路面上嵌着两条长方形的石头，应该是整块巨石切割而来，赭黄，微红，坑坑洼洼，不似斧钺雕凿，更像是行人踩踏留下的痕迹。与周围平展展、灰白色的水泥路面，明显不同。

四下里打量,果然,墙上有“洪墓桥”三个字。相传仙人刘海，曾经过此桥，在石头上留下一个巨大的足印，“仙人脚印洪墓桥”，是著名的黄埭十八景之一。

民国《吴县志》专门有记载，此桥俗称夏鱼桥，始建于吴赤乌六年，即公元 243 年，三国鼎立，孙权执掌吴国的时期 。

如果石头会说话，也许会告诉我，它们俩来自同一座大山吗？有多少马蹄嗒嗒跃过，又有多少布履草鞋踩过？

石头静默，唯有风过柳梢，晃碎了一河碧绿的倒影。香樟洒下一阵细碎的花雨，浅黄的小花瓣落在行人肩头，香味清淡而幽雅，久久不散。

再走几十步，迎面一股香烛特有的味道，浓厚热烈。东吴年间的兴国寺，如今荡然无存，但附近乡民，仍旧会在寺庙原址，点燃香烛。

这种现象比比皆是。苏州十全街五龙堂、相王弄，原有的五龙庙、相王庙，都和兴国寺一样，是有名的大庙，也都和兴国寺一样，如今片瓦皆无，但初一十五，佛祖诞辰，观音生日，必定有白发老太太来此烧香磕头，黑铁烛台上的红蜡烛，插得满满当当。

僵硬的膝盖、多皱的额头，一起搁在土地上，衰老的腰身艰难地起落，合掌、高举、翻掌、磕头、喃喃祈愿，仪轨一丝不苟……烛火闪烁，青烟袅袅散入虚空，佛祖慈悲，听到她们的心事了吗？

民间信仰的单纯与执着，就像路边野草，风霜雨雪，依然顽强地一代代生存延续，令人惊诧而感动。

我不由自主停下脚步，在那些俯伏的背影后悄悄合掌，借她们虔诚的一炷香，许一个自己的愿望。

正对着兴国寺山门的香花桥，依旧横卧在清波之上，倾听着河水滔滔汩汩，讲述着兴亡更替与柴米油盐的大小故事。

有资料显示，桥始建于吴赤乌四年（241 年），宋代重修，清同治十一年（1872 年）四月，当地人再次重建。桥上至今仍留有宋代武康石构件。

桥单孔，长 18.6 米，宽 2.2 米，跨径 5.9 米，桥墩为排柱式，桥面石、桥栏以武康石为主。武康石，是形成于火山熔岩的一种砂岩，经风雨耐腐蚀，纹理清晰，表面具涩性，雨中踏于其上也不会滑溜，是古桥梁的优秀石材。

相传，某年夏天，一个胖和尚在香花桥乘凉，将东侧桥栏石坐断，后来用一个长条形的大铁钉加固。这种钉子叫塔钉，故称“钉塔栏杆香花桥”，是著名的黄埭十八景之一，也是镇上唯一现存的古桥。2010年，香花桥被列为第一批相城区文物控制保护单位。

香花桥向西，一片草绿色的铁丝网，围起了十多平方米草地，中间贴着地面有个天蓝色圆盘，圆形和方形的不锈钢配件闪着亮光。这应该是地埋式生活污水处理器。怪不得，水陆并行、临水照影的老街小河，如此干净！

战国时期春申君，疏河通江，筑堤建坝，实实在在做了些水利工程，堪称功在千秋。无论古今，绿水青山，都是实实在在的宝贵财富，正因为近年来环保方面的不懈努力，一方水土，才能够真正滋养了一方人。“粳稻田初熟，烟霞日欲西”，宁静清疏的田园风光，才能够从古诗里走下来，凝固在古镇，为世世代代栖居于此的，以及远道而来寻梦的人们，留下看得见的美丽乡愁。

2018年5月

水务志愿者在路上

宽大的电子屏幕占据了整面北墙，各种红色绿色的圆点闪闪烁烁，伴随着电流极细微的嗡嗡声。进出水量和水质的生化指标都在合格范围内波动，监控镜头切换下，一泓污水处理厂各车间运营都正常。

阿澄从中控室座椅上站起来，伸个疲惫的懒腰，拉开落地遮光窗帘。晨光渐亮，近处蓬勃翠绿的冬青、远处轻盈的灰绿色松树针叶都变得簇簇分明，草木的清鲜之气沁人心脾。

接班的同事到了，阿澄和他交代了几句，在值班表上签了字，拔腿就跑，灰白色防静电地板踩得嘣嘣响。同事对着他急匆匆的背影喊："下了夜班不赶紧回家休息，你还真的去？"

"当然！"

今天是 2020 年 1 月 30 日，年初六，因为防疫，平时拥挤的马路此刻空空荡荡，前后左右车辆明显减少。马路两边工厂、住宅小区、店铺……大门一律紧闭，几乎不见行人。路面异常宽阔，熟悉的景物因为过分安静而变得恍惚，如同闯进了虚拟动漫界面，时间与空间都因为失去支撑而卷曲漂移。阿澄忍不住打开手机微信，听着志愿者群里小伙伴的语音，仿佛又重新找到了支撑点，回到了踏实的真实世界，安心了许多。

几天前，苏州相城区紧急征集防疫服务志愿者，相城水务集团马上把消息在工作群转发出去，只单纯转发，不用费心动员，很快第一批二十三人自愿报名，名单上报后，又有第二批近十名志愿者跟上。一泓厂副厂长邹正华也报名了，而且主动挑选了最艰苦的时间段：凌晨零点到四点。阿澄和好几个同事都立马跟着报了名。那时候他没有感到害怕。

阿澄到达苏州绕城高速公路，银白色不锈钢顶棚下面“北桥”两个红色大字非常醒目。所有的收费岗亭全部门窗紧闭，里面空无一人。岗亭之间的车道大部分关闭了，只开通一个出口，守着六七个人，虽然防护服包裹得严实，仍然能够分辨得出他们分别是肩配对讲机的交警以及穿白大褂的医生。

阿澄有点紧张，有点兴奋，又有点激动。毕竟第一次到新岗位干这样的新差事。他一边默念着防护要诀，一边小心翼翼戴上医用防护口罩、护目镜、帽子和手套，穿上蓝色长袍防护服。穿戴完毕，他不放心，特意请医生帮忙看看：袍子系紧了没？口罩戴错了没？医生冲他比画了一个 OK 手势。

之前为了减少人员聚集和接触，防护培训是在志愿者群里通过微信视频进行的。他不仅自己看网课学习防护要领，还让妻子、儿子和父母亲一起看一起学。

红外线体温计形状很像喷泡泡的玩具枪，所以大家索性叫它体温枪。操作简单，不需要接触皮肤，把枪口对准人的额头两三秒钟，体温就会自动显示在枪柄的液晶屏幕上。阿澄开始工作了：示意车主摇下车窗，握紧枪柄举枪测温，把读数报给另一位志愿者搭档记录在表格上。

天气晴朗，不断有车辆从高架下来，交警负责挨个检查车主身份证和驾照，询问车上搭乘人员的身份和近期行踪，打开后备厢查看有无违禁用品。再加上测体温，一辆小车通过最少需要三到五分钟。如果是大巴车，需要全部人员都下车检查，一人一测。

大多数人体温正常，忽然测量到一个三十八度的，阿澄仔细看看枪柄，没错，他吓了一跳，不由得叫出声。医生闻声赶过来，先让大家都稳住别慌，然后让车主到车外面来进一步检查。可能因为车内空调温度开得太高，车主走下来吹了两分钟冷风再次测量，已经恢复到正常值。等了两分钟后第三次测量，依然是正常值。虚惊一场，放行。

此刻，阿澄第一次真真切切感到了害怕，如果刚才那个人真的携带病毒，自己离他那么近，近得看得清他眼睫毛在眨动，看得清他口罩下鼻翼的呼吸起伏……

将近中午，气温升高到近十度，防护服不透气，加上紧张忙碌，阿澄开始出汗，贴身内衣变得潮湿起来，黏糊糊贴着皮，难受。口罩和护目镜原本没什么分量，因为松紧带一直紧紧勒在耳朵和鼻子上，现在开始隐隐作痛。阿澄揉揉鼻子和耳朵，真想把口罩和护目镜摘掉舒服一会儿，可是实在不敢。

大多数车主很耐心，一点点挪着车，在长长的队伍里安静等待，偶尔有人对着体温枪皱起眉头抱怨："等了二十分钟才轮到我，太慢了，你们动作倒是快一点呀，真急人呀！"嘴巴里抱怨着，额头却非常配合地凑近枪口。

按照规定，车主非苏州市身份证的一律不许进入，必须掉头返回。大多数人表示理解配合，有个小伙子情绪激动，把自己的苏州暂住证在手里拍得啪啪响，和交警吵了起来。阿澄好言好语劝说，车主最终平静下来，说："我也是一时气急。没办法，大家都要守规矩。你们做志愿者的也不容易，我回去好了。"

志愿者群突然跳出来一则消息：高速苏州口人员紧缺急需增援。阿澄立即在群里报名。群友们有些担心，纷纷劝他休息，他说："时间紧迫，啥也不说了，我能行的。"

中午十二点，接班的志愿者到了，阿澄上午四个小时的志愿任务完成。早饭没来得及吃的阿澄，此刻饥肠辘辘，考虑到防护用品紧张，他小心翼翼脱下口罩、手套、护目镜、帽子放进自己车里，用喷雾器喷了点酒精消消毒，说不定下一次还能够凑合着用，防护服就穿在身上索性不脱了。盒饭已经送来，阿澄嫌吃盒饭太慢，拿了一碗方便面自己用开水泡好，三口两口吃得精光，立刻开车赶到苏州收费站。

果然，到这里才发现，这个点位的防护用品上午发完之后，还没来得及补货，现在口罩、防护服通通没有了。阿澄庆幸一笑，赶紧把自己上午的那一套行头穿戴起来。

同样的工作一直持续到下午五点。回去路上，阿澄发现，早晨出发时还畅通的道路，现在好几个路口已经封掉，平时二十分钟的路程，这次足足用了九十分钟。

回到家，洗手、洗脸、喷消毒水、换外套，妈妈又是心疼又是担心又是责怪，好一顿唠叨，阿澄一边听一边点头附和，一边猛吃猛喝，希望尽快补充能量恢复体力。

阿夏的班排在深夜，晚上八点至十二点。他在高速北桥口手执体温枪执勤，气温跌至将近零度，呼出的热气凝结成霜，握枪的手冻得僵硬。阿夏当过兵，在部队锻炼过。他说："我是退伍军人，现在手里换了把枪，退伍不能褪色。"

阿兰的岗位在苏州派克顿科技有限公司，为提高产能支援武汉，经过培训后，她加入了包装护目镜的队伍中，奋力赶工，半天包装了五百个护目镜。

志愿者们有的在社区给隔离户买米买菜送到家门口，有的在出租屋走访外来务工人员并登记，有的守在小区门口劝说不肯戴口罩还试图跑出去溜达散心的老大爷老奶奶，有的在区疾控中心把防护用品一箱箱搬到货车上……

志愿者们在忙碌的时候，水务集团防疫工作小组也已经制定出各项应急预案，编制了《污水处理厂新型冠状病毒操作手册》。包括一泓污水处理厂在内的集团下属八家污水厂，全力以赴做好新型冠状病毒粪口传播防控工作，确保出厂水安全稳定。集团服务范围内有苏州市第五人民医院、相城人民医院等九家医疗机构，技术人员对区域涉及污水管网进行全力排查检测，确保各医疗机构污水稳定安全输送至污水厂处理，守护着群众健康安全最后一道防线。

吃苦耐劳、敢于担当一向是水务人的优良传统，四十年发展历程凝聚出的集体号召力和战斗力，在此刻尽显无疑。接下来任重道远，水务志愿者们已经准备好了，他们会随时在路上……

2020 年 1 月

一湾湖水的前世今生

这是一湾清澈的湖水，在晴朗的晨光下，会变幻出深蓝和浅绿两种不同的颜色。

远处是深蓝，仿佛半透明的蓝水晶融化了天空的一角；近处是浅绿，氤氲着芦苇倒影的浅淡的绿。

水的透明度极好，看得见岸底一层薄纱般的尘泥，被水波卷起，向着深处缓缓漂移。白色的水鸟时不时悠然飞过，怡然踱步的老人、雀跃的孩童，三三两两从湖畔茂盛的草木深处，穿花拂柳而来。

这样美好的地方，你很难想到，十多年前曾是破败冷寂的荒地。

先是一些极小的水浜，再有因周围不断陷落而被主人废弃的鱼塘，后来因附近工程建设开挖取土，最终变成了牵牵连连、时断时续、狭长而不规整的野湖荡，最深处近九米。

好在，它并没有被遗忘太久，城市规划如同变废为宝的魔杖，只要轻轻一点，处处焕然一新。2003 年，一座就地取材的湿地水景公园建了起来，起名为春申湖。

春申湖水体总蓄水量约五百六十万立方米，通过水闸连通为西塘河引水工程的一部分。附近的居民有了休闲、健身、娱乐的免费好去处，区域环境的综合改善更是明显：

它可以蓄洪，部分区域外来水汇入后调蓄下泄；它可以灌溉，浇灌附近水稻、小麦农田面积近千亩；它可以保护生态、净化水质、提供水生动植物及鸟类栖息地、维护生物多样性……

不仅如此，春申湖还最大限度地保持了河湖的自然形态。方圆一千多亩的湖，除了水面最开阔的一部分建成了公园，进行了人工干预和修饰，其余长达八千多米的岸线，无论湖岸高低、水面宽窄，基本留存着多年前的泥土堤岸，留存着自然水域的本来面目。

岸边从早到晚都有钓鱼人的背影，草帽，小马扎，不动不摇坐如钟。

只要到了这里，人的脚步就会不由自主放慢了，因忙碌而紧绷着的眼耳鼻舌身意，会不知不觉舒展了，凝固在时光深处的记忆会情不自禁复苏了，想起了柴草灶的温暖，想起了炊烟随风飘散，想起了妈妈对着院门外的村子呼唤自己的乳名……

久违了，那泥土味儿，久违了，那来自童年记忆的亲切。

隔湖向西南方向望过去，看得见远处黛青色的山影起伏，似乎是上天特意为春申湖设置的背景，水的轻盈衬托山的厚重，山的苍黑衬托水的明净。此刻，蜿蜒曲折的土堤，堤上的桃李榆柳，以及远处的楼房别墅、村庄田野，都迷离在春申湖恬静的烟波雾霭里。既有现代化城市的舒适便捷，又有大自然的山光水色，同时不乏宁静清和的田园风味，让人忍不住感慨一句：果然是望得见山，看得见水，记得住乡愁！

春申湖的命名，是为了纪念黄歇。两千多年前，黄歇被楚王拜为相国，封春申君。黄歇父子来到，疏河通江，筑堤建坝，实实在在做了些水利工程，救民于洪涝，功德无量。为百姓谋福利的，百姓永远记住他——春申湖所在的黄埭古镇，就是因为黄歇在那里“以土掩水，筑成堰埭”而得名。

提到黄埭古镇，不能不提中市桥，这是老街上最热闹的一座桥。站在桥上，看见四下里人群熙来攘往，店铺招牌林立，让人遥想起当年“银黄埭”的盛况。中市桥向西，下桥堍，没走几步就看见一座老房子，典型的苏派建筑。这是熙馀草堂，清道光三十年（1850年），由香山帮工匠为本地乡绅朱福熙精心营造的宅院，现为苏州市文物保护单位，也是黄埭评弹博物馆。

当年，“说书跑码头，先过黄埭关”，黄埭书场在江浙沪评弹界享有盛誉。现在，新建的书场就在隔壁，定期请评弹名家来演出，镇上的百姓可以就近享受福利，饱了耳福，畅了心胸，文化惠民落在了实处。

再往前走，看见了横卧在清波之上的香花桥。桥始建于三国时期，宋代重修，清同治十一年（1872年），当地人再次重建。这座饱经风雨的石桥，见证了黄埭的古貌新颜。

从香花桥向西，一片草绿色的铁丝网，围起了十多平方米草地，中间贴着地面趴着个天蓝色圆盘，圆形和方形的不锈钢配件闪着亮光，显示着现代化机械设备特有的威严气质。走近了，听得见隐隐约约的嗡嗡嗡声，旁边的说明牌上写着：地埋式生活污水处理器。这种设备的特点是：结构紧凑，体积小，占地面积小，有机污染物去除率高，操作简单，施工方便，处理后的污水水质稳定，能够达到排放标准要求。

怪不得，老街旁边那条窄窄的小河浜的水，也如此干净，原来是有高科技设备 24 小时维护。

当然，原因远不止这些。原本相城区海拔低、落差小，水系密布而河流缓慢，所以自然水体质量较差。近年来，相城区大力开展水利水务民生工程建设，先后完成河道整治 58 条共计 69.1 公里，新建及改造闸站 77 座；同时，对 8 家污水处理厂设备设施、工艺运行进行统一管理，逐个进行系统改造，确保出厂水达一级 A 标准连续稳定排放。

如此一来，区域防汛排涝能力明显提高，区域水环境质量明显改善。大河水满小河涨，大河水净小河清，连带着散布在全区角角落落的小河浜跟着变得洁净，连带着春申湖的水跟着变得清澈如蓝水晶。

如此，一方水土才能够真正养育一方人。

无论古今，绿水青山都是宝贵财富，需要一代代有远见和智慧的先行者谋划安排、精心呵护。兴水利、避水患、与水相生相克、以水谋求发展，无数付出和积累，终换来如今繁荣和谐、富足安康的幸福生活。

2020 年 7 月

志愿者的一天

凌晨四点，一家人都起来了，妈妈忙着往我的保温瓶里泡陈皮菊花茶，爸爸忙着把羊汤从锅里盛出来，和筷子一起递给我，经常嫌弃我笨得连车都不会开的先生，此刻满脸堆笑忙着发动汽车。他们仨看向我的目光，温如烛火。

五点钟，准时到达。先生嘱咐了几句掉头而去。小区浸在黑暗里，悄无人声，住宅楼影影绰绰的长方形轮廓中间，闪着几点萤火虫般的光。我打开手机电筒照路，摸索着慢慢走，终于看见了四根细柱子顶个塑料棚，棚下竖着块“核酸检测点”的牌子。

一切都那么突然，一切又那么平静。昨天上午收到消息，单位一边统计志愿者情况，一边讨论如何在此严峻形势下保证自来水正常供应、污水处理生产线正常运营。毕竟，这是涉及千家万户切实利益的基础事业，容不得丝毫闪失。

昨天晚上，全区统一安排的志愿者分组表下发，我和其他二十一名同事被分到同一社区不同点位。虽然那个社区当天已有确诊病例，但我们只是在群里简单回复了一句：收到。再无二话。

作为苏州相城水务集团的员工，“征必战，召必回”的国企担当意识早已深入血脉。全年无休的工作节奏、涉及国计民生急难险重的工作压力、防疫以来逐步积累的工作经验，早已教会了我们猝然临之而不惊。

我所在的点位总共二十个志愿者，分为四组，每组各有一人扫描身份证录入信息，一人发放全员核酸检测证明，其余查看健康码并维持秩序。因为来自不同的单位，互相不认得，所以，大家首先自我介绍了一下，然后清点物资，组长一个一个分好工，说声“开始吧”。很快我们就被包裹在口罩、面罩、帽子、白色连体衣或者蓝色长袍里，人人变成了面目模糊的“大白”或“大蓝”，这下更加互相认不清了。

医生到了，早起的居民陆续排成了四条短队伍，随着晨曦渐明，短队伍慢慢变成长龙。我和几位“大蓝”从龙头到龙尾不停走来走去。这是社区全面检测的第一天，居民们或茫然或担忧，不停提问，我们一遍遍解释、安慰、劝解。十点钟，社区送来了早饭，一只白色保温泡沫箱放到了休息区——小花园半人高的景观墙围成的半圆。大家轮流过去，弯腰从地上拿起塑料食品袋里的茶叶蛋、豆浆和肉馒头，趴在墙头吃。

穿着紫色碎花居家棉袄的一位老阿姨，犹豫着问：“你们吃的是早饭？午饭？”听到回答，她连连摇头，转身走开，几分钟后拎回来只蓝色塑料暖瓶，问：“你们带杯子了吗？”大家纷纷说没有。她再一次走开，很快拿着一摞纸杯回来，倒满开水的杯子整整齐齐排放在了墙头。她动作麻利，一边忙活，一边絮絮叨叨：“你们是来帮我们的，连口水都没得喝。真是的。我自己家里烧的开水，趁热赶紧喝。不喝？焐焐手也好。”

组长告诉她：“我们不能多喝水，上卫生间要跑老远到外面的公共厕所，要换防护衣，太麻烦。”她说：“好几个钟头了，不能一口水也不喝呀。”确实，忙起来没觉得渴，可杯子一沾唇，不由自主就见了底。她拎着空瓶走了，第三次返回，为大家加水，问：“够吗？不够我再去烧。”我们赶紧说够了够了，真不敢喝太多。

说实话，此刻我感觉吃力，腿脚发沉，膝盖发僵，喉咙发干，加上天气阴冷，高楼之间的穿堂风吹得人透心凉，两杯热水熨帖了肠胃，焐暖了手指，舒服。

大多数人都起床了，排队的人明显多出来。一位年轻的妈妈，左右手各拉着一个孩子，孩子们哼哼唧唧扭来扭去，妈妈扯了这个又跑了那个，眉头皱起大疙瘩。我赶过去问，知道了两个孩子一个幼儿园小班，一个大班，孩子爸爸前几天出差，家里没有老人帮忙。见她为难，我站到了她的位置，让她带孩子在附近转转，等快要轮到她的时候再过来。周围的人看看俩孩子，默许了我的做法。

一位瘦高个老阿姨，不停瞟我，欲言又止。我说：“阿姨您有话尽管说。”她吞吞吐吐：“我老伴……脑梗。”我明白了：“卧床吗？告诉我门牌号，下午上门做。”隔着口罩，阿姨苍白的脸泛起害羞的红晕，睫毛扑闪，连声道谢。

负责信息录入的一位“大白”不停甩手，手冻得发僵不灵活。

恰好包里有两片暖宝宝。我虽然也冷，但可以走来走去，比坐着不动好一些，索性给她。她一愣，随即欢呼："太好啦，就想要这个！"旁边的小伙伴暂时接替，她抓起暖宝宝就跑，从休息区回来后告诉我："一片在胸口，一片在右手腕。暖和多了。"

下午两点，午饭送到。吃完饭，我觉得浑身酸软，瘫坐在椅子上，一句话都不想再说了。一个穿着围裙的瘦小伙走过来，把沉甸甸的两大袋奶茶放到地上，细声细气地说："可能不够。送给你们的。不知道你们到底多少人，不够我再做。"

他说得有点乱，但我们都听懂了，不由得面面相觑。人家做生意不容易，怎么好意思哦，于是纷纷说："不要不要，谢谢谢谢。"小伙子窘得不知如何是好，左看右看，搓着手，说："都已经送过来了。"他鞠了个半躬，转身就跑。

沉默了一会儿，腰围最粗、个头最高的"大白"一挥手，爽朗地说："人家的一番心意，赶紧的，趁热。"

病毒无情人有情，这些善意像暖流驱散风寒。相信春暖花开山河无恙的日子，就在不远处等着。

2022 年 2 月

第二辑

如是我闻

写在绿水清波间的诗行

上　篇

盛夏，清晨，站在阳澄湖边放眼望去，在岸边大片芦苇和头顶辽阔天幕的共同映衬下，湖清若空，水绿如蓝。人间至味清水大闸蟹，此刻正在湖底细软的水草丛里，连同菱角、莲藕、鸡头米……一起生长，等待秋天的成熟。

一切都是安宁的、美好的。

而不远处，白塊河携带着满身浑浊泥沙到达目的地，在入湖口冲出一片半圆形的阴影，仿佛原本清澈的湖水里铺开了一把暗黄中泛着浅黑的折扇。

由西湖、中湖、东湖三部分组成的阳澄湖，超一半的水域在相城，约 60% 的岸线在相城，其中西湖更几乎全部在相城——阳澄湖，相城的母亲湖，滋养了无数田野和村庄，承载了无数老人和儿童最温馨的记忆。

保护母亲湖，迫在眉睫。2016年起，相城区在苏州市的统一领导下，开启了阳澄湖生态优化项目，坚持铁腕治污，加大环境基础设施投入，推动河网畅流和生态修复工程。三年后，相城区已完成工程项目66个，完成投资22.34亿元，阳澄湖湖体水质显著提升，区域生态环境得到了较为明显的改善。2019年，在前期取得良好成绩的基础上，继续推进阳澄湖生态优化攻坚战行动，以生态修复、拦截并削减入湖污染为出发点，对境内阳澄中湖、阳澄西湖岸线中的受损区段进行重点修复，通过构建环湖岸线的生态护岸带、湖滨湿地带，及主要入湖河口的生态强化处理节点，形成“北部拦截、西部屏障、南部涵养”的保护框架。

以白塊河为例，因为流经工业区，加上河面行船较多，白塊河的水被船只日夜翻搅得不得安宁，所以河水浑浊，携带着大量淤泥和其他固体悬浮物。阳澄湖综合整治工程之一的阳澄西湖屏障带工程，主要针对白塊河河口北部进行强化预处理，含15.96万平方米湿地工程和1234米导流堤建设。河水入湖之前，首先进入预处理缓冲区，水体里的固体悬浮物（主要是淤泥）在此沉淀，当沉淀池里的淤泥积攒到一定分量，挖掘机来清理运走。这样一来，原本随着河水一起带入湖水的固体悬浮污染物大大减少，湖水的外来污染负荷大大减轻。

同时，建设人工湿地，将近岸湖水逐段围堰抽干，将湖底土坡仔细整理出良好造型，用来导流、挡浪、护岸。种植大量芦苇、香蒲等水生植物，通过这些植物的茂密枝叶和发达根系，吸附、消解水里的各种有害微生物、有机物、无机物，进一步净化水体、提升水质。人工湿地可以涵养水土，保护阳澄湖生物多样性，为鸟类等提供繁殖、栖息场所。身姿飘逸的水鸟在湖面翩然掠过，又为阳澄湖增添了一道灵动可爱的风景。

2019年，相城水务集团承建的白塭河工程的土建部分结束，原本河流入湖口那团泾渭分明的半圆形阴影已经消失，经过层层拦截、过滤后的河水，已经和周围湖水的质地非常接近，几近于浑然一体。目前水生植物正在养护期，待两年养护期结束，水体将进一步得到净化，工程效果将更加明显。

作为相城区属国有企业，近年来，相城水务集团承建代建了多个省、市、区级重点水利项目：京杭大运河相城段堤防加固工程、济民塘及入湖河道整治工程、渭泾塘整治工程、城区防洪及河道畅流一至三期工程等。

值得一提的是望虞河除险加固和西控工程。望虞河南起太湖，北至长江，是洪汛期间太湖主要泄洪通道之一，也是沟通太湖和长江的流域性骨干河道，肩负着把长江水直接引入太湖的重任，简称为“引江济太”。

水，看似柔软，却蕴含着以柔克刚的巨大力量，日夜无休的冲击，堤坝最表层会出现一条细小的裂缝。裂缝慢慢变深变大，平时还能够勉强维持着虚架子不倒掉，但万一遇到汛期，这些脆弱的堤坝会轰然倒塌，后果严重。

堤坝原有工艺采用的浆砌块石，即混凝土加上大块岩石。现在施工材料基本采用混凝土，并且混凝土配合比增加了高抗裂多组分复合材料这一新型材料，工程模板加固采用组合止水螺杆加固模板新工艺。这样的材质，造价比以前的浆砌块石高，但抗压强度和耐久性更好。

除了对达不到设计标准的堤防进行加固加宽、对损坏严重的护岸和防汛道路进行维修加固，还把河道沿线口门鉴定为四类的建筑物进行拆除重建，鉴定为三类建筑物的原则上进行维修加固。工程总共新建、改建了二十三座口门。口门，是水利系统的一个专业术语，一般指堤坝间的船舶出入口，老百姓习惯称为闸门。

例如：望虞河流域原有一座冶长泾老闸门，年久失修，工程原计划进行加固。考虑到冶长泾是穿过相城区北桥街道的主干河，随着经济发展，通行船只的数量越来越多、体量越来越大，所以最终决定：老闸废弃，在附近选择一处合适的地方，新建一个五级大船闸，方便大船通行。原有老闸保留，作为历史遗存，供后人参观纪念。

望虞河西控工程是国务院太湖水环境治理项目的子项目，通过对望虞河西岸沿线工业发达地区口门的建设调整，有效控制各条支河，增加从长江引入太湖的水量，保障入湖水质和沿线河网水质，利用长江水流急且水位高的特点适度向西岸支河补水，结合水资源配置、防洪等综合利用，保证引江济太综合效益，从而改善水环境。

如今，站在船闸旁边，亲眼看见往来船只那么多，依然感觉吃惊。它们大多数是体型巨大的货船，长方形，有的船舱敞口裸露着满船的黄色沙子，有的用绿色帆布把货物捂得严严实实，排成整整齐齐的一字纵队，等着巨大的船闸开启后，依次驶过。船闸随即关闭，搅起一片雪白的水花，久久不息。在高铁和飞机如此发达的今天，这条古老的河流，依然发挥着重要的水上交通作用。“挂帆湖水上，闻笛野渔家”，遥想古人赞美相城美景的清丽诗句，更多一份感慨古今传承和迭代更新的豪情。

望虞河开凿于公元前五世纪，传说由越国大臣范蠡所建。千年时间流转，望虞河渐被堵塞，新中国成立后才获重新疏浚。经过一代代人的不懈努力，如今的望虞河，水质的清澈肉眼可见，水面很宽，水流很急，河里的浪头一浪一浪互相追逐着跳跃着奔向远方。这样刚健、爽朗的景色，迥异于传统苏州风光的纤巧柔弱——那古城里小桥小河的水是缓慢的、滞重的、有气无力的，而这条河里的水，是活泼的、通透的、生龙活虎的。四下里极开阔，田野平坦，风自由穿行没有任何阻挡，高大的船闸衬托出长空万里的感觉，河流奔腾直至消逝成天际细细的银色一线，让人看了，觉得又痛快又舒畅。

美好环境来之不易，河湖治理是一项具有艰巨性、复杂性和长期性的系统工程，其中通过水利项目，加固堤坝、清理河床淤泥、接通断头浜保证河道畅流，其意义不亚于修补人体大动脉、保障全身血液循环系统畅通，为全区水环境质量改善奠定坚实的基础。同时，本着系统治理、标本兼治、多措并举原则，配合阳澄湖上游区域产业结构调整、控源截污等措施的强化，相城区积极推动环境污染治理，近年来开展了力度空前的碧水保卫战：2017 年，全面建立河湖长制（即由各级党政负责人担任“河长”“湖长”，负责组织领导相应河湖的管理和保护工作），明确区、镇、村三级河湖长体系，监测点位总数达到87个，实现全区主要河道监测分析全覆盖。为淘汰重污染行业，2018年，全区关停区内化工、电镀、印染企业80家（含签订拆迁协议），超额完成年度工作任务，完成率达到185%。2019年，全区超额完成3个太湖流域重点项目，投资完成率164%；超额完成“水十条”重点工程五大类26个项目，投资完成率148%；4个国省考断面达标率为75%，优Ⅲ比例为75%；18.5个河道断面中11.5个断面水质均值达标，按照2018年考核标准，达标率为62.2%。

苏州是江南水乡，相城区的“含水量”更高达40%——全区大小湖泊、河流等水域在全区总面积占比近40%。祖先留下的“江南水乡”金字招牌，必须保护好，必须擦得亮亮的传给后代子孙。如今，水更是一面镜子，环境好不好，看看屋旁村外的水就知道。水好了，老百姓的日子才好过，恶劣环境无法带给人幸福，幸福要在绿水清波里才能够得到润泽和滋养。

“望见家山一抹青，澹烟初日漾江汀”，相信古人写下的诗行，必将成为美丽新相城的写照。

下　篇

吃罢晚饭，沈阿婆拉着小孙子的手，到村头散步。晚风凉爽，送来隐隐的草木清香。空气纯净，大片的麦田黄灿灿的，无数细细的麦芒在夕阳里微微摇摆。纺织娘和蟋蟀们的昆虫合唱团，时而舒缓时而欢快，听上去既热闹，又衬托得四下里愈发宁静。

久违了，这清新的田园风光；久违了，这可爱的天籁。

要知道，三年前，也就是2017年，沈阿婆居住的相城区太平街道沈桥村，压根不是眼前的模样。沈桥村位于阳澄湖西岸，行政区域为3.12平方公里，现有村民一千多户、五千多人。那时候，村子周边被各种小工厂包围，大多数是家具和水泥小作坊，机器尖厉的轰鸣声从早晨吵到深夜，时不时腾起一股股烟尘，各种生产和生活垃圾随处乱扔乱堆放。空气浑浊，到处弥漫着呛人的油漆味。大白天的，村民几乎不敢开窗，洗好的衣服只能晾在门窗紧闭的屋里，却不敢晾到院子里，否则一天下来，衣服落满粉尘，比洗之前还脏。

穿村而过的小河名叫蚬山横港，河水原本清澈，沈阿婆小时候和小伙伴一起在河里游泳、打水仗、捉鱼虾，成家后和邻居阿嫂一起在河边淘米、洗菜，用木桶挑回河水倒进厨房大缸用来烹茶、煮饭，可以说一天也离不得它。如今，工业废水却把它染得发黑，成了脏河、臭河、黑河。

到2016年，沈桥村被大量小工厂小作坊包围，共计167家，其中，家具作坊110家，且多为无证无照企业。这种历史遗留下来的所谓工业园，按照现在的衡量标准看：一是“散”，随心所欲散布在各个角落，星星点点，不成体系不成规模，更不符合现在的城镇总体规划、土地利用规划、产业布局规划；二是“乱”，为了贪图便宜，厂房大多不是按照行业标准建设的正规工业生产用房，而是租用居民住宅、闲置设施农业用房，或者占用空闲土地私搭乱建违章建筑，生产经营过程中又存在很多违法违规行为；

三是“污”，是指违法违规排放，超标排放废水、废气、废渣。这些企业（作坊）被简称为“散乱污”企业（作坊）。

简单粗暴的低端加工业，虽然曾经一度刺激了经济发展，带来一定的经济收入，但对环境造成的破坏却日益严重，连基本生活质量都受到威胁。人类与自然本是一个生命共同体，人类必须尊重自然、保护自然，否则对自然的伤害最终都会伤及人类自身。

是时候了，必须深入贯彻“263”专项行动精神，来一场全面、迅猛的环保风暴，彻底改变这一切！

“263”是指江苏省围绕生态保护和环境治理开展的专项行动，包括：两减，即减少煤炭消费总量、落后化工产能；六治，即治理太湖水环境、生活垃圾、黑臭水体、畜禽养殖污染、挥发性有机物污染、环境隐患；三提升，即提升生态保护水平、环境经济政策调控水平、环境监管执法水平。

一场攻坚战，按照时间节点，紧张而坚定地推进：

2月，沈桥村召开村民代表（扩大）会议暨“263”专项行动推进会，全体村干部、村民代表和工厂作坊的业主一起参加了会议。这种村民自治的方式，让全体村民当家做主，成为环境整治的参与者、推动者、监督者。于是，责任沉甸甸地压在每一个与会人员肩头。

时值冬季，无论是年轻人，还是头发花白的老人家，都裹着厚重棉衣正襟危坐，一张张脸庞，无论是青春光洁的，还是皱纹横生的，都敛容屏气，一脸肃穆，会场气氛凝重。方案宣读完毕、向大家征求意见时，绝大部分人都当场表示支持。

4月，家具企业基本搬离，水泥制品作坊也基本停产。同时，沈桥村联合街道拆迁办和社会第三方评估公司，对厂房逐一评估。厂房材质五花八门：铁皮、砖瓦、钢板、夹芯板、泡沫板……厂房形状不一而足：人字顶、平顶、圆拱形顶、单层、多层……需要仔细丈量面积、计算价格。

从空中航拍的照片看，蚬山横港南北两片工业区，紧贴河沿，红色、蓝色、白色厂房互相横竖穿插，充分占据了每一寸可以利用的空间，挨挨挤挤连成片。有的厂房延伸到田野，与庄稼“亲密接触”，植物的顽强令人赞叹，在厂房包围之下，依旧青枝绿叶精神抖擞。还有些厂房一直扩散到了阳澄湖边，沿着弯曲湖岸左右排开。

7月，沈桥村开展“263”整治工业园回购公开公布大会，重点对工业园不动产的评估、回购方案进行解读，于大会当场公布个租赁主的协议回购补偿价格并上墙公示，明确签约时间截至该月20日，并将于当日启动厂房拆除工作。

公示表格一行行写满数据，用夹子夹在会议室主席台暗红色幕布上，白纸黑字，连在一起有五六张单人床单那么大，占据了半面主席台。五个月过去，此刻已经到了盛夏，人人穿着轻薄单衣，可当大家拥到幕布前、凑近表格查看时，会场气氛依然凝重。军令如山倒，壮士断腕，治污刻不容缓！

9月，167家企业已全部关停搬离，其中家具企业110家，水泥制品企业27家，五金加工企业10家，注塑企业6家，其他类型企业14家。经第三方评估公司对92户业主的95处不动产（厂房）进行评估，签订回购协议 91 份。蚬山横港以南工业园已经全部拆除，已拆除厂房面积约 7.5 万平方米，占整个工业区面积的 55% 左右。紧接着，拆除工作平稳有序向蚬山横港以北工业园推进。

在沈桥工业园开展“263”整治的同时，沈桥村内的环境整治工作也在同步推进。以蚬山后湾为试点，已拆除历史违建 700 多平方米，清理乱堆乱放 43 处。区域内河道疏浚、断头浜开通和生态护坡工程已经全面开工，年底前完成 10 条河道疏浚清淤 7 公里，完成生态护坡 7.6 公里，完成全村污水接管工程。生产生活污水不再直接排入河道，而是通过底下管道运至污水厂处理。挖掘机隆隆开进，拆除厂房、平整土地，腾出 350 亩土地实现复垦复耕。

如今的沈桥村，河水清澈了，空气清新了，村庄环境有效提升，村容村貌明显改善。复耕后的土地大部分种上了小麦，冬春麦苗青青，盛夏麦穗金黄。依托千米阳澄湖岸线，以及深厚的文化传统，沈桥村联合多方力量打造阳澄湖舟船文化馆、蟋蟀盆展示馆等文化场馆。田园风光加上人文气息，令游人到此心旷神怡。

类似的情况，还有相城区望亭镇宅基村。因特殊地理位置，村里多年来形成废轮胎、废金属和废塑料三大交易市场，大片的土地资源被低产能的小作坊、散乱户占用。从 2017 年开始，宅基村的工作重点放在市场拆迁上。工作开展难度大、麻烦多，但村民达成共识，拆迁回购对今后发展有好处。截至 2018 年年底，通过清理、回购、置换等方式，望亭镇已完成四个地块的“散乱污”清理，合计淘汰“散乱污”企业545家，盘活土地900余亩。这些低效土地被盘活后，当地腾出更多空间来发展智能装备等高端制造业、智能家居等新型产业。甩掉旧包袱，蓄积新动能，腾笼换凤、破立并举。

2019年，相城区污染防治攻坚战考核位居苏州全市前列，获评第二届江苏生态环境十大先进典型。否决存在环境隐患产业项目近300个。国考、省考断面优Ⅲ比例达到75%，18.5个骨干河道考核断面达标率提升20个百分点，空气质量优良天数比例达考核要求。实施生态文明建设重点工程38项，完成投资15.4亿元。清理村级工业集中区40个，腾出土地3972亩。淘汰整治“散乱污”企业（作坊）2836家（累计12709家）、重污染企业24家。建成污水管网387公里，通过“控源截污”实现1234个居民小区、工业企业区块等污水集中处理。工业废水排放量削减28.6%。完成太湖、阳澄湖等五大河湖水岸同治任务。完成盛泽湖、虎丘湿地滨岸恢复改造等湿地保护工程，自然湿地保护率达67.4%。

2020年，坚持最严格的生态环境保护制度，打好污染防治攻坚战，狠抓重点领域治理。以环境问题突出区域、行业为重点，综合运用法律、经济、行政等举措，大力推进环境保护与治理，污染物排放总量匹配环境承载力，进一步提升生态环境质量。国考、省考断面水质和$PM_{2.5}$浓度、空气质量优良天数比例均达到考核要求。扎实开展阳澄湖水污染治理攻坚行动，阳澄湖二级保护区关联村庄生活污水集中处理率达100%。有力推进印染、化工、电镀、线路板等行业整治提升行动，淘汰企业17家，整治16家，实现印染企业清零、电镀企业废水零排放、线路板企业一类污染物零排放。挥发性有机物排放总量进一步削减，重点企业排放全面达标。坚决杜绝“散乱污”企业（作坊）回潮反弹，全面推进127个村级工业集中区清理整治。

“鸡声茅屋外，客萝水云间。汀树村边密，沙鸥水上闲。”行走在相城，想象中的风景已从古人的笔下幻化成真，成为河流湖泊边的现实图景，这是相城人民以勇气、以智慧，在大地之上、在绿水清波之间，写下的关于美丽乡愁的诗行。

备注：本文引用古诗，分别出自明代孙一元的《发漕河》、清代汪琬的《东归道中》、明代韩奕的《过尚泽湖》。

2020年9月

幸福生活要靠劳动来创造

一

秧苗纤细洁白的根须，穿透一小团松软的岩棉，丝丝缕缕向下探出了头。这意味着，半个月前培育的番茄、西瓜和甜瓜苗都已健壮，可以移栽了。

9月，是姜蓉蓉最忙碌的季节，因为一切才刚刚开始。早晨7点钟，她已经到了玻璃温室，比公司规定的上班时间提前了一个半小时。

初秋的太阳火辣辣明晃晃，工人们头戴黄色草帽，坐在小板凳上，将穴盘里密密麻麻的秧苗，一棵一棵捏出来，再一棵一棵摁到方形地砖的凹洞里。穴盘白色，像个方形大筛子，塑料泡沫材质，每板有二百四十个手指肚大小的整齐凹洞，每个凹洞里塞一小团岩棉，育一棵秧苗；暗黄色的地砖其实是一整块岩棉。由石头高温煅烧产生纤维再压缩而成的岩棉，已经代替了传统的土壤，成为新型种植材料。

姜蓉蓉手拿一把自己裁剪红纸粘上木条做的小红旗，走来走去监督查看。工人们的动作必须敏捷准确，力度必须不大不小刚刚好。成千上万棵绿色小苗，没有一棵逃得过她专业而犀利的眼睛。栽种不到位的，她弯腰插上旗子作为提示，方便下午统一补种。必须保证每一棵幼小柔弱的秧苗都能够在规定时间段及时移栽，并且成活，否则何来收获？

播种季节，她时时刻刻提着心，必须确保秧苗发育正常、设备仪器正常，确保温室里的温度湿度时刻保持在最佳状态。甚至下班在家睡觉、半夜梦醒时都要爬起来，用卧室里的电脑远程查看一番温室数据，才能放心地继续睡去。

2015年，“90后”盐城姑娘姜蓉蓉大学毕业后应聘到相城区漕湖街道漕阳生态农业发展有限公司，那时公司刚成立，老板员工加在一起仅六人，现在公司壮大需要人手，特别是有种植经验的熟练工人。附近村庄几十名农民曾经因文化与技能水平低、找不到工作而苦恼，现在终于有了能够发挥一技之长的满意岗位，告别面朝黄土背朝天的传统农业，走进高大宽敞的现代化玻璃温室，变成和姜蓉蓉一样的现代职业农民。

几年来，公司的瓜果蔬菜屡获丰收，自主科研创新技术种植的草莓获得江苏省优秀奖第一名，和苏州农业职业技术学院校企合作提供高校实习岗位，培训基层农技人员，把科学种田技术推广到周边更多种植户，带动了更多人就业。

一直忙到晚上九点钟，姜蓉蓉才下班。晚风掠过漕湖清澈的水面，将包含水汽的温热的风吹过她的马尾辫。远远望去，身后通体透明的玻璃房子在暗夜里熠熠生辉，仿佛是童话里的晶莹剔透的水晶宫，只是那里住着的不是童话里的王子公主，而是奋斗在传承与创新之路上的现代职业农民。

从播下种子，到长出绿叶，植物生长的每一个阶段都饱含着她的期待，每一棵毛茸茸的绿色秧苗都是她的小宝贝，仿佛一位多子多福的母亲，用饱含深情和爱意的眼睛，看着儿女们成长。

而幸福，就这样跟着四季更迭，跟着辛勤劳作的手脚，跟着每一棵成熟的瓜果，悄然来到，清香四溢。

二

周丽芬换好工作服，戴好胸卡，把长发用皮筋盘成一团紧紧绑在头顶，锁上出租屋的门，走进苏州黄埭潘阳工业园建通光电端子有限公司。和白班的工友简单交流了几句，八点整，她准时站到了自己的工位上，开始熟练地操作各种按钮，直至第二天上午八点。

公司主要产品是端子，也就是俗话说的电器插头，对于技术和工艺的要求都比较高，像周丽芬所在的注塑机车间操作工岗位，一般人需要两年才能学得会，而周丽芬因为认真刻苦，2018 年入职后，初中毕业的她，仅用了一年的时间就掌握了全部操作要领，包括国标、英插、VDE 机械手及转盘机的操作。

万事开头难，她之前在饭店里当过一段时间的服务员，从来没有进过工厂，没有任何相关工作经验，甚至从来没有见过如此复杂而精密的机器设备。她从最基础的大小南非设备操作开始学习，反复背诵设备各个部件的名称和操劳规程，有不懂的地方就向老员工请教，休息时间，她一边在出租屋里做家务，一边在心里琢磨工作中遇到的问题。她虽然只是流水线上普通的操作工，但却异常珍惜这难得的机会，兢兢业业、不遗余力对待工作中每个细节。一年后，她不仅可以独立熟练操作，甚至可以发现自动化设备的异常，自己动手解决问题，俨然一位经验丰富的老师傅。

苏州人社部门评选“2019 年人社领域对口帮扶就业典型”，入选的十名典型人物全部是贵州铜仁籍来苏就业的建档立卡贫困人员，因为工作出色，周丽芬就是其中之一。

周丽芬是贵州石阡人，在闭塞的大山里出生成长，和祖祖辈辈一样有着坚忍、淳朴的性格。但是，和祖祖辈辈不一样的是，她走出了大山，来到了自古号称“人间天堂”的苏州，看见了完全不同的世界，过上了和以前完全不同的生活。

“90 后”的她，话不多，但一句是一句，简洁、坚定、清晰。对于自己的生活，她有着超出同龄人的通透和沉稳。目前的工作很辛苦，经常上夜班，属于自己的时间也不充裕，她依然淡定地接纳了。她说：“我们不能决定自己出生的家庭，但是我们可以通过自己的努力去改变。我认为每个人都在努力，而我也只是平凡中的一个而已。现在我只想好好工作，好好挣钱养家，改善生存环境。”

周丽芬来相城之后的第二年，也就是2019年，他的弟弟跟着她来到同一家公司上班，和她一样工作认真手脚勤快，深受大家好评。姐弟俩不仅经济收入增加，更重要的是眼界大开，生活、观念、思想和精神面貌发生了天翻地覆的变化，甚至不知不觉带动了亲友乡邻，让大家一起看见转机，看见希望，看见自卑到自信的升华，看见凭借诚实劳动改变命运的可能。

贫困家庭中，如果有一位成员找到了合适的工作，那么弥漫着愁云惨雾的整个家庭都会跟着精神一振。因为工作提供了一个广阔而崭新的环境，一种更丰富而深刻的生存体验，一次被团队接纳认可的机会，一座跃向美好前途的起跳平台，一条升华式的自我实现途径。总之，这是一条苦中有甜，最终通往幸福的必由之路。

三

姚阿姨今年五十岁，剪一头利落短发，戴着茶褐色眼镜，肩膀宽厚，胳膊粗壮。

这样的体形，有职业的原因，盲人推拿师的上肢必须结实有力，才能应付长年累月的高强度劳动消耗；也有个人爱好的原因，她兴趣广泛，苏州市、相城区残联组织的各类文体活动她总是积极参加，体育锻炼给了她强健的体魄，她曾获得杠铃举重比赛第一名。她还喜欢钓鱼，虽然看不见鱼竿的浮标，但是盲人的手指异常灵敏，鱼儿咬钩的轻微震颤都能够感知到，并迅速做出反应，她曾以规定时间内钓上来十八条鲈鱼的成绩，获得区级残疾人钓鱼比赛第一名。

因为二十四岁时因病失明，姚阿姨随后走过了一段艰难的黑暗岁月，后来拜师学会了推拿按摩技术，三十一岁的时候，在相城区元和街道开办了自己的小店。健康人创业都很难，何况是残疾人，开业的过程一波三折，小店运营发展更是困难重重，残联、社保、劳动、民政相关部门的工作人员，每一次都及时伸出援手，连她儿子读书的事情都帮忙解决。姚阿姨不止一次说：“他们和我非亲非故，可只要有困难，我自己走过去找他们一说，他们就都愿意帮我。”

送钱送物不如送岗位，授人以鱼不如授人以渔。政府部门的引导、鼓励，使得姚阿姨最终创业成功，并开始了持续学习，专业水平日益精进，多年来共获得南京中医药大学的医学大专学历、中国残联的盲人医疗按摩人员资格、江苏省卫生厅按摩医师初级职称、江苏省保健按摩师职业资格证书、相城区人社局创业培训（SYB）结业证书等。

不仅如此，当生意越来越好，她开始反哺社会。因为深知残疾人无法养活自己，内心总有拖累家人的自责和痛苦，所以她决定在自己的店里免费教授盲人推拿技术，至今带出学徒超过 20 人。学徒们有的自己创业，先后在渭塘镇、吴江区、吴中区等新开了 6 家盲人推拿店；有的凭学会的手艺到医疗单位找到了工作，自食其力。谈起这些，姚阿姨笑声朗朗。

以自己的火点燃别人的火，以心发现心，生活会越来越广阔而芬芳。

通过政府的好政策，享受到改革红利、被带动着一起奔小康的，还有北桥街道盛南社区的谈阿姨。

因小儿麻痹症造成肢体残疾二级，四十二岁的谈阿姨左手左脚明显异于常人，好在右手右脚正常。她自立观念和劳动意愿非常强烈，曾经捡破烂挣点小钱补贴家用。八年前，盛南社区成立日间照料中心，考虑到谈阿姨的实际情况，为她量身定做了一个公益性岗位：送饭服务员。谈阿姨愉快地接受了，每天中午到了饭点，她推着手推车，把热腾腾的饭菜送到订饭的人家里。小区每个楼道都有电梯，电梯里还贴心地放着板凳，可以随时坐下来休息。可以说工作难度并不大，她一干就是八年，现已经成为熟练工。她自己非常珍惜这个岗位，因为适合她的工作机会实在不多。每月工资虽然不高，但加上社区重残补贴，基本够过日子，何况，她觉得这是自己的劳动所得，自己从此不再是别人救济的负担，所以感觉非常自豪非常开心。

四

“没人啊没人，这可怎么办？”

苏州相城区阳澄湖镇世康防护用品有限公司专门生产 N95 口罩等医疗物资，2020 年年初，随着疫情的蔓延，口罩变得越来越紧缺，全国各地紧急订单飞向公司，在厂长办公室堆起厚厚一沓。可是，因春节假期，企业员工不少都回老家了，有些即使想要回来，却因隔离而无法启程。厂里机器设备都好好的，原材料也有，可就是无法开足马力生产。时间不等人，依然一分一秒不紧不慢地流逝，多浪费一天时间，那些缺少口罩的人被感染的危险就增加几分。

镇政府劳动所工作人员了解到这个情况，赶紧到厂里查看，汇报区人社部门，大家决定用之前打造的“智慧人社”平台解决问题。这个2019年刚上线的平台，其中有一项重要模块“就业调查登记”，负责动态化调查、梳理企业的用工情况，特别是有就业愿望的人员情况，例如：人员的姓名、学历、就业状态、未就业原因、计划就业区域和到岗时间、最近一次工作单位、求职意向的职位大类和小类、以往工作经验，等等。可说是一份非常详细、非常实用的动态调查表。

经过商量，大家确定了三个关键词：本地的、有缝纫经验的、可以立刻上岗的。大数据平台很快筛选出了合适的人选，并通过平台，将人选名单发到各个村负责人的手机上，村干部开始按图索骥，逐家上门拜访。同时，镇服装商会、人力资源公司积极协助，各个微信群广泛发布招聘信息，短短几天时间内，经过多方共同努力，共有71名当地居民就近“火线”上岗，而且大多数是有缝纫经验的熟练工。

援兵到来，从1月26日（正月初二）开始，公司火力全开，各个生产线连天加夜，截至2月28日，累计生产了N95和KN95防护口罩共93.7万件，分别发往公安、交通运输、医院等防疫一线单位，保障了防疫工作的迫切需要。

公司负责人江国平感慨万千，说："多亏了镇里的劳动保障部门，帮我们临时招聘不少当地员工，不然我们并不能满负荷运转。"央视记者闻讯赶来采访，3月3日晚上八点，财经频道《经济半小时》栏目播出专题节目《口罩总动员》，表扬相城区利用大数据平台解决企业用工难问题。

改革开放之前，中国的劳动者身份只有简单的二元化格局：机关事业干部和企业工人。如今新时代多元化格局，就业情况复杂、瞬息万变，如何让用人单位找到合适的员工？如何让员工找到合适的岗位？如何将供需双方的信息进行及时准确的匹配、为社会提供公平高效的就业服务？相城区人社部门经过长久的苦恼思索后，决定自己打造一个新的平台，着眼于契合度、精细化、动态实时管理的平台，以应对将来更加复杂多变的就业形势。经过周密准备，平台于2019年5月上线了，区、镇、村各级工作人员做了大量工作，动员企业与员工通过电脑或手机注册登录，及时更新。没想到养兵千日用兵一时，上线刚半年，平台就开始发挥作用了，想想之前的辛苦没有白费，真是令人欣慰。

接下来，区人社部门将进一步增强工作前瞻性，对辖区用工形势的每一个变化进行密切监测，提前研究应对举措，让更多的劳动者在岗位工作中得到尊重，让更多的家庭看见未来光明的发展前景，以高质量的就业服务改变更多个人和家庭的命运，助力小康社会建设。

2020年，相城区政府将坚持以人民为中心的发展思想，提高保障和改善民生水平，提高社会保障精准性，健全有利于更充分更高质量就业的促进机制，提供就业岗位5万个，本地户籍高校毕业生就业率达95%以上，困难家庭失业人员动态清零。新增市级以上创业孵化基地4家，支持成功自主创业1300人，职业技能培训1.8万人。深入推进社会救助综合改革，推广“弱有众扶、温情救助”模式，引导推动更多社会力量参与救助。启用智慧帮扶信息平台，实施900个困难群体帮扶项目，困难群体达到相当于人均收入2万元的生活水平。这是政府对人民群众的承诺，这是未来可期的美好蓝图。

《礼记》写道：“大道之行也……使老有所终，壮有所用，幼有所长。”一个理想社会，必然能够给劳动者提供用武之地，让他们在有尊严的工作中，找到生命存在的价值感与意义感。换言之，人只有在物质文明和精神文明产品生产创造过程中，在劳动互助、合作带来的生产关系中，人才能够理解“劳动为人生第一需要”的含义，找到立足于世的基石，完成自己的社会属性，真正成为一个社会人。同时，有了这种价值感和意义感的支撑，一个家庭才能踏实安宁。而家庭是社会的细胞，千千万万个家庭踏实安宁了，社会才能和谐。

让更多的劳动者在岗位工作中得到尊重，让更多的家庭看见未来光明的发展前景，就像一首老歌唱的那样：幸福在哪里？朋友啊告诉你……它在辛勤的工作中……在你晶莹的汗水里……

2020年9月

刻刀下的青白世界

夏末，正午一点，苏州相城区阳澄湖镇车渡村。阳光炽烈，宽阔的凤阳路上车来车往似一条金色的河流，道路东面大片大片的荒草，浓密，深绿，安静如一方碧水池塘。一条窄窄的灰白色水泥路，从南北方向的凤阳路岔向东，曲曲折折消失在绿草深处。草高过人腰，四望不见人迹，风簌簌，吹来阳澄湖湿润的水汽。如果深秋夜晚打这里经过，草叶上晶莹的露水纷纷摇落，会浸湿衣袖和鞋子，别有一番田园野趣。

沿着小路慢慢走，看见原先被草遮没的烟囱、屋脊、门窗、场院，渐次出现，稀稀落落散在道路两旁。这是个极小的村庄，不过几十户人家，四下里静悄悄的。远远看见一个人，高个儿，戴着草帽，立在树下。那是刘一鸣，他习惯为第一次来此、摸不清方向的客人充当路标。

1958 年出生的他，今年正逢花甲之年，腰身尚未发福，肩背依然挺拔，眉毛粗，眼睛大，双眼皮仿佛刀刻过般清晰，左下巴和鼻梁中间各有一粒绿豆大小的痣，很容易辨识。皮肤黑红，是饱经阳光曝晒的老农民常有的健康肤色，笑起来的时候，一口整整齐齐的牙显得格外白。洗得软塌塌的白色短袖，洗得软塌塌的黑色长裤，晃晃荡荡挂在身上。这样的装扮，不那么气派，却与他整个人异常和谐。比起普通人来，大师的神态，也许就应该这么自在，这么神定气闲的吧。

他的大黑眼珠在草帽下发着光，没有一句社交场合的客套寒暄，只是笑着，仿佛泥巴里劳碌了一辈子的老农民对着金黄稻谷独自微笑，并随时欢迎客人一起聊聊粮食和蔬菜而已。

一座朴素的农家小院，白墙上斑斑驳驳，泛出风吹雨淋后的灰黑，唯一的装饰是在大门东墙上嵌着一大块青砖，由好几块小青砖拼接而成，砖缝里隐隐可见抹的白灰，仿佛用最细的毛笔画出的一道道笔直的白线，交织成菱形。青砖上刻着“刘家砖雕”四个凸起的大字，竖排，阳文，柳体正楷，围着一圈传统云纹四方连续图案，简洁而清雅。

小院里是他的砖雕工作室和住宅。工作室里面的陈设，与外面的小院一样朴素。迎门摆着一张大桌子，散乱地堆着本子、烟灰缸、铅笔、热水瓶，以及他从头上摘下来随手一搁的草帽。墙上贴挂着鲜红色或者金黄色的奖牌奖状，大大小小十几张。玻璃橱柜里还塞着些方的圆的奖杯，仿佛很久不用、塞在角落里的杯盘碗盏。刘一鸣往椅背上一靠，冲着墙和橱柜一挥手，漫不经心地说：“嗨！这些嘛，都是虚名，没啥用场的。”

他更愿意谈谈他的砖头和刻刀，谈谈他的祖父和父亲代代相传的手艺，谈谈他背过的唐诗以及没有画完的速写画稿。谈起这些，他仿佛是老农民捧起了一把饱满的稻谷在掌心，一粒一粒，越数越欢喜。于是那些大大小小的故事，被他笑眯眯慢悠悠地，一一道来。

一、名花倾国两相欢

牡丹，中国传统花鸟画的重要素材，因为花开富贵、吉祥幸福的美好寓意，历来深受人们喜爱。2010 年，位于北京天安门广场东侧的国家博物馆，在增设雕刻艺术展厅时，最终确定了砖雕厅的图案全部为牡丹花。当今中国画坛，工笔、写意各种牡丹画，风格多样，流派纷呈，而国家博物馆作为一国文化艺术的重要展示窗口，最终确定中央美院张绮曼教授创作的一幅唐牡丹作为砖雕厅的图案，为什么?

因为张绮曼教授设计的这幅唐牡丹与众不同。市面上平常的牡丹画线条自然，俏丽多姿，并不苛求花叶对称，即便少一片叶子或花朵，也不会影响整体画面的美感。但唐牡丹讲究的是对称，如果左上角有一片叶子，右下角必然有一片一模一样的叶子；如果右上角有一片花瓣，左下角必然有一片一模一样的花瓣。也就是说，所有的花、叶，必须严格对称，形成内在的呼应。这种严格到苛刻的对称，使得唐牡丹明显不同于流俗之花，特别高贵，特别庄重，很好地展示了大唐盛世乃至当今泱泱大国的雍容大度。

国家博物馆随即向全国的砖雕高手发出了“英雄帖”，很快大大小小的砖雕牡丹堆满了改扩建工程处办公室。经过仔细挑选，评委们最终选择了刘一鸣的苏派砖雕。张绮曼教授兴奋地说：“要好好谢谢刘一鸣，他带来了最完美的作品！”

凭借自己多年的艺术底蕴，刘一鸣深刻把握了唐牡丹的精髓，他用自己喜欢的唐诗打比方，说：“如果寻常牡丹是一首自由诗的话，那么唐牡丹就是一首格律诗，来不得半点差错的。”

所谓格律，是规范和法度。以绝句和律诗为主的格律诗，无论布局谋篇、起承转合，还是平仄、押韵和对仗，都有严格限制。不以规矩不成方圆，正是因为这些严格限制，使得汉字的音乐美最大限度发挥出来，音韵和谐，朗朗上口，达到了形式之美与内容之美的高度统一，助推唐诗登上了中国古代诗歌繁荣的顶峰。

理解了这一点，刘一鸣在动手雕刻的时候，小心谨慎，不敢有丝毫差错。凭借三代家传手艺，凭借过硬的童子功，千雕万琢，唐牡丹的风采终于在青砖上完美展现。花瓣层次丰富，薄如蝉翼，细腻柔美，气韵生动，似有一缕暖暖的花香从青砖飘然而出。这样的作品让人怀疑刘一鸣是否有魔法，否则硬邦邦的青砖怎么会如此柔软听话，而凉冰冰的刻刀为何又仿佛有了温度呢？

除了对称，刘一鸣还遇到了第二个大难题：整幅牡丹如何拼接起来？原来，雕刻用的小青砖，边长不过 32 厘米，而展厅砖雕面积达 160 多平方米，需要把 1000 多块这样的小砖，拼成 11 幅面积大小不同的作品，拼接线不可避免地穿过 200 多片花瓣和叶子，留下一道道难看的缝隙。怎样才能将整幅牡丹拼接得天衣无缝呢？

经过反复试验，刘一鸣终于解开了这道难题：把每一片正好骑在拼接线上的花瓣花叶，全部凿去，用切成小块的砖，按照1∶1的比例，单独雕成花瓣花叶，牢牢嵌上去，遮住缝隙。如此，11幅没有丝毫破绽的唐牡丹最终完工，线条严谨、工整精致、浑然天成。

诗仙李白曾经在《清平调》中赞美过牡丹的绝代风华，借用其中的一句："名花倾国两相欢。"张绮曼和刘一鸣两位艺术家，一个执笔挥洒水墨，一个持刀精雕细琢，丹青风骨与工匠精神相融相谐、相得益彰，共同在国家博物馆里成就了这幅杰作，为后人留下了一段佳话。

二、君家有贻训，清白遗子孙

刘一鸣喜欢砖雕，首先是因为砖雕的"清气"。苏派砖雕只有青白两种颜色。青，介于绿色和蓝色之间的颜色，来自青砖本身（一种用阳澄湖底特有的湖泥烧制的小砖头）。白，来自砖缝的白灰。虽只有两种颜色，但苏派砖雕却自带一股特殊的"清气"：清新雅正之气，质朴沉静之气。

其次，因为"青白"与"清白"谐音。唐朝诗人白居易写过一句诗——"君家有贻训，清白遗子孙"，教育后代清白做人，把优良家风代代传承下去，是长辈们共同的心愿，同时，孩子能够健康成长，良好家风至关重要。对于这一点，刘一鸣深有体会，并因此对自己的爷爷和父亲，满怀感激。

爷爷是个手艺人，做过木匠，刻过砖头，盖过房子，打过各种各样的零工。他生于1901年，去世于1979年，一生前四十多年是在黑暗中度过，兵荒马乱中苦熬岁月。他的后半生三十多年，是在摸索中度过，靠一门手艺挣点辛苦钱，养家糊口而已，谈不上艺术创造。爷爷没怎么读过书，却心灵手巧，他自己设计制作的一套榉木家具，款式简洁雍容，线条流畅饱满，做工精细考究，至今仍摆在孙子家的客厅里。

外行看热闹，内行看门道，一个经验丰富的老木匠能够从一套家具看出制作人的人品：做事一板一眼，严谨踏实，肯下苦功夫。用刘一鸣的话说，就是“一根筋”。爷爷还给儿孙立下各种规矩：吃饭要等家里人到齐才能动筷子，夏天再热见客人时不可赤膊光脚，出门时、回家时，都要与父母亲打招呼……正是这些严格的家庭规矩，给了儿孙们行为的端正准则、处世的谦逊态度。

严格家教之下，刘一鸣的父亲刘文元手艺日益精进，并且因为幸运地赶上了和平时代，他可以安心创作，虽然没有专门学过画画，但通过自己的揣摩和练习，国画居然也能够画得非常漂亮。他的手艺与名气，都比自己的父亲更高一筹，他开始接外贸公司的订单。外贸公司工钱高，要求也高。这就有一个约束在里面，而受约束和不受约束是不一样的，受约束守规矩的人，在压力之下，必须非常用功才行，自然业务水平提高更快。

刘文元手上功夫极好，特别是家具雕花栩栩如生。因为做出的东西地道，刘文元不仅赢得了客户的喜欢，还赢得了同行们的尊敬，给了他“刘半仙”的外号。苏州的手艺人并不好做，俗话说：不怕不识货，就怕货比货。苏州的园林、老宅子里好东西太多了，苏州人从小到大，看得太多了，眼界自然高，因此，要老苏州人说声做得“地道”，实在不易。

刘一鸣十三岁开始学手艺。他父亲从坐相开始教，单雕刻刀就有拿刀、握刀、放刀、磨刀、理刀要学，还有手、眼、心的规则，手指、手掌、手肘、左手及身法的协调，线雕、平雕、浅浮雕、圆雕、透雕等复杂技法，都需要反复练习。砖雕是一种细活，雕刻时要用“软硬劲”，轻如绣针，重如锤铁，心刀合一，全神贯注，难度很大，对基本功的要求很高。

父亲教时很苛刻，但不凶的，从不打骂训斥，只是要求儿子练习时必须一丝不苟，不达标准，决不罢休。这种和气里守规矩的习惯，刘一鸣从父亲身上继承，又悉数教给了唯一的女儿。现在，刘一鸣的女儿大学毕业后，改行跟随父亲学习砖雕设计制作已有八年，并于2017年入选“指尖苏州·十佳巾帼匠星”。

半个多世纪前，一棵小小的榉树树苗栽种在刘家院子里，此后每年春天长出嫩绿的新叶，见证着刘家人的传承与兴旺，如今已枝干粗壮、枝繁叶茂了。

三、烟涛微茫信难求

江苏省工艺美术大师，省级非物质文化遗产代表性传承人，全国首届砖雕艺术创作与设计大赛荣誉砖雕大国工匠……刘一鸣的光荣称号很多。

南京东郊国宾馆的《金陵胜迹图》，献礼苏州世界遗产大会的《姑苏繁华图》《锦绣苏州》《世界遗产纪念墙》……除了唐牡丹，刘一鸣的传世之作很多。

一个人的一生，能够做到这一步，应该心满意足了吧？可是，刘一鸣认为，已经取得的成绩和已经完成的作品并不重要，下一个作品是什么？能不能做出更好的东西？砖雕艺术的未来在哪里？这些才更重要更有意义。可惜，提起这些，刘一鸣总是感到深深的遗憾。李白用诗句“烟涛微茫信难求”，感叹大海烟波浩渺，传说中的仙岛难以寻求。艺无止境，近年来刘一鸣也正在艺海波涛间，苦苦思考，艰难寻找。

第一，创新能力普遍不足。多年来，他踏遍大江南北，到处寻访砖雕。山西平遥、安徽西递、浙江金华、苏州网师园和东山雕花楼……每到一处，都有所得。他研究砖雕传统图案多年，看一眼就知道是什么朝代的、什么流派的。古人留给我们的好东西太多了，龙凤呈祥、麒麟送子、喜鹊登梅、“莲”年有余、岁寒三友、八仙祝寿、狮子滚绣球、鲤鱼跳龙门等，无论是砖雕、石雕、核雕、木雕、玉雕，无论是徽派、浙派、岭南派还是苏派，这些题材大量存在，图案都是固定的，程式都是固定的，寓意也是固定的。这是无数前人的摸索、演变和创造，而我们这一代的创造在哪里？我们能够创造出新的图案和程式吗？我们能够留给后人更好的东西吗？

第二，后继乏人。砖雕需要综合技能，动刀之前首先要在纸上画出来，这种雕刻画不同于普通连环画，因为砖雕是立体三维雕，所以每画一幅画，必须正面、侧面各画一张，比较烦。选泥、练泥、窑烧、打磨等十多道工艺才能制出光滑细腻的好砖头，比较累。刻刀下粉尘飞扬，人整天灰头土脸，比较脏。想真正掌握砖雕软硬功的复杂刀法，比较难。从拜师开始到自己独立完成作品、拿到市场上卖个好价钱，需要很长时间，变现比较慢。因此，愿意学习这门传统技艺的年轻人很少。虽然现在刘一鸣也带了些徒弟，但大多数只是希望依靠这门手艺挣钱而已，止步于小成绩，满足于小成就，并没有全情投入，并没有把它当成神圣的艺术。事业高度不够，做出来的东西水平自然有限。

第三，市场的压力。新型雕刻机出现以后，各行各业应用越来越普遍，包括砖雕。建模师先建模输入程序，雕刻机开始飞快地工作，刻完以后让小工把砖缝抹抹，就可以上市了。雕刻机做出来的东西，和传统纯手工刻出来的东西，95% 以上的外行人，根本看不出区别。而雕刻机速度快、成本低、价格便宜，自然更受市场欢迎。与此形成鲜明对比的是：刘一鸣尝试原创，呕心沥血，好不容易设计成功一幅新的画，刻好，刚放到市面上，很快就被抄袭，大批量出现，并且，价格相对压得很低。这就造成了越是辛辛苦苦下真功夫做，反而越不赚钱；越是不用功的活计，反而越畅销——这是包括砖雕在内的很多传统工艺面临的困境，令人遗憾。

石寿千年，砖雕起码也经得起百年风雨，一百年、两百年之后，那些东西还在，还会有后代子孙看见，怎么办？“这种不用功的东西加上我的名字落款，我没有胆量，我实在拿不出手，我过不了自己这一关。只能不做，宁可不做，或者等真正懂的人、有缘人来了，才做。没办法。”刘一鸣叹息。

四、卷舒开合任天真

现在我们整个的生活，看似快捷，实际粗糙，大量的物质被匆匆忙忙吞吐着，到处是一次性用品，漫不经心，用过就扔，仿佛日子今天过了，明天就不过了。这样的短期行为，浪费资源不说，还浪费生活天然的情趣与内藏的诗意。而传统手工艺人恪守的原则，是细嚼慢咽，是珍重，是爱惜——惜时、惜物、惜福。当生活的巨浪催促着大家慌不择路般奔跑，依然有人选择跟随自己的本心，缓缓而行。

卷舒开合任天真，本是唐代诗人李商隐的诗句，荷花无论绽放还是含苞，荷叶无论是卷曲如绳还是打开成一把圆伞，都是跟随自己的本心，不媚俗、不迁就、不屈从，因此无论何种姿态，都是自在的、真诚的、美好的。卷舒开合任天真，花如此，人亦然。

刘一鸣形容自己像个苦行僧。他不讲究吃的，既不挑食，也没啥特别喜欢的菜；他也不讲究穿的，衣服无所谓品牌款式，干净就行。无论黄酒白酒、红茶绿茶、麻将扑克、电影电视、唱歌跳舞……一概不感兴趣。别人津津乐道的，他觉得乏味无趣。砖雕如此强烈地吸引着他，令他甚至有了“穿越”能力。

他最近两年，一直在构思新作品，试图用砖雕留住过去岁月的痕迹，复原曾经的生活场景。夜深人静，凝神屏气，他想啊想啊，忽然闪电般，看见了一间矮小的破瓦房，只有60多平方，住着两户人家，共用一个场院。院墙低，顶上蒿草一丛丛。院子里放着两张小桌子，油漆剥落，木头灰黑。两家男人和孩子各自围坐吃晚饭，一个母亲在晾衣服，一个母亲在捆柴火……

这场面活生生出现在眼前，仿佛是穿过神秘的时光隧道，瞬间抵达另一个时空。如果能够多停留一会儿，就能够看清楚更多的细节：孩子穿的土布衣服，母亲包的蓝花头巾和打着褶的围裙，光脚上的木屐，院子里的锄头、扁担和竹筐，木头窗框和窗棂……可惜，仅仅只有五秒钟，还没有完全看清楚，时光隧道就关闭了，那些图景消失在黑暗中。

早在南北朝时期，文学理论家刘勰在《文心雕龙》里就写过："文之思也，其神远矣。故寂然凝虑，思接千载……视通万里。"专心致志地思考，思绪会飘得很远很远，甚至可以连接古今，心随意动，情感激荡，于是，感觉自己仿佛真的看到了千里万里之外的不同风光。这是很多从事艺术创作的人，都会遇到的幸福瞬间。

是的，这是一种特殊的幸福。因为有过对美的洞察，有过迷惘中的痴迷和执着，有过百般皆不成的无奈，有过孜孜不倦的求索，有过最诚实的内心独白，有过一点一滴的积累，有过混沌中缓慢的觉察和领悟，才最终有了那无以言表的、短暂而真实的幸福。

这种灵光乍现的瞬间，一般被称为"灵感"。

五秒过后，万物沉寂，黑暗中刘一鸣惆怅万分："我为什么今年是六十岁而不是七十岁呢？如果是七十岁，就能够亲眼看见更多的东西，记住更多的细节，画起来更容易。我为什么今年是六十岁而不是五十岁呢？如果五十岁就开始动手，没有那么多顾虑，画起来更容易。而我现在顾虑重重，总是感到害怕，怕得不得了。不是怕砸了自己的牌子，砸了就砸了，无所谓，而是怕作品不好，过不了自己这一关，晚上睡觉没办法心安理得闭上眼。我最大的愿望，就是等到老得干不动了，开个老年车，把我的作品带到学校给孩子们看看，让孩子们看到我们这一代人很努力很光彩，并非碌碌无为。我要把真正的好作品留给后来人。”

什么是真正的好作品呢？所有已经完成的、大家公认的优秀之作，都无法让刘一鸣躺在功劳簿上沾沾自喜。如何在继承传统的同时有所突破？如何在格式化程序化的律动里，跃迁到崭新的题材和境界？这是个很大的命题，刘一鸣成功地把自己难住了。他苦苦思索，带着孩童般的执拗和倔强，用铅笔在白纸上一次次画出草稿，又一次次把自己推翻，尝试——惊喜——审视——修改——失望——再尝试……循环往复，乐此不疲。

五、谁言寸草心，报得三春晖

感恩，是刘一鸣系列新作品的共同主题。所有益于社会和他人的善行义举，都值得铭记和宣传。为此，他搜集整理了很多故事：

故事一：知青小王坐在门槛上，中秋的圆月清亮亮的，照着他孤单的身影，阳澄湖水一浪一浪拍打着岸边，银色芦苇无声摇曳，蟋蟀们叫得格外响亮。这个十七岁的大孩子，第一次离开父母，从城里到车渡村插队。因为没钱，中秋节回不去，小伙伴们都走了，集体宿舍里只剩下他一个人，屋子一下显得那么大那么静。这时，村里的月英阿姨来了，手里端着碗，里面有两个自己做的团子。把碗塞给了小王，月英阿姨转身走了。小王捧着碗，温热的碗底暖着冰凉的手，不知道该哭还是该笑，糊里糊涂忘记了说声谢谢。几年后小王回城了，再后来月英阿姨去世了，小王永远来不及说谢谢了。可是月英阿姨的小小善举，影响了小王的一生，让小王最终事业有成，并坚持多年尽己所能帮助别人。

故事二：洄泾中学语文老师王老师，文学功底极深，能够将《唐诗三百首》全部背下来。刘一鸣大为钦佩，也跟着爱上了唐诗，现在虽年已花甲，仍能够背诵多首。诗歌对人的影响是含蓄而深刻的，它能够唤醒迟钝的精神，提高审美的品味，刘一鸣因此大受裨益。还有一位老师，是苏州工艺美校的老书记。1977 年，刘一鸣考上了苏州工艺美校，但是他担任代课老师的小学不肯放他去读书。1978 年，刘一鸣再次报考，没想到苏州工艺美校招生政策改了，不收高中生只收初中毕业生了。二十岁的刘一鸣急了，背着一口袋自己雕刻的砚台、扇面之类，凭着初生牛犊不怕虎的勇气，找到了当时的学校书记。书记沉吟良久，答应在狮子林给他一张床位一个饭盒，在拙政园给他一张课桌一个板凳（当时学校食堂宿舍在狮子林，教室在拙政园），但是没有 19 元助学金，没有毕业证，只有结业证。刘一鸣大喜。他帮老师吊水桶生煤炉干杂活，晚上刻东西挣钱勤工俭学，坚持学完了所有的课程。美术理论与系统而专业的素描雕刻技法训练，为他将来的艺术创作打下了坚实的基础。刘一鸣至今对两位老师感激不尽。如果没有这两位恩师，也许就没有现在的刘一鸣了。

故事三：雨刚停，刘一鸣从上海出差回家。车渡村所在的浀泾镇浀泾公社，是吴县最偏僻的角落，当时是1985年，村里仍然只有一条烂泥路，下了客车，他脱掉鞋袜，步行一个多小时才回到家。一路上，他看见岸边停着很多船，船民们立在船头张望。这是沿袭多年的规矩，一有雷雨大风，船民们自觉驾船去湖边，看看有没有遇险船只，一旦发现，立刻去救。船舱里常年备着自家的老棉袄和毯子，以便给落水的人取暖。没有行政命令，没有专项资金支持，日复一日年复一年，风急浪高也要拼命去救，这就是中国传统道德的力量！而在刘一鸣担任代课老师的短短三年里，他亲眼看到，在学校门口的小桥边，只要下雨，老师们就会在桥头守候，把小学生们一个个抱起来，送过桥。老师学生都觉得这是自然而然的事情，因为多少年了，一代代老师都是这么做的。

……

类似的故事还有很多，可惜，被时间的尘沙层层覆盖，被大多数人逐渐遗忘在黯淡的角落。现在只要打开手机，各种各样的负面新闻扑面而来，好事不出门坏事传千里，这样的风气让人愤慨。当年爷爷那一辈人，住茅草屋，下雨天披蓑衣打赤脚；父亲一辈住砖瓦房，下雨天有了雨鞋雨伞；作为第三代的我们，很多人都住了楼房有了私家车，无所谓雨天晴天，不用查天气预报，有汽车随时可以出门。这些显而易见的变化，却被很多人忽视了。谁言寸草心，报得三春晖，唐朝诗人孟郊的诗句，值得每一个人深思。

如果忘了过去，就谈不上感恩现在。过去的经历即使苦涩，却不必满怀怨恨当成阴影，因为人要经常回头看看，看看来时艰难路，看看祖辈父辈是怎么走过的，这样才会有开阔宽宏之心，有感恩之心。网络信息泥沙俱下，假恶丑总是率先被传播，让人欢喜不起来。凉薄的世界里更需要温暖，需要善与爱的传递，需要理想与信念的坚守。所以，刘一鸣深深感到了自己的责任：就是要大力宣传真善美，宣传好人好事，扭转这个坏风气！

怎么宣传呢？刘一鸣认为，古代石雕、砖雕、木雕、玉雕等各种雕刻艺术，往往一个作品记录了一个故事：凿壁偷光、囊萤映雪、闻鸡起舞、铁杵成针、头悬梁锥刺股……每个作品都是一个好故事，通俗易懂，哪怕是小孩子也一目了然，这就起到了很好的教育后代、宣传正能量的作用。发掘新时代的好故事，用通俗易懂的艺术手段表现出来并传播出去，将独属于这个时代的艺术作品传给后人，这是一种历史赋予的责任，这是一种久远而光荣的艺术梦想。

这种责任，无人分派，是一种自觉的意识，一种自愿的承担。我们身边，类似的工匠大师应该还有很多，在各个古老的艺术门类里，执着地守护着祖辈流传的手艺。为了让手艺代代传承，他们自觉地远离热闹和喧嚣，守着一份责任，守着一种精神，让这个世界除了利益的追逐，多了一份单纯的诉求。如果没有一件为之尝尽甘苦而愈发深爱之事，又如何懂得真正的人生？始终如一、不为外界所动、喜爱一件事而达到至高境界，这种内心的满足感和价值感，又岂是庸碌之人所能体会？

这种倔强的坚守，使得他们饱经世事却天真如孩童，宛如阳澄湖底的泥，来自大地的深处，经过火的淬炼，褪去了杂质和锋芒，内敛而低调。日子过得简单，和谁都不争，目光与笑容纯粹，散发着温和而强大的气场。

谁言寸草心，报得三春晖。深怀感恩之情，肩负自觉使命，刘一鸣更深地沉入创作中去，开始了一场漫长的逐梦之旅。

这是他必须做到的。这是他已经在做的。

2018 年 8 月

编织情怀，创越梦想

初秋的风掠过阳澄湖清澈的水面，将饱含着水汽的清凉，吹送到了岸边的石田路上。这条建设于十二年前的道路，路面依然平整，两旁的行道树枝繁叶茂，在风中飒飒摇曳，洒下一地浓荫。

苏州创越纺织品有限公司坐落在石田路北侧，进门一片开阔的小广场，足够让好几辆大型货车从容不迫地掉个头。厂房迎门矗立，四四方方线条刚硬，西南角办公楼略带些柔和的弧线。一楼大厅的墙粉刷得雪白，悬挂着企业文化标语牌，米黄地砖上摆着些黑色沙发，此外再没有多余的隔断、花哨的装修，墙上、地上，到处都干干净净，大厅因此分外阔朗。

客服姑娘笑容亲切，立在前台耐心等待着被询问，并不饶舌。格子间近三十名员工同时在敲打电脑键盘，或者举着手机讲话，虽然一派忙碌景象，但落在极其宽敞的房间里，依然是静的。

公司法人代表、董事长何文健从办公室里走出来，一件橙色的短袖 T 恤，色彩明亮，款式简洁，与整个楼房的气息不谋而合。

看人时目光专注，说话时中气很足，回答问题时，无论问题如何散漫跳脱，他总是略一思索，就在极短的时间里给出干脆利落的回答，时不时蹦出几句纺织业的英文术语，在流畅的中文对话环境里，并不违和，反而像欢快奔涌的山泉时不时溅起水花一样自然。而且，口齿与思路同样清晰，英文与普通话同样标准。对于年过半百的人来说，实属难得。

是的，1968 年出生的何文健，今年正好五十周岁了。2001 年成立创越纺织品公司，今年十七年了。就像它的名字“创越”一样，十七年来的发展、创新与超越，它已经从阳澄湖畔，一步步走到了纺织市场的国际舞台。

一、发展之路

和许多乡镇小工厂一样，创越公司创业之初，以接受客户订单为主，按照客户的要求做出产品，按照客户的要求贴上牌子，即俗称的贴牌。这种“代工生产”方式，其实是加工贸易中的劳务输出，这种方式古已有之。明清时期，苏州地区的手工纺织业已经非常发达，《苏州风俗考》《吴县志》等史料记载：“大都以经纬交与织工，各就织工居处雇匠织造。”即织工们从雇主手里领来经线和纬线，按照雇主的要求，在自己家的织机上把线织成各种花色的布匹，上交给雇主，换取工钱。

随着历史发展和时代进步，现代纺织业作为率先发展起来的民族产业，为中国的工业化做出了重要的贡献。改革开放以来，乡镇纺织厂在苏州地区更是遍地开花。如何在激烈的市场竞争中站稳脚跟？对外始终盯牢市场导向，对内继承发扬苏州地区精益求精的传统工匠精神，严格把好质量关，公司因此慢慢赢得了越来越多的客户和订单。他的订单没有中间商，不少外国客户到公司参观之后当场下单，连运输都是大型集装箱货车直接到公司装车发货。如此一来，最大限度地减少了中间环节，直接响应客户、对话客户，提高了服务效率，又做到了利润最大化。

在追求市场的同时，练内功、抓管理、强根基，创越公司先后通过了ISO9001：2000质量管理体系认证、SA8000社会责任认证、OEKO-TEX STANDARD 100生态纺织品认证，在此基础上，引进ERP、RFID等系统，生产装备和信息化建设不断升级，竞争力不断增强。作为一家工贸一体的民营进出口企业，目前员工共三百人，主要生产销售家用纺织品，产品销往欧美、日本、中东等国家和地区，在国际市场上已具备了良好的知名度和信誉，产品进入了美国Walmart（沃尔玛）、Target、Costco，以及英国最大的零售商Tesco、法国的欧尚、德国发展迅猛的零售商LIDL、澳大利亚的伍尔沃斯、日本的NITORI等大型超市及专卖店，在欧美家纺市场细分领域享有知名度。

转型升级是企业发展的必由之路。随着业务量的不断增加，"为他人做嫁衣"毕竟是一种简单的贸易方式，何文健开始在产品的研发上动脑筋，尝试加入自己的原创设计元素，与客户的关系于是由起初单纯的代工关系，慢慢变成合作伙伴关系。公司员工30%以上拥有大学以上学历，其中有十多名是专业设计师，他们能够根据客户的需求，创作出风格独特的新产品。创越公司因此成为一家集研发、设计、生产、销售于一体的家用纺织品出口企业。同时，积极主动与国际设计中心合作，不断开发时尚新颖的产品，提升国际市场的影响力，因此与多家世界知名品牌商、零售商建立了合作伙伴关系，并在洛杉矶设立分支机构，企业跻身“江苏省出口一类企业”。

中国人口多市场大，特别是近年来如火如荼的开发建设，这块市场的未来将不可限量。必须果断拓展国内市场！2011年，创越公司经过周密细致的前期市场调查，在苏州工业园区科技园里，成立了凯诗风尚科技（苏州）有限公司，以电子商务为平台，实行包括淘宝、京东在内的全网销售，线下同时进军家乐福、大润发等大型超市，并在上海虹桥机场设立了专柜和展厅。目前，凯诗风尚正在为苏州广电、央视购物、环球购物、东方航空等核心客户提供产品及售后服务，再一次成功转型，而且前景可喜。

二、科技赋能

走进三楼，近一千平方米的空间全部打通，布置成了一个大展厅。进门首先看见床上用品，有的折叠成豆腐块排列在货架上，有的平平展展铺在床上，棉麻朴素的质地，新型纤维细腻的光泽，纺织物亲切安详的气息扑面而来，仿佛躺下去三分钟就会沉进黑甜乡。再向里，一柄沙滩遮阳大伞下悬挂着一张帆布吊床，地上堆着密密麻麻近百个不同质地不同花色的坐垫，仿佛是沙滩上数不清的彩色沙子。儿童区域的苹果绿、柠檬黄、樱花粉……色调鲜亮，地毯区域的几何、花卉、动物……图案精美。在射灯不同角度的明亮光柱下，纺织品经纬线交错形成的凹凸肌理异常清晰，加上展厅巨大的空间感和纵深感，给人的视觉冲击力和震撼力相当强。

其中西北角区域陈列的，全部是公司自主研发设计的产品，无论是图案的花色风格，还是使用的原材料，乃至编织手法工艺，都是最新的。这块区域，代表的是公司未来的发展方向。创新驱动、科技赋能，何文健开始了新一轮的规划：

首先，在智能制造上加大投入，能够用机器替代的工艺尽量使用机器，持续提升企业自身的竞争力，进一步打响自己的品牌。计划建立一个全自动智能仓储系统，采用自动控制技术、智能信息管理技术等，化繁为简，入库、登记、分拣、出库、报表统计等流程全部智能化、自动化，降低人工成本，提高仓库利用率、物流配送效率，与其他环节密切配合，从而整体提升公司的生产经营质量与效率，更上一层楼。在不久的将来，尤其在国内，一个好的工厂为国民经济的贡献必将越来越大，一个好的工厂的综合价值必将被越来越多的人看见，一个好的工厂必将越来越值钱，甚至成为无价之宝。

其次，抓紧培养能够适应新时期发展的人才。当前，随着国内外电商的兴起，传统零售业遭遇巨大挑战，新时代消费者喜好改变，订单个性化、定制化、碎片化趋势明显，同时也对纺织服装供应链的快速反应能力以及资源整合能力提出了更高要求。纺织服装行业流行趋势越来越快，小批量、多品种、产品换季频繁且销售周期越来越短。企业必须提前做好人才储备，特别是产品设计、供应链管理等方面的专业人才。

再次，抱团取暖度过寒冬。当前中美贸易战来势汹汹，政府短期内会采取一定的政策予以保护，但长期看，仅靠政策挽留行业根本不可能。所以，企业想生存，要加紧修炼自身内功，以科技赋能，提升产品竞争力，学习行业发展的最新技术，减少对美国市场的依赖，同时，眼光要进一步开放，广泛进行市场调研，通过谨慎考察与谈判，逐步将上游下游相关产业组合在一起，尤其要特别关注新能源领域，抱团取暖、多方合作、多管齐下，这样才有希望度过贸易战带来的贸易寒冬期。

对于一个民营企业来说，是老总掌握着企业的宏观战略，左右企业的发展走向，决定着企业的人文精神、管理模式。老总的胸襟格局、想象力、思维方式、学习能力、胆量谋略等，无不深刻影响着企业的方方面面，从而最终决定企业的发展高度。心有多大，舞台就有多大；能看多远，企业就能走出多远。企业的结局，往往在老总登高远望那一刻就决定了。高瞻远瞩胸有韬略，才能面对波谲云诡的市场显示出气定神闲的沉着风度，看清社会大势、行业趋势，顺势而上、积聚人气、汇聚财力，企业才能够越来越强大。

三、慈善情怀

创业至今，何文健一直热心于社会公益事业，2012年以来，他向光彩事业、苏州青少年发展基金会、苏州教育发展基金会，前前后后捐款捐物十多次，总价近六十万元，其中2017年一年时间，向苏州青少年发展基金会捐款达二十万元。今年，阳澄湖镇政府扶贫办发起倡议，希望本土企业家能够积极参与到扶贫帮困结对工作中来。何文健爽快地答应了，但是关于扶贫对象的选择，他明确提出了自己的要求："我不要懒人家！我要那些家里有小孩子的困难户。"

为什么呢？因为社会上的确有少数人，平日里打打麻将、吹吹牛皮、到处闲逛，却不肯踏踏实实做好一份工。扶贫不扶懒，这种好吃懒做的人丝毫不值得同情。扶贫的意义和价值在哪里？哪些人是真正需要帮助的呢？在何文健眼里，教育才是最有意义的。扶贫工作不是捐点钱、捐点东西那么简单，钱捐得再多，总会花光，东西捐得再多，总会用完。如果在一个小孩子的懵懂时期，通过自己的言传身教，指导孩子未来的人生之路，通过潜移默化的影响，帮助孩子形成正确的人生观、价值观，鼓励孩子将来奋发有为，这样的帮助才是真正的帮助，这样的扶贫才是真正有价值有意义的扶贫。

于是，何文健在阳澄湖镇结对帮扶了四户有小孩子的困难家庭，经常去孩子们家里探望，主动和孩子们谈话谈心，了解孩子们的读书学习情况，发现困难及时捐钱捐物解决，充分显示出一个现代优秀民营企业家良好的社会责任感。

多年来的慈善义举和创业成绩有目共睹，何文健先后成为相城民建委员、相城区政协委员及人大代表、相城区青商会副会长，在忙生意的同时，承担起更多的义务工作，回报家乡，回报社会。他甚至担任了南京工业大学的苏州校友会常务副会长，不厌其烦为老同学们张罗着各种事宜。

如此忙碌的结果是，何文健不仅没有年过半百之人的苍老憔悴，反而比同龄人看起来年轻许多。岁月的刻刀为何对他格外开恩，连皱纹都是轻浅的？对于这个问题，何文健大笑着回答了三个字：“心态好！”

首先是相信积德行善是中华民族的传统美德，既然有能力帮助别人，那么就去做好了，没什么可炫耀的，不过是尽自己的本分。相由心生，人的起心动念势必会影响自己的行为，日积月累，自然会影响到面貌。

其次是他独特的生活方式。他患痛风多年，发作严重时走路都是跛的。在治疗的同时，他听从朋友的劝告，戒酒、戒肉、跑步、打坐。没想到几年后，不仅痛风减轻，身体逐渐强健，连皮肤都跟着变好。尤其是吃素，不仅自己不吃肉，自家冰箱里也严禁出现肉类，于是妻子也跟着开始素食，并且惊喜地发现：熬过最初半个月的不适应期之后，常年吃素不仅没有之前担心的营养不够，反而感觉精神健旺，手脚轻快。至于打坐，开头几分钟确实很难静下心来，各种思虑像大街上的行人乱糟糟挤来挤去，各种妄念像浮云在头顶飘来荡去，但坚持十来分钟之后，呼吸渐渐平缓，宇宙澄澈，万物清净，心底一片空明，令人异常愉悦。可以说，这样的生活方式简单到几乎没有物质享受的要求，而且需要严格自律，大多数人难以接受，他却以平和的心态接纳了，并且，甘之如饴。

回顾创越公司十七年来的经历，情怀与科技，恰如织布机上的经线与纬线，纵横交错，编织着丰富多彩的家纺产品，也编织着日益辉煌的梦想。过去已去，将来未来，当下的努力让我们相信，创越公司的明天将更美好。

2018 年 8 月

不仅仅在救人那一刻

——张小夯的故事

张小夯今年六十二岁，长圆脸儿，眉毛不浓，眼睛不大，五官和表情都很平淡，是那种走进人群就会消失，如一滴水消失在大海里般的普通人。

而他一旦开始说话，表情立刻生动了起来，眼珠黑亮亮的，专注地直视对方的眼睛，炯炯有神。嘴唇圆圆的、厚厚的，抿着嘴的时候很严肃，笑起来时，仿佛因为暴露了两颗雪白的大门牙而害羞，于是整张皱纹密布的脸，露出了孩子一样天真的神气。

他个头不高，瘦瘦小小，这样的身材该是让同龄人羡慕的。因为瘦小，脚步显得轻灵，进进出出，动作像年轻人一样机敏。没当过兵，笔直的肩背，却颇有军人的干练风范。话不多，但一句就是一句，简洁而清晰，很快就把事情的来龙去脉交代得清清楚楚。

是的，这样的事情，在一个普通人安宁而平淡的人生旅途里，实在罕见，自然会留下极其深刻的印象，所以事情已经过去了五年，他却依然记得每一个细节：

2013 年 6 月，将近夏天，天气开始热了起来。一个星期天上午，天气晴朗，五十七岁的张小夯把摩托车搬到门口场院，一点点拆开来。这台车有些小毛病，他不肯送到修车铺，他喜欢自己琢磨，自己维修。

此时，大多数成年人都上班去了，只剩下老人们做做家务，孩子们有的写作业，有的跑来跑去玩耍。一切都那么安详宁静。突然一阵喧闹声传来，张小夯一开始以为是村里人吵架，仔细一听，不得了，有好几个人，直着喉咙乱喊，有的喊："救人，救人！"有的喊："快来快来啊！"声音虽然嘈杂，但都那么惊恐凄厉。出事体哉，而且是性命交关的大事体！张小夯丢下手里的活计，沿着河岸，向西飞奔，跑了七八百米，到了。

村里这条无名小河，在张小夯家门口，不过五六米宽，自东向西，弯弯曲曲，缓缓流淌，在最开阔的地方，围成了一个大荡，足有二十多米宽。事情就出在这里，等张小夯赶到，只见平静的水面晃动着，腾起大大小小的漩涡和水花，不幸落水的人已经全部淹没在水里，水面上只露出了一双手，在挥舞着挣扎。

来不及脱衣服，张小夯甩掉鞋子，跳进水里，牢牢盯着那双手，近了！张小夯伸出右手，一把抓牢，转身就往岸上拖。落水的人，出于本能，都会挣扎，一旦抓住什么东西，无论是人的身躯还是树枝，都会死死抓住不放。张小夯的右手被攥紧，左手划水，两个人一起靠了岸。

张小夯喘着，坐在岸边歇息，看清了落水者是谁，这才明白为啥这么累。原来这位妇女体格高大健壮，体重几乎不输给瘦瘦小小的张小夯，所以拖动她游水，非常吃力。

她是外地人，租住村里的房子好几年了，做布头生意，和大多数村里人都认得，包括张小夯。这件事发生以后，她和丈夫只要见到张小夯就会真诚地说谢谢，后来搬家了不能经常见面，他们夫妻依然经常打电话问候张小夯。

万幸此刻妇女神志还算清醒，她说自己落水时间不长，呛水不多，她缓过气来，指着水面嚷嚷："快快快，还有一个小姑娘，一开始她抓住我的脚脖子，后来松开了！"

我的天！没想到救起了一个，还有一个！来不及多问，张小夯第二次下了水，游到妇女指的方位，深吸一口气，屏住呼吸，潜到水底，睁大眼睛，浑浊的水下，看不清楚，他只能深深潜到河底，顺着河底前后左右乱摸。

没有摸到。肺里的空气快用完了，他浮到水面换口气，再深吸气，第二次潜到水底。如此反复好几次，终于摸到了一个人的身躯，已经静静地躺在河底，一动不动了。张小夯抓住她的脚，拼命游到岸上。

小姑娘脸色惨白，隐隐发青，抱起来的时候，双手双脚软软地荡了下去。张小夯心里暗叫一声不好，多年生活经验告诉他，手脚这样荡下去，说明人不行了，没救了。可是，总归要救的哇！怎么办呢？

按照此地农村习俗，抢救落水者，需要几个壮劳力，把落水者的脚搭在自己肩头倒背着，手从肩膀伸出去，反抓住落水者的两只脚，奔跑，跑得越快越好。一个人体力不支，跑不动了，立刻换个人背着继续跑，直到落水者肚子里的水全部吐出来、恢复正常呼吸为止。

张小夯连救两个人，体力严重透支，不要说跑，恐怕连走都走不动了，就算勉强奔跑也跑不快。他看看周围的人群，唉！老的老小的小，都不中用！

张小夯只有小学三年级文化，没有学过专业急救知识，不懂得人工呼吸。急中生智，他想到之所以把人倒背着奔跑，应该是让落水者脸朝下，方便吐水，而奔跑时一颠一颠、一起一落，应该是帮助落水者呼吸。

于是，他把怀里的小姑娘翻个身，脸朝下，反抄在自己左胳膊上，左手托住肚子，右手按在小姑娘后背上，用力一揿，再放开，如此一揿一放、一揿一放，模仿着奔跑时的节奏和力度。小姑娘开始吐水了，一口接一口地吐水，慢慢缓过气来，开始呼吸。张小夯的抢救成功了！

小姑娘只有四岁，也是外地人，父母都在村办厂打工，奶奶在家照顾孙女。出事的当天，奶奶忙着洗衣服，没注意到小姑娘啥时候自己出了门。等到听见喧嚷声，一回头发现孙女不在屋里，赶紧跑到外面找。不得了！原来小姑娘在河边玩水，不小心滑进了河里，正在挣扎，奶奶惊恐万状，拼命呼救。

中年妇女恰好经过此处，她也是发现自己的孩子不在屋里，于是出门去找。虽然自己不会游泳，但看见小姑娘就在离岸不远处挣扎，以为自己能够把她拉上来，何况自己也是母亲，那孩子的小身躯在水里一起一落，让人心疼。救人要紧！她毫不犹豫下了河，蹚着水，一步一步往前走，一点点接近小姑娘。

这条看似不起眼的无名小河，与临水而居的众人朝夕相伴，水面平缓无波，看似温柔可爱，实则凶险。近岸处水很浅，但越到河心越深，最深处五六米，而且河底多年淤积的烂泥碎石，又厚又软又扎脚，一脚踩下去直打滑，很快深陷烂泥拔不出来。这时小姑娘双手乱抓，无意中抓住了妇女的脚脖子，妇女立脚不稳，跌倒了。

如果她只是自己一个人，凭她的体力，是能够爬起来、走回去、脱离险境的，但是，落水的人一旦抓住东西就不会放手，于是妇女完全失去了平衡，两个人越是挣扎，反而越是向河心滑去。后来小姑娘体力不支，松开了手，但是妇女已经滑到了河心，回不去了。

好在张小夯把她们俩都救了出来。张小夯此刻长出一口气，彻底放松了下来，忽然感觉到两只脚底板，火烧火燎地疼，抬起脚一看，原来脚底板被河底碎石扎破了，正在流血，石阶上点点滴滴，都是自己的血，而刚才只顾着专心救人，根本没注意到，没有看见血迹，也压根没有感觉到丝毫疼痛。

当天晚上，妇女的丈夫及小姑娘父母下班回来，听说此事，又是后怕又是感激，赶紧来到张小夯家里道谢，又塞钱又送东西。张小夯一概不收。

他说："在当时那种情况下，自己总归要救的，难道见死不救吗？那是活生生的两条人命啊！我并不是为了钱为了你们的东西才救的啊！"

张小夯的儿子和妻子下班回到家，听说了此事，见张小夯此刻已平安无事，倒也不感到惊讶，因为张小夯是村里出了名的热心人，经常帮人家修修补补。这件事对这样一个普通的农村家庭来说，似乎也不算什么大事。

就像门口那条小河，一年到头缓缓流淌，偶尔风大，吹起了一朵浪花，很快又恢复了平静。人总归要救的呀，没啥好说的！

一家人平静地吃了晚饭，各自回房睡觉，第二天各做各的一份工，各忙各的活计去。日子就是这样平静地过下去，以前是，现在是，将来也是。

事后回想，张小夯有些后怕：毕竟岁月不饶人，自己将近花甲之年，气力有限，妇女是被小姑娘拖下水的，万一自己救人不成，也被抓牢、挣脱不掉、拖下水……

他很快就笑了，嘲笑自己纯粹事后瞎想，因为当时情况紧急，根本来不及想太多，只想着赶紧把人拉上来。再退一万步说，如果再给自己一次选择机会，自己仍然会去救人，难道见死不救吗？做人总归要凭良心。

做人总归要凭良心。他文化有限，说不出更精彩的话，这句简单而朴素的大实话，却掷地有声。

他家客厅墙上，贴着好几张孙女读书的奖状，却没有一张他自己的。见我询问，他到里间卧室里，拿出一个塑料袋，里面整整齐齐装着他所有的奖状奖章：苏州市人民政府颁发的“见义勇为先进个人”、苏州市文明办颁发的“苏州好人·百名文明市民标兵”、苏州市 2014 年文明标兵、黄桥街道 2012—2013 年度优秀共产党员等。

过了年，这里就要拆迁了，他就要搬新家了。可是，就算搬到新家，他也不会把这些奖状贴到墙上，依旧会叠得整整齐齐，包进塑料袋，塞进卧室抽屉深处。

为什么不贴起来呢？

听到我的询问，他觉得诧异，反问道：“为啥要贴起来呢？放放好就行了，自己晓得就行了，老邻居老朋友们晓得就行了。”甚至孙女都不知道此事，孩子毕竟还小，难道专门去给她讲一讲吗？没这个必要吧？

他的嘴角，此时露出了一丝淡淡的微笑，不以为然。

他甚至害羞地告诉我：他收到了奖金，留下了一部分，买了个新手机。因为当时只顾着救人，装在衣服口袋里的手机在水里完全泡坏了，拿到手机店里都没办法修，只能够买个新的了。有了新手机就足够了，他把剩下的两三千块钱的奖金捐了出去。

张小夯是土生土长的黄桥人，住在黄桥街道大张庄 2 村 2 组一条小河边。回顾自己的一生，他觉得很幸福。

他喜欢自家的场院，那是和左右邻居一样的、江南水乡特有的场院，水泥地平平整整，堆放着各家的杂物，面对着穿村而过的一条无名小河，而场院前后左右都没有围墙，完全敞开着的，各家的地盘都是默认的，又随时可以走到邻居家，聊聊天、借把小葱、送碗汤圆、互相帮帮忙处理杂事……

你中有我我中有你，中国乡村传统金乡邻的亲切、浓浓的人情味，就在这些敞开的场院里、在门口小河的水面上脉脉流动了。

虽然明年就要拆迁搬家了，他并不特别遗憾。因为儿子儿媳在苏州市上班，工作很忙，幸亏自己前几年就在人民路万达广场买了房子，那里交通方便，离儿子儿媳上班的公司更近，更方便彼此照顾。他很满意。

大孙女五年级了，自己每天一早一晚开着老人车接送孙女上学放学，老人车四面封闭，不怕寒风，不怕下雨。有窗，顶上还有个小风扇，无论冬夏，坐在里面，舒舒服服。那些开着电动车接送孩子的家长，多辛苦！特别是冬天，坐着电动车，大人孩子都冷得很。相比之下，自己有老人车，非常满意。

作为黄桥街道吴通通讯器材公司曾经的维修科科长，他动手能力很强，在这一带是出了名的巧人儿，四邻八舍都知道他。无论谁家，电视机、空调、洗衣机坏了，屋顶漏雨了，下水道堵住了，都喜欢找他帮忙。他的热心是和他的手巧一样出名的。

虽然已经退休两年，他依然忙碌，白天去黄桥菜场上班，继续干他水电工、维修工的老本行。邻居家里东西坏了，依然习惯了喊他去修。免费的，义务的。乡里乡亲的，怎么可能去收钱！这样的生活，忙碌、充实、有价值、有意义，他为此感到非常满意。

只有两个遗憾。一是小时候读书太少。懊恼也来不及了，只好自己“搏”。搏到了电工证，光荣入党，当上了公司维修科科长，一辈子修了无数东西，修得一点不比有文凭的大公司专业师傅差。他甚至会开车，没人教他，可是他的车（老人车）开得一点不差。要知道这一切，都是在小学三年级的低起点上搏出来的呀！

二是头发白得太快。他摸着头发感慨：上有一个哥哥一个姐姐，自己比他们俩年轻，身体比他们俩好，怎么也没想到头发倒反而比他们俩白，刚六十二岁，一大半头发都白了。白就白吧，他压根就没想到要去染一染，哪有那个闲工夫！

至此，采访结束，我收起纸笔，准备乘公交车回家，他很高兴，因为可以用自己的老人车，把我送到公交站台去。

虽是初冬，中午最高温度超过20℃，他把窗玻璃推开，一边安慰我——“刚坐进去，有些闷热，开起来就好了，有风”，一边把后排座位上孙女的跳绳、外套往角落里推一推，郑重请我入座，关上门，坐到了前面的驾驶室，发动了车子。

车子轻盈地摇晃了几下，灵巧地拐了几道弯，沿着曲折狭窄的小路出了村子。他果然开得很好。

他满脸严肃，盯着窗外道路，仿佛手下驾驶的是令人艳羡的宝马或者奔驰。不，那些名车豪车，都比不上这辆塞着孙女的跳绳和外套、外壳画着粉红梅花的天蓝色小车，小车更可爱，更令他欢喜和自豪。

此刻，初冬暖阳透过干干净净的车窗，照着张小夯笔直的肩背，照得他的白发熠熠发光。

把苏州好人、文明标兵等金黄色大红色的荣誉证书深藏于抽屉，他安然地过着普通老百姓的日子。日日需劳作，生活无尽琐碎，依然欢喜接纳，从来不会厌倦，从来不会冷漠。那种知天乐命的通达，那种热爱生活、与人为善的谦和，令每一个来到他面前的人，钦佩地垂下头来，在心里由衷地说：这是一位值得尊敬的老人，不仅仅在救人那一刻。

2017年9月

一诺千金的好姑姑

——王信群的故事

“放心，以后只要有我的一口饭吃，孩子就会有饭吃！”

这句话是苏州女子王信群在十三年前，对一个浙江男孩说出的承诺。从此，两个毫无血缘关系的人，成了姑侄。一诺千金，十三年来，远在他乡的王信群，给了孩子最大的支持和关爱，成了孩子眼里慈祥可爱的好姑姑。

这位男孩叫小安，浙江千岛湖浪川乡洪家村人，出生在2005年的年初，离春节已经很近，家里却没有一点过年的喜庆，因为那一年，对于小安的爷爷奶奶来说，异常痛苦，生不如死。刚经历过残酷打击的两位老人，抱着刚出生的小婴儿，悲喜交加。

事情要从2004年夏天开始说起。那几天，一场台风袭击了千岛湖。台风刚过，小安爸爸徐建兰像往常一样到工厂上班，却不幸出了意外事故——工厂仓库卷帘门放下来时，紧紧夹在里面的一根钢管跟着掉了下来，偏偏砸中他的后脑勺，他当场倒下，昏了过去。在杭州一家医院抢救了好几天，维持了微弱的呼吸和心跳，但是，意识一直没有恢复，成了植物人。

事发突然，他的亲戚朋友大多不知道这件事，所以照常打他电话，他的手机照常时不时响起来，于是小安爷爷替他接听电话。其中一个电话是王信群打来的。

王信群是土生土长的苏州相城区黄桥人，个头不高，身体结实，坐着的时候腰挺得笔直，走路的时候迈开大步走得很快，虎虎生风的气势，丝毫不输给年轻的小伙子。她留着短发，衣服朴素，从不涂脂抹粉，干干净净的，大大方方的。她长着一张圆圆的脸，浓眉大眼，看人的时候目光炯炯有神，声音略带沙哑，说起话来却干脆利落，有一说一，有二说二，并不拐弯抹角。哪怕是初次见面的陌生人，她依然在很短的时间里，给人留下深刻的印象：这是个性格爽快的女人。

三十三岁那一年，开出租车的王信群出了一场车祸，被一辆大卡车追尾，车子后半边撞毁，万幸车上的人没受伤。此后王信群卖掉了出租车，回到了故乡黄桥，改行办厂，从零开始创业。白手起家，事事艰难，特别是她只有初中文化，从黄桥中学毕业了就再也没有读过书，对于橡胶、塑料的生产技术，是个彻底的外行，完全摸不着头脑。

怎么办呢？好在她要强，不怕吃苦，自己想方设法，到处拜师学艺，到处参观学习。经人介绍，她认识了小安爸爸徐建兰。徐建兰年纪虽轻，却已经是橡塑行业内的专家，而且心地善良，为人热情，经常不厌其烦地帮助别人解决技术难题。一来二去就熟了，因为王信群年纪比徐建兰大，所以徐建兰无论见面还是打电话，都尊称她为“王姐”，手机通讯录名字写的也是“王姐”两个字。

王信群信赖徐建兰，感激徐建兰，如果没有徐建兰的技术支持，王信群的工厂，不可能在很短的时间内站稳了脚跟，生产出品质稳定、质量过硬的产品。现在，王信群的工厂在国内橡塑行业内，有了一定的知名度，成了三星、美的、日立等知名大公司的供货商，专门生产高端产品。

这一天，王信群打通了徐建兰的手机，没想到接电话的却不是他本人。听完了老人的介绍，王信群大吃一惊，放下手里的一切事物，立刻从苏州赶过去，在杭州医院重症监护室，见到了昏迷的徐建兰，头肿得极大，面目全非，根本认不出来了。王信群给了老人三千块钱，安慰老人说：以后有什么事情，就给我打电话。

半年后，因为伤势过重，徐建兰去世了。他是独生子，白发人送黑发人，父母亲悲痛欲绝。因为事情忙，王信群没来得及参加葬礼，寄了三千块钱过去，为此多年来一直心存内疚和遗憾。徐建兰也是家里唯一的经济来源，父母亲都是山村里的农民，全凭地里的一点微薄收入维持生活。顶梁柱塌了，一家人愁眉不展。紧接着，十五天后，小安出生了。一年后，小安的母亲无奈离开了家庭，这个家从此只剩下爷爷奶奶和小安三个人，老的老小的小。

绝望之下，小安爷爷拿出了儿子的手机，翻开手机通讯录，找到了“王姐”的号码，电话接通，刚喊出“王姐”两个字，老人泪如雨下。王信群当即对着手机说：“放心，以后只要有我的一口饭吃，孩子就会有饭吃！”

这是王信群的承诺，她是这样说的，也是这样做的。这位性格刚强、内心善良的女子，用自己的实际行动，实践着一诺千金的传统美德。

先是每年寄五千块钱，待小安上学后，增加到一万块钱，分两次寄出，一次在九月一日开学之前，一次在过年前。小安继承了父亲的聪慧，读书成绩很好，从小学一年级开始，直到现在五年级了，经常考全年级第一名。

小安读幼儿园时，王信群带着丈夫、女儿，一家人早晨开车从苏州出发，中午到了千岛湖，仿佛去认亲。当地风景秀丽，但大多数人家还不富裕。特别是小安家里，虽然是一上一下的楼房，但居然还是泥巴房子，墙壁大多数用泥坯垒成，外面再糊一层泥巴。王信群一家人看了，感到惊讶而心酸。后来当地洪家村村委会照顾他们，出钱帮他们建了新房，虽是平房，却全部用的砖瓦。

小安爷爷奶奶烧了满满一桌子菜，有青菜，有肉，有鸡，有鱼。可是王信群吃不下，凭着饱经世事的眼睛，王信群看了出来，这个空空荡荡的家里，穷到家徒四壁的地步，为了准备这一桌子好饭菜，肯定拼尽了全力，甚至把过年用的咸肉都拿了出来。等自己走后，一家人不知道要怎样想方设法，牙缝里节省呢！

小安奶奶不停地哭，从王信群停好车子、打开车门的那一刻起，老太太的眼泪就掉了下来。王信群拉起老太太的手走进屋里，坐下来安慰老太太，老太太说不出话，只是不停地掉眼泪，擦也擦不完，止也止不住。因为常年陷于悲伤不能自拔，老太太身体消瘦，满脸憔悴，甚至在王信群拿出手机准备合影留念时，老太太却用手捂住了脸，眼泪顺着指缝往下淌。这位可怜的老人，恐怕一辈子都走不出失去独生子的阴影了。

小安爷爷到底是男人，比较坚强，始终没有哭，非常镇定地招待客人。爷爷让小安喊王信群“妈妈”，王信群不同意。既然小安爸爸生前喊王姐，孩子爸爸的姐姐，自然应该喊“姑姑”，而且是大姑妈。于是小安脆生生地叫了一声：“姑姑！”

“哎！”王信群爽快地答应着，笑了。

小安和姑姑很亲，每年大年初一，第一个电话就是打给王信群，一开口必定先喊一声：“姑姑！”多少年了，从未间断，从未改变。每一次考试结束，小安也会主动打电话，向王信群汇报成绩。如果到时候了没有电话，王信群就知道，这次没有考好，没有保住年级第一名，所以羞愧了，不好意思再打电话。于是王信群主动把电话打过去，笑着说：“哎呀，真是可惜，这次没考好吧？没关系，下次努力。”王信群还经常主动问他需不需要买什么东西，他却从来不肯开口要。不幸的家庭，早早把他锻炼成了一个懂事的好孩子。

孩子活泼爱玩的天性毕竟难改，四年级时，为了接送方便，爷爷给小安买了手机，不料他自己偷偷下载了游戏，打得非常起劲，以至于影响了写作业，考试成绩也开始下降。爷爷发火了，要没收手机，小安却又哭又闹，把宝贝手机藏起来，无论如何不舍得上交。爷爷无可奈何，打通了王姐的电话，告状加求援。

多年来，老人习惯了开口喊“王姐”，仿佛成了王信群的另一个名字。王信群非常不好意思，因为老人比自己大二十多岁呢。她每一次都劝老人说：“喊我小王！”但是老人总是改不了口，只好由他去吧。

听完老人又气又急的诉说，王信群安慰了一番，拨通了小安的手机。她耐心地和小安聊天，和蔼地问他为什么经常打游戏。他在电话里吞吞吐吐，说想要看书，但家里没有书看，实在无聊，所以才打游戏。王信群立即问：“你想看什么书呢？姑姑给你买。”于是小安非常高兴，说了两套书的名字，其中一套是男孩子们都喜欢的《查理九世》。王信群接着问：“你还想要什么呢？”小安说想要一个书包，原先的太旧了，想要一个新的，上面印着超级英雄奥特曼。王信群也答应了。

紧接着王信群提出，用儿童通话手表，换下小安的手机。这样既方便祖孙俩随时联系，又杜绝了手机游戏。小安高高兴兴地答应了，王信群网购了儿童通话手表、书和书包，快递了过去。手机上交了，一场风波圆满解决了，祖孙俩都很满意。小安的成绩很快又恢复到年级第一。

毛主席说过：“一个人做一件好事并不难，难的是一辈子做好事。”现在不少人也愿意做慈善，捐点钱，捐点家里不穿的衣服、不看的书，这些都很简单，钱和东西捐出去了，就不管了，既赢得了做慈善的美名，又不会打扰到自己的正常生活，省心省力。像王信群这样坚持了十三年，不仅仅捐钱，更要担负起母亲的职责，操心劳神，仔细关注着孩子成长过程中每一次波动，认真引导，不仅仅从生活上关心，还要从情感上关爱，更要从思想上正确引导，付出的大量时间和精力，岂是能够用金钱计算清楚的！

在王信群的影响下，小安健康成长，没有不幸家庭儿童常见的自卑忧郁，反而性格开朗活泼，充满阳光。姑侄二人经常会在电话里互相开开玩笑，比如王信群说："哎呀，你怎么越长越丑了？"

小安小时候眉清目秀，可惜随着年龄的增长，两颗门牙也跟着长得越来越明显。小安听了姑姑的玩笑，不仅不生气，还用爷爷的手机，拍了张自拍照发过来，照片上，小安大拇指和食指张开成一个大大的"八"字，顶着下巴，摆出一副电影明星般酷酷的造型，得意地笑着，两颗大门牙仿佛在示威。看着照片，王信群也笑了起来。

王信群一直鼓励小安好好读书，考一所好的大学，所有费用包括大学里的学费，姑姑全部承担。但是小安大学毕业以后就不管了，因为男孩子至此应该自立了。如果读书成绩不好没考上大学，姑姑也不管了，连生活费都没有了。这些话，既是玩笑，更是压力和督促，督促着小安好好读书。

爷爷奶奶已经七十多岁了，经常担心万一自己走了，剩下小安怎么办。王信群再次承诺："放心，以后只要有我的一口饭吃，孩子就会有！"王信群希望小安继承爸爸的智商和善良，今后也能够事业有成。

古代思想家孟子说过：老吾老，以及人之老；幼吾幼，以及人之幼。意思是尊敬自己的父母长辈，从而推广到尊敬所有人的父母长辈；爱护自己的孩子，从而推广到爱护所有人的孩子。这是中华民族的传统美德。

王信群是一位普通的母亲，有自己的孩子，她把母爱给了亲生骨肉的同时，也给了一个毫无血缘关系的孩子。她像一缕阳光，照亮了这个不幸孩子原本黑暗的人生路。大爱无疆，不求回报，唯愿孩子有个美好的未来，这是王信群朴素而真诚的愿望。

2017 年 9 月

因为团聚，所以分离

两年前，我在朋友圈看见一则民政局招募“婚姻劝导员”的启事，倍觉新奇，便拿着自己心理咨询师的证书去现场了解情况。

原来，这是本地民政局自2016年开始实施的创新举措——免费为协议离婚的夫妻提供现场劝导服务，帮助他们更加理性地看待夫妻关系，寻找家庭中的问题症结并设法解决，提升处理亲密关系的能力等。

我当即报了名，经过面试、培训、实习，很快就上了岗。由于我平日还有本职工作，便申请每周六到岗兼职半天。每次到岗，有五十元交通补贴，同时在市文明办志愿者服务平台按小时登记志愿服务时长。

劝导谈话室设在民政服务大厅里，装修简洁。这个小房间，这四年来共接待近四千对夫妻，当场和好，或者暂缓离婚的近六百对，有效劝导率15%。目前连我在内共有劝导员十六个，都是通过社会招募的兼职志愿者，清一色的女性，年龄三十五到六十五岁不等，职业从民事律师、大学教授、网络作家、居委会主任到全职妈妈，不一而足。

在这里，我也接待了超过三百对夫妻，劝和十九对，暂缓离婚二十七对。

今年3月初，因防疫需要，线下劝导暂停。4月接到通知，劝导改为线上语音或视频方式，具体流程是：准备离婚的夫妻在办理手续之前，需要致电服务热线预约，社工在电话里了解家庭基本情况后，便把情况表（类似简历表，涉及夫妻双方的直系亲属、工作、简单的经历等）发到我们婚姻劝导工作群，谁有空谁接单，服务时间还像以前现场面对面劝导一样，每次一个小时左右。

疫情导致我的本职工作更加忙碌，整个4月我的接单频率偏低，都是通过线上语音进行的——有一对是因为孩子成绩不好互相指责而闹翻，两对是因为出轨，还有一对是因为丈夫无法接受妻子没完没了资助娘家弟弟。最终，全部劝导无效。

月底，我接到第五单“任务”，这对夫妻四十来岁，从家庭情况表看，日子过得不错。我按约定的时间和他们语音连线，刚一接通，男方便强烈要求视频。我很讶异，但也同意了。

手机镜头打开，只见夫妻俩并排坐在一堵白墙前，镜头下方的米黄色餐桌擦得干干净净，黑色纸盒抽纸巾、透明塑料牙签筒、几只方口玻璃杯摆得齐齐整整。妻子阿丽的白衬衣，款式简洁，领口和袖口的扣子都扣得规规矩矩。她皮肤白净，瘦长脸，文过的眉毛有些褪色，头发整整齐齐梳到脑后扎成马尾，鬓角有些小碎发，她时不时撩到耳后。

我正准备自我介绍，阿丽倒是对着镜头先开口了，语气平静：“我老公一定要这样，其实没必要。”

丈夫老张立刻探起身，凑近镜头，苦着脸，吭吭哧哧地说：“那个，我想再试试，老师，你劝劝她，劝劝。她非要离婚，唉，我受不了，没办法，只好听她的。”

老张是个大块头，肩膀宽胳膊粗，洗得褪色的黑T恤紧绷在身上，头发理成了小平头，络腮胡剃得不干净，透着青色胡茬。此刻，他十根粗短的手指，正不安地互相扭着搅着，如同课堂上被突然提问而不知所措的小男孩。

以往线下劝导的经验是，一开始的几分钟是最艰难的。要离婚的夫妻大多是满脸不情愿地走进劝导室，一屁股坐下来，一言不发，我必须主动开口，使尽浑身解数从各个角度询问、鼓励和引导，他们才勉强挤牙膏般给出几句简短回答，有时还答非所问，并且回避我的直视。总之，大多数夫妻拒绝交流，只求把流程尽快走完，让我在表格上写下“劝导无效、同意离婚”，并签上我的名字，然后好赶到另一间办公室领离婚证。

老张和阿丽无须我费力引导就主动开口，虽然只有短短两句话，却透露了不少信息，经验告诉我，有门儿！仿佛警察发现了破案线索一般，我隐隐有些兴奋，表面上却得保持着平静，若无其事地微笑着问：“那么，张先生自己到底想不想离婚呢？”

这一句简单的追问把他难住了，那张胖胖的脸上一片茫然，眼睛瞪得更圆了，愣了好大一会儿才说：“不想。可是日子过成这样，她不开心，可能离婚了她才会开心。她是好女人，我成全她。”

他说着，歪过头飞快地瞄了一眼妻子的脸色，仿佛小男孩在考场上偷瞟同桌的试卷答案，又赶紧收回目光，大脑袋沉沉地垂下去。

我非常吃惊，以前做劝导时，虽然那些夫妻一开始不愿意说话，可一旦开了口，他们大多数都会抢着数落对方，互相揭短、讽刺甚至谩骂，哪怕在我这个陌生人面前，也丝毫不掩饰互相的厌恶和仇恨。

我调整了一下呼吸，看向阿丽，缓缓地说：“我很感动，先生如此善良，都到这一步了还在为妻子着想，这是个好男人啊。”

没想到阿丽的眼泪唰地落下来，木然地点点头，声哽气短：“是的……他是好男人，我知道……我也承认……亲戚朋友，认识他的人，都说他好。”

老张转过身看着妻子，满脸无奈。看了一会儿，他小心翼翼伸出手，大概想帮妻子擦眼泪又不敢，犹豫了一下，拿起纸巾盒，抽出一张纸巾递过去。

尽管心里有无数问题咕噜噜地往外冒，但我必须等，以职业耐心静静地等，否则过于着急的猜测、过于简单的说教或者主观性太强的引导，都会造成对方反感。我必须设法了解到他们想离婚的真正原因。

夫妻离婚，原因无外乎家暴、出轨，赌博烟酒等不良嗜好，婆媳翁婿关系差，有隐疾造成夫妻生活不和谐，买房子和经济纠纷，或是生活习惯和价值观不同，等等。像这对夫妻一样，要离婚了还互相称赞对方是好男人、好女人的，实属罕见。

等阿丽用纸巾擦着眼泪平静了些，我开始地毯式询问，慢慢梳理出他们的经历。

俩人来自北方同一个小镇，大专毕业后到本地工作，经同乡介绍认识，十五年前结的婚，儿子现在重点中学读初一，成绩优秀。

阿丽是家中长女，还有一个妹妹留在家乡与父母同住，经济条件算过得去。老张是家里独子，父母亲便随儿子一起来到本市定居，帮着带孙子。俩老人身体健康，脾气随和，退休金足够日常开销，与儿媳妇关系也很好。阿丽夫妻俩工作稳定，手头宽裕，一套自住的房贷款已经还完，投资的另外一套房子租了出去，租金正好还贷款。

我把该问的问了个遍，夫妻俩都很坦荡，老老实实有问有答，连隐私都毫不迟疑——他们家庭生活一切正常，任何造成离婚的蛛丝马迹似乎都没有。

“那么，最近发生了什么特别的事，让阿丽觉得非离婚不可呢？”

我这话一出口，刚平静下来的阿丽立刻激动了，把擦过眼泪一直捏在手里的纸巾“啪”一下拍在桌子上，手机震得一跳。老张赶紧把手机扶住，在支架上放稳。阿丽不理他，只顾嚷嚷：“一把雨伞！他又乱放，气死我了！就在昨天晚上，我和他吵了一夜，我气得简直……”

她开始滔滔不绝形容自己如何生气，眼睛喷射灼灼怒火，五官扭曲。我听了一会儿，摸不着头脑，不得不打断她，在关键细节处提问，终于弄清楚了来龙去脉：

昨天晚上，老张加班到晚上九点钟才回家。出了地铁后，雨下得很大，进家后就把雨伞放在了厨房，然后到卫生间洗澡。阿丽本来在卧室看肥皂剧看得昏昏欲睡，听见动静，忽然想起来丈夫爱吃绿豆粥，绿豆要提前用凉水泡一夜，明早的粥才软糯可口，于是从床上爬起来到厨房泡绿豆。为了省电，她就没有开厨房灯，没想到黑灯瞎火地踢到一个东西，还踩了一脚水，吓了一跳，赶紧开灯，发现是一把撑开的雨伞，当场奓毛。老张隔着卫生间的门，辩解说以为晚上用不到厨房了，所以才把伞放在那里的。两人越吵越凶，“干脆明天离婚算了”。

我哭笑不得，忍不住说：“不就一把雨伞嘛，多大点事，也值得闹离婚？”

没想到阿丽一下站起来冲着我吼：“这怎么是小事情呢？东西放错地方了！他总是放错你知道吗！这是原则性的大事情，小事好商量，大事我绝不让步！”

我有些不快，但这也是咨询过程中经常遇到的，便稳住神，决定暂时不谈雨伞，以免被阿丽的逻辑带进混乱的泥潭。我换个话题问：“看来，老张还做错过其他事情吧？”

阿丽坐下来，深吸一口气，如同水库开闸放水，开始了长长的倾诉。

老张当过兵，复员后战友们四散各地，难得相聚。有一年暑假，夫妻俩带着儿子去北京旅游，阿丽坚持应该先到旅馆里安顿下来，然后看看长城、故宫等著名景点；老张则坚持应该一下火车就去北京的战友家，先看望战友再看风景——而且这是和战友一个星期前在电话里讲定了的，人家已经准备了饭菜等着了。

夫妻俩火车上商量了几个来回，差点吵起来。大庭广众之下，阿丽不愿失了礼貌，只好强颜欢笑，跟着老张去做客。

战友相见，热泪盈眶，回忆当年军营生活，感慨万千。战友媳妇是北京人，整了一大桌子菜，进进出出忙个不停。阿丽觉得都怪老张不懂事，害得人家平白多出这么多辛苦，心里异常抱歉，每多待一分钟，如芒在背的感觉就加重一分，无论啥菜吃到嘴里都没滋没味。

两个男人的酒从中午直喝到太阳落山。阿丽着急了，难道真的要住下来？战友家的房子不到五十平，两室一厅，哪里还塞得下阿丽一家三口？她开始频频劝老张赶紧告辞，老张却借着酒劲赖着不走。见女主人微笑不语，阿丽心里打鼓，觉得人家修养太好，心里生气，嘴巴却不漏一点破绽。

天已经黑透，阿丽站起来，一手拉着儿子，一手拉着行李箱，彬彬有礼地和大家说了再见，步伐坚定地朝门口走去。老张战友愣住了，见阿丽脸色难看，赶紧扶起老张跟在后面。好在附近就有旅馆，战友扶着老张，一直送到房间里，又嘱咐了几句才回家。老张醉得糊里糊涂，阿丽一肚子火没地方发，气得一夜没睡好。

“后来呢？”我问。

老张捶胸顿足，抢先回答：“后来她再也不许我去北京，到现在七年了，她不许我去看任何一个战友，说我没眼色，只会给人添麻烦。我出差的时候，一个人偷偷去看，要是不小心说漏嘴，被她知道，要骂我好几天。”

我心里一沉，赶紧追问。果然，阿丽工作二十年，在一家公司从出纳一步步熬到主办会计，工作认真、业绩优秀，各种奖状一大堆，却从来没有到同事家里做过客，也极少参加同学聚会，除了亲戚朋友婚丧嫁娶非到不可，她几乎没有社交活动，也没有唱歌、跳舞、读书、种花之类任何兴趣，甚至连出门散步都不喜欢，只愿意待在家里，唯一的爱好就是做家务——家里门窗和地板每周擦一遍；衣服洗好晾干全部用熨斗烫一遍，哪怕内衣袜子也不例外；有空就琢磨菜谱，一日三餐变着花样烧得色香味俱全。公婆除了买买菜、接送孙子，就是衣来伸手饭来张口地享清福，人前人后把儿媳夸成一朵花。

这确实是一个勤劳、贤惠又娴静的好女人。可惜，在这些标签的掩盖下，阿丽已经有了轻度的社交恐惧症，表现为极力回避社交、阻挠社交。这样的人即便去参加社交活动，往往也会因预期的焦虑而忐忑不安，就像阿丽还没有到老张的战友家里就认定人家会生气，后来发展到阻挠老张见其他战友。

老张正常的社交需求被限制被批评，自然很痛苦；阿丽认为老张一个人去见战友，就是故意违反自己制定的家规，故意和自己作对，也很痛苦。

以他们的年纪和成长环境，一般不能接受心理健康的概念，如果我贸然说出口，担心他们会如临大敌，“太可怕了我竟然有那种病”，或者勃然大怒，“我没那病，别瞎说”。

所以，我必须用通俗易懂的语言，谨慎引导。

时间已经过去了半个小时，我收起之前拉家常般亲切的语气，严肃而郑重地说：“阿丽，你想多了，战友妻子高不高兴，仅仅是你的猜测，就算她生气也是正常的，每个人都有权利表达自己的各种情绪，那不算什么大事，更不是你的错，你不必自责。老张去见战友，是男人的正常社交需求和行为，你不该因为自己担心而反对。”

夫妻俩同时瞪大眼睛惊呼，阿丽喊的是：“哎呀我确实自责很久了，内疚得不行。老师你怎么知道的？那真不是我的错？真的？”

我点点头，她如释重负又半信半疑，陷入沉思——不少人都因信奉严于律己的行为准则而造成心理自我苛责，真相一旦揭开，确实令人意外，需要慢慢接受。

老张喊的是：“哎呀老师，你太好了。我再讲一件事，老师你评评理，替我说句公道话。”

老张现在是土建工程师，公司项目做到哪里，他就跟到哪里，钱挣得挺多，人更辛苦，吃住在简易工棚里，有空调的活动板房就是高级宾馆了，天南地北跑遍了中国二十多个省份，每年只有春节一个月假期回家团圆。每年回家团聚，按道理说夫妻俩久别重逢应该甜甜蜜蜜，可是他进门后，热乎劲最多撑半个钟头，很快就要吵架，因为阿丽总嫌弃他把行李箱放错地方，不应该随手扔在客厅里。

我问阿丽："那么，行李箱到底该放在哪里才正确？"

阿丽愣了，目光躲闪，支支吾吾。我紧逼不放："你是女主人，你指定一个正确位置给行李箱……既然你不说，我来帮你选：沙发背后？衣柜顶上？儿子书桌旁边？你们的床底下？"

她脸色惨白，猛烈摇头："不不不，不能放那里，放那里不对！"

我毫不动摇，继续追问："还有昨晚的雨伞，到底该放在哪里？放阳台？会影响晾晒的衣服吗？放门口，邻居会不会生气？放卫生间，起夜会不会绊倒？"

她双手紧紧捂住眼睛，歇斯底里般地叫："放哪里都不对！放哪里我都不喜欢！这日子我过够了！我不要这样的生活！"她哭得撕心裂肺，让我这个旁观者都不由自主红了眼圈。好在不过几秒钟，我赶紧稳住心神，恢复到沉静理智的工作状态。

这一次，老张没有抽纸巾给她，反而把头深深扭向了另一边。镜头里我只能够看见他脖子上迸出的青筋。

阿丽终于说出了心底最深处的隐痛："好女人"的标签她背得太久了，可道德正确的漂亮外衣，始终无法填补内心深处的委屈和愤怒。丈夫长期缺位，她一个人操持三代四口之家，太累了。她渴望像别的女人那样对着丈夫发发牢骚、撒撒娇，可是发牢骚撒娇会不会显得不够通情达理？会不会给她苦心经营的形象抹黑？她左右为难，自己和自己较劲，陷入自相矛盾的境地，有苦说不出。

雨伞、行李箱不过是导火线，包括丈夫其他的一些坏习惯，随手乱丢东西、在屋子里面抽烟……老张作为每年回来栖息一个月的候鸟，像个外来者，各种又脏又乱流浪汉般的坏习气显而易见，确实破坏了家里原本维持了十一个月的整洁和秩序。于是她借题发挥，公开指责丈夫不尊重她，不尊重她辛辛苦苦做出的家务劳动成果。

这样的指责，于情于理都可以获得公婆儿子的支持，同时，她内心深处无以言表的隐秘的委屈和愤怒，终于顺畅地发泄出来。

老张不明白，分开的时候两个人通电话、视频时有说有笑，工友们都羡慕他有个能干又贤惠的好老婆。可是真的回到家里，妻子就忽然变成了另一个人，又严厉又急躁。家里物什都被妻子收拾得井井有条，他一举手一投足就犯错，从早到晚不停被妻子数落。渴望中的家庭温暖没有享受到，反而感觉自己是个多余人，还不如在工地上舒服快活。难道只有他不回家、两个人离得远远的时候，才会有和平和恩爱？

他承认妻子能干，啥都不让自己操心，可自己也不赖嘛，挣的钱全都给了妻子，作为男人，不就够了吗？

我告诉老张："再能干的女强人，内心深处都渴望在丈夫面前做个小女人，渴望丈夫的温柔、疼惜和体贴。"

老张两手一摊，满脸委屈："可是她从来不说嘛，她不告诉我，我怎么知道她到底想什么！"

这句话我在夫妻调解中听了很多次，于是问："如果她说了呢？"

老张挠了挠头，牙疼般嘶嘶抽冷气。我猜到了，妻子即使说了，他也不知道怎么给。因为他就是个工地上的糙爷们，摆弄砖头水泥钢筋很在行，再复杂的建筑图纸也难不倒他，可是，他实在弄不懂女人的小心思，因此跟着暴躁起来，吼得比妻子更厉害。所以，如果真的离婚，他打算今后再也不结婚了，因为实在不知道如何与女人朝夕相处。

两个人第一次吵架，是在儿子一岁的时候。老张探亲回到家，来不及洗手换拖鞋，行李箱一扔，要紧地抱起儿子就亲，阿丽夺下儿子，呵斥老张不讲卫生弄脏了儿子，老张觉得阿丽小题大做不近情理，儿子被两个大人的吼叫吓得哇哇哭。如此吵开了头，再也收不住。离婚的念头早就有了，只是因为儿子太小、双方父母竭力反对，所以才拖延了下去。

在阿丽的言传身教下，儿子很乖，爱干净，说话有礼貌，看得懂大人的眼色，一点没有同龄小男孩常见的调皮捣蛋，总是斯斯文文，成绩又好，因此受到老师喜欢，从一年级到现在，一直当班长。

去年春节，儿子郑重地劝父母：别吵了，离婚吧。双方父母也被他们折腾得筋疲力尽双双同意，于是夫妻俩写好了离婚协议：老张只要了两套房子中小的那一套，别的都给了阿丽，包括家里存款和大套房子。儿子跟阿丽生活，因为儿子和母亲感情更深，而老张的职业根本无法很好地照顾儿子。老张每月给母子俩的抚养费非常丰厚。

这样看，老张确实是厚道人。

第二天到民政局办手续，没想到有一个婚姻劝导环节，从来没听说过，但既然免费，夫妻俩决定试试。在我的同事——另一个婚姻劝导员苦口婆心劝导之下，夫妻俩抱头痛哭，决定听从建议，互相珍惜对方的好人品，再努力一把。

今年春节，因为防疫，老张的假期空前延长，长达三个月。4月上班后，因为外出不方便，改为到公司本部出内勤，做工程设计，工资打八折。在这几个月里，夫妻俩从三天一吵发展到一天三吵，老张洒到地板上的烟灰、乱丢到床底的脏袜子，都可以让阿丽的愤怒像火山一样爆发，老张忍不住回嘴，于是越吵越凶。两位老人不知道该帮着谁，又该让谁先闭嘴，儿子再一次劝父母亲，离婚算了。

绝望中，老张想到了婚姻劝导员，于是主动要求视频。

还有最后十分钟，我小心翼翼地给出建议：丈夫换个工作方式，从此不再出外勤，双方彻底结束长期分居模式，重新开始营造正常的家庭生活。

“不！”两个人异口同声斩钉截铁。

于是我知道没办法挽回了，但还是不死心地追问为什么。两个人抢着回答。

“眼不见心不烦，我不要看见他。我一个人带孩子不也挺好的？我希望……”阿丽滔滔不绝。

“跟她过是活受罪，还不如天天住工地，我宁可……”老张也滔滔不绝。

我听着，发现除了“外勤挣钱多”之类光明正大的理由，其实真正原因是：丈夫四处漂泊，妻子独自持家，这样两处分离各自辛苦的生活，他俩其实都是又欢喜又厌恶，又依赖又抗拒。他们渴望更好的未来，又恐惧改变所带来的痛苦和风险，于是在重重矛盾里维持着脆弱的平衡，而一旦打破平衡，他们就无法面对被生活表面鸡毛蒜皮琐事掩盖的真实自我。

这一点，我在许多离婚夫妻身上也发现了。只是旁观者清，看见了，我也无能为力。

于是我只能作罢，另提一建议，既然阿丽喜欢并且擅长做家务,那么“下一次能否主动帮着丈夫把行李箱、雨伞之类收拾好”？

阿丽反对：“收拾行李箱、雨伞是他自己的事情，自己的事情自己做，是小孩子都懂的基本做人原则，多少困难繁杂的事情我都独自解决的，我能够做到的，他为什么就不能够做到？所以，我过去不会帮他，以后也不会，他必须自己动手。”

我问阿丽：“你公司同事，有人在室内抽烟吧？有人头发油腻衣领脏成一条黑线吧？你能容忍他们吗？”

阿丽诧异地看看我，不明白我为什么突然问一个八竿子打不着的问题，但依然礼貌回答：“当然，领导、下级都有，男人嘛，这种现象很多很正常嘛，有啥不能容忍的。”

“既然能够容忍同事的缺点，为啥偏偏不能容忍自己的丈夫？”

阿丽长长地呻吟了一声，十指交叉送到嘴边啃着咬着，肩膀微微发抖，声音都哆嗦了，语无伦次地说:“怎么办？我……我……”

我也发现了。我怀疑过自己真的有……有那种毛病。老天爷，我……我……我……不知道怎么办才好。”

阿丽自己也发现了，她对同事、对邻居都很客气宽容，就是不能以同样的标准对待老张，因为觉得他既然是丈夫，就应该和别的男人不一样，就必须所有事情都听自己的话，事无巨细都做到最好，所以他有一点点做不好，阿丽就要大发脾气。她明明知道自己这样要求丈夫是不对的，动不动发火更有点不讲理，可是每一次都控制不住自己，发完火又后悔自责。如此恶性循环，简直要崩溃。

她把这一切一股脑讲给我听，满脸恐惧和无奈，像个夜里被噩梦惊醒后、发现妈妈不在身边的小女孩。

我说:“是的，像民间传说的中了邪，怎么都挣不脱那个怪圈，很痛苦，是吗？”

她点点头，眼泪无声无息地掉下来。老张侧过身看看她的脸，满脸厌恶地摇摇头，抱起胳膊，又一次向另一边深深扭过头去，不再理睬。隔着屏幕，我几乎忍不住想伸出手，递给阿丽一张纸巾。

强迫症是一种追求完美的表现，一般人只知道反复洗手、反复数楼梯之类的行为强迫，其实还有一个是“观念的强迫”，就是在某一个观念的想法上追求绝对的完美，反复地想，同时又认为这种绝对完美的观念不正确，于是渴望摆脱，但是无法做到，循环往复没完没了，因此异常痛苦。

我斟酌着语言，试图说服阿丽接受心理咨询服务——如果劝导员发现某一方将因心理健康问题造成离婚，会转介给心理咨询师，开头的一次咨询免费，后面的费用双方协商。去年我接待的一对，就是女方强迫症，要求男方不停拍照实时汇报行踪，一天之内多达二十次，男方受不了，要求离婚，后来我转介给咨询师，一年下来，女方症状减轻，夫妻关系也正常了。

可惜，阿丽拒绝了。老张也纹丝不动，用沉默表示对妻子决定的赞同。

婚姻是一面镜子，从配偶身上映照出的，其实也是自己的一部分，而且是不完美的那一部分。闹离婚的人们天真地以为离婚了就万事大吉，这样的事例确实有，但不多。更多的人是发现生活并未因离婚变得更美好，自己并没有因为离婚变得更幸福。当他们走进下一个婚姻时，十有八九会重蹈覆辙——因为他们自身的问题并没有修复。

我叹口气，问了最后一个问题："你爱 TA 吗？"

两个人都垂下眼皮，摇头，摇了又摇，摇得缓慢而坚决。

他们三言两语补充了谈恋爱时的事：当时，两个人都感觉对方不是自己的理想爱人，可是因为自身条件都一般，也都快三十岁了，异地他乡机会少，不能再耽误下去了，所以凑合着将就着结了婚。

一晃都过了十几年，两个人凭着各自的好人品，居然也把家庭维持得像模像样。就算争吵，以前是刚把对彼此的怨气积攒到将要爆发的"临界点"的时候，老张的假期就结束了，两个人就都松了口气，互道再见，用距离换回平安。而这一次长达四个月的朝夕相处，让原本稀薄的情感终于被密集争吵磨得丧失殆尽。

这种情况今年并不鲜见，疫情把人困在家中，导致很多婚姻中存在问题的夫妻不能再躲避，矛盾激化。我们几个劝导员私下说，这些夫妻平时各自上班，忙得没时间吵架，待在家里时间少，眼不见心不烦，吵不起来。现在天天在眼前晃，躲都躲不掉，越看越来气，反正闲在家里没事干，正好新账老账一起算，“离婚”进程也就加快了。

我已经尽力了。婚姻劝导并非一味劝和，如果实在无法共同生活下去，我们也会让他们好合好散。时间到，我送上结束语，希望他们离婚后还能够成为朋友，并且从这一次失败的婚姻里吸取教训，吃一堑长一智，开启下一段更美好的生活。

关了视频，我在平台上敲下：劝导无效，同意离婚。再签上自己的电子名章。后来，我问了离婚处的工作人员，得知阿丽夫妻在和我视频结束后的第二天，正式办理了离婚手续。

（本文所有人物皆为化名）

2020 年 5 月

回家过年

又想起去年回老家过年的事了。

做出这个决定，我们只用了十秒钟。老赵说："今年俺达过八十。"我说："好。"——于是事就这么定下来了。

解释一下："达"的意思是"爸爸"，安徽阜阳的方言；过八十，意思是"过八十大寿"。按照当地传统，老人七十三岁和八十岁的做寿，是一定要隆重操办的，否则乡亲们会指责儿女不孝，老人也会感觉没脸面、白活了这一世。

我和老赵是同乡兼校友，1995年大学毕业后，拎着小行李卷，跳上绿皮火车，来到举目无亲的苏州。打拼二十多年，在阳澄湖畔买了房子，安了家，有了稳定工作，在老家人眼里，算是混得不错了。

入乡随俗，我和老赵如今都能说一口熟练的苏州话，但一商量重大事项，很土的阜阳话就冒了出来。现如今阜阳城里的小朋友们张口都是"我爸我妈"，已经很少有人说"俺达俺娘"了。

喝完腊八粥，我和老赵就开始发愁：何时出发、何时返回、如何调班、如何请假、红包准备几个、每份金额多少……

多年夫妻成兄弟，一切好商量，我俩很快达成共识：

春节假期从2月4号大年开始，免费了的高速公路肯定拥堵，滁州蚌埠一带，入夜后团雾厉害，为了行路安全顺畅，我们都要提前请假，争取小年（除夕前一天）上午十点钟准时出发，晚上八点之前到达。

能够请一天假当然最好，可是，临近年关，无论本地人外地人，小家庭、大家族都有一摊子事，人人都想提前放假休息，又都提心吊胆，生怕自己手里工作出了差错过不好年，单位里弥漫着一种既紧张又松弛、既慌乱又愉悦的古怪气氛。还是自己识相点，这时候能够顺顺利利请半天假，已经谢天谢地了。

还有，"互相尊重主权，互不干涉内政"，各自的长辈以及侄女外甥之类小辈的红包和礼物，各自准备——这个问题很微妙，处理不好伤和气。

老人"过八十"，按照传统应该在正月初八办，而我俩都只有七天假，最迟初六中午必须出发返回苏州。所以，老赵和爸妈商量了，移风易俗，定在初五做寿。

我愣了一下，抗议："为啥不是初二初三？图早不图晚，早办完早安心。"

老赵拉长了脸："这是俺达俺娘定的，亲戚朋友都通知了。"

好吧，是老人过寿，只要他们高兴就好。

我很头疼如何说服女儿一起回老家。女儿大一，在上海一所

211大学读工商管理，正处在踌躇满志的知识顶峰时代，喜欢新鲜事物，痛恨墨守成规，厌恶陈词滥调。小时候她怕我，因为我脾气暴，现在我怕她，因为她新理论新名词滔滔不绝，我说不过她。

老赵挺身而出，拨通了女儿电话。女儿不耐烦，说明天开始期末考试，正在临场抱佛脚，猛背笔记本上的重点，时间宝贵，有话快说。老赵成功地扮演了慈祥开明的好父亲，丝毫没有责备女儿平时为啥不用功，而是温柔提醒：别累坏身体。这样做换来的结果是：女儿主动放弃了和同学寒假自助旅游的计划（本来就是瞎说说的，并没有定下来），并且答应做个乖小孩，回去把爷爷奶奶外公外婆都哄得高高兴兴的。

老赵非常感动，放下电话就微信转账两千块，留言注明提前发放压岁钱，以资鼓励。

“叮”一声，秒收，紧跟着女儿微信语音来了：“谢谢爸爸，爸爸真好！”声音欢快高亢，听得出，这是真高兴。

老赵放下电话，得意扬扬。好吧，人到中年，只要老的、小的高兴了，我作为夹心饼干中间的那一块，也就跟着高兴了。

最后，是时间分配——小年夜大年夜，我们一起在老赵家过，年初一到初四，我和女儿两个人回娘家，初五回来过寿。手心手背都是肉，双方的老人都要尽孝，公正公开公平嘛。

共识达成，事不宜迟，我俩分头打电话，让老人们提前做好思想准备，万一哪位觉得这种安排委屈了自己，必须耐心解释，务必使四位老人都高高兴兴过个年。当然，最重要的是提醒老人们提前晒好被子,铺的盖的都要厚一些。我和老赵工作都忙,都瘦,都怕冷，阜阳的气温，比苏州低了几度。

以防万一，我还提前买了电热毯。我一边在手机上下单，一边感谢现在的互联网——四位老人节俭惯了，给钱，不舍得花，人民币相当于彩色纸；给买新衣服，一年到头挂在衣柜里，来了亲戚，拿出来展览炫耀一番，亲戚走了，再挂回去。我为了尽孝，有次尝试从网上给他们下单日用品，四位老人纷纷表示：这好!省得出门买了，村里小卖部，还买不到这么好的东西呢!

于是，这几年我用网购给他们买米、面、油、卫生纸、洗漱用品……若非两位老太太早就绝了经，我能连卫生巾都承包了。每年清明、端午、中秋、春节之前半个月，几个结结实实的包裹，一式两份寄回老家。一收到快递，老人家都赶紧给我打电话："哎呀真好，这下啥都有了，过日子啥都不缺啦!"

我一边把手机拿远一些，免得他们的大呼小叫震得耳朵疼，一边东拉西扯周旋——过日子琐碎，怎么可能啥都不缺呢？果然，很快就套出话来了：

"电焐煲火力小了，炖骨头没有以前烂。"

"筷子不知道怎么越用越少，有的还长长短短不配套。"

"肥皂盒底下没窟窿，粘住了拿不下来。"

明白了，再网购电焐煲、筷子、带沥水窟窿的肥皂盒发过去。

如果没有互联网，我哪能仿佛时时刻刻关照在他们身边。

我和老赵把回老家的"前期工作"都做好，万事俱备，只欠东风——请假这事，虽然事先做足了铺垫，但心里还是没底。服务型企业全年无休，过去的七年，不是大年夜，就是年初一，这两个最没人愿意要的班次，我只能把自己这个客服中心主任排了上去。

为了这次请假，我提前一个月和人事部、分管副总、手下员工都打了招呼，吹风说春节要回老家给老人过寿。群众的眼睛是雪亮的，上上下下异口同声："应该的！"

临出发的小年夜早晨，我装模作样去上班，递上下午半天的假条。分管副总惊奇地挑起眉毛："知道你要回老家过年，没听说你要请半天假啊？早不说？"

我赔着笑脸："怕动摇军心，怕影响不好，所以拖一拖。"

他叹了口气："你也不容易。"签了字。

上午十一点出发，一路畅通。我和老赵庆幸决策英明。可惜我不会开车，女儿刚考驾照不敢开，老赵体质瘦弱，容易疲劳，一路上在高速公路服务区休息了三次，每次都要把座椅放平，躺半个钟头。

晚上八点，从宁洛高速涡阳东出口下来，仿佛咣当一下掉进深渊。乡村道路开始颠簸，两旁没有路灯，大片的田野，黑暗纯粹而浓重，让苏州长大的女儿大开眼界。

我掐指回想，上次回老家过年，还是公婆"过七十三"。因为婆婆只比公公小一岁，所以就把两个人的生日合并在一起过了，这是以前的老礼数没有，但打工时代逐渐被接受的新风俗（这次"过八十"，也是老两口同时过）。那时候女儿才小学六年级，此后七年，我和老赵将四位老人轮流接来苏州过年，顺便在苏州吃吃玩玩享两三个月福。可惜人老恋旧窝，时间一到，他们就嚷嚷着要回去，和来时一样迫切。

大姑姐穿着围裙，和公公一起到大门外迎接我们。老赵只有这一个姐姐，嫁在邻村，公婆已过世，除了种地，就是照顾儿子和娘家老人，免了老赵和我的后顾之忧。我俩非常感激，她两个儿子读书的费用，我俩就一直负担了。因为有我俩帮衬，大姑姐日子比较轻松，和村里同龄妇女比起来，面相明显年轻。

不见婆婆的身影，我心里一沉，又怎么了呢？

进屋一看，老太太在床上躺着呢：原来是自己不小心，在厨房门槛上绊了一跤，左膝盖磕了一下，医生检查说骨头没事，软组织轻微挫伤。可是，老太太从此就躺床上不肯下来。一个多月了，吃饭要大姑姐把碗端到床头，刷牙洗脸洗脚要大姑姐把盆端到床边，好在老太太爱干净，不喜欢在房间里坐痰盂上大小便，嫌有气味，都是自己下床，拄着拐棍到隔壁卫生间坐马桶。

我不放心，追着大姑姐问："你不在旁边看着？"

大姑姐反问："看啥？拉屎拉尿有啥好看的？她走过去走回来，顺顺当当，还嫌我在旁边她会拉不出来呢！"

我明白婆婆的心思了。

前年夏天，正是农忙时节，老太太到院子里晾衣服，也是滑了一跤。大姑姐带她到县医院检查，样样正常，但是，她躺床上，半个月，一个月，天天哭，骂医生开的药没效果，骂大姑姐烧的饭不是咸了就是淡了。大姑姐受不了，打电话给老赵，说了狠话："娘是俩人的娘，凭啥我一个人伺候？"

后院起火，老赵慌了。我让大姑姐把老太太的病历、X光片、CT片全部拍下来微信发给我，拿给苏州一位骨科专家看，专家看了，也说正常。

我想起了娘家的舅舅去年腰腿疼，经人介绍到河南一家骨科医院贴“祖传膏药”，效果还行，长途汽车也方便，来回才四个钟头，便和婆婆说了，可是老太太嚷嚷着疼，不能坐车，不肯去，把老赵愁得胃溃疡都犯了。

我拍案而起，拿了主意：老赵开车回阜阳，接上老太太，找县医院的熟人，安排一辆救护车，让老太太平躺在救护车里，送到河南，所有费用我们负担。

果然，老太太一听这个决定，电话里的声音立马变了，之前有气无力，仿佛冬天萧索的破棉絮，现在一下成了夏天的冰棍，爽脆甘甜。老赵噘着嘴，忍着胃痛去请了五天假，本来要开的会、要写的报告、要参加的调研，全部改派同事代替，单位里好一通乱。

那次动静闹得大，救护车开到赵家集，邻居们挤了一堆看热闹，都夸老赵孝顺，舍得为老人花钱。老太太容光焕发，换上新衣服，在万众瞩目之下，上了救护车，直奔河南，犹如穆桂英挂帅西征。后来回到家，老太太逢人就夸膏药灵，说刚贴上半个钟头，疼了一个多月的胯骨就不疼了。

其实几贴膏药才五百块，来回救护车钱倒花了三千。可是这钱花得值，如果没有这趟救护车，就算膏药从脖子贴到脚指头，估计老太太还是会喊疼。

我进了屋，在婆婆床边坐下，没话找话：“屋里空调挺暖和。”

大姑姐说：“菜园子里的菜吃不完，油盐酱醋牙膏肥皂啥的，都是你隔几个月寄包裹回来，家里用钱地方不多，俺达农技站退休金每月一两千呢，去年买了个空调。俺娘怕冷，空调天天开着，白天夜里都不关。”

老太太不接话，一把掀开被子，飞快卷起裤腿，让我看膝盖。果然有些青肿，我忍不住劝：“那也不能老躺着，越不动，恢复越慢。”

“可是我疼呀！”老太太满脸委屈，眼珠开始发红，接下来，该是声泪俱下的独白了——我飞快地卷起一条裤腿，又卷起另外一条。老太太疑惑地左看右看:“咋了？你的膝盖不是好好的吗？”

“看看粗细！”我立正。

她仔细看：“哦，左腿好像细，哎呀，比右腿细得多，咋回事？”她满脸紧张。

腰椎间盘突出折磨了我多年，最终压迫到马尾神经，若不管，下一步就是大小便失禁。我被迫上了手术台，半麻醉，痛苦类似关公刮骨疗毒。一个月后左腿肌肉还是萎缩了，这几年来我坚持健步走，两条腿虽然一粗一细，但瘸得不明显，只是不能穿裙子而已。

老太太听完，心疼地拉着我的手：“俺孩儿受大罪了。我听说你开过刀，没想到这么厉害。你咋不和我说呀？你看我都不知道。”

我心里一暖，可是说了又有什么用呢？离那么远，彼此都指望不上，白担心罢了。我趁机劝她：“娘，人一辈子，磕磕碰碰难免的，关键要乐观坚强，多锻炼，这样身体才能好得快。”

老太太不说话了。老赵一个劲给我使眼色。他后来埋怨过我："俺娘都七十九了，一辈子就这样了，你别指望她会有任何改变，别劝，劝也没用。"

好吧，我尽力了，反正她能吃能喝能睡能走路，她既然喜欢躺着，那就躺着好了。

第二天是大年夜，从中午开始，到晚上，到半夜，到年初一早晨，鞭炮炸得惊天动地，空气里充斥着浓浓的硝烟味，关紧门窗也没用。女儿过敏性鼻炎，呛得不停打喷嚏，清水鼻涕像开了闸，一波接一波，一大包抽纸巾很快用完了。

"这都是何必呢，有意思吗？除了制造噪音、污染空气，有任何积极的意义和价值吗？这么多年就这么炸炸炸炸，那么多钱炸成了灰，不心疼吗？把这些钱用来买书不好吗？爷爷奶奶房子那么大，我就没有看见一本书！苏州都已经禁放了，阜阳为啥不禁放？越是穷地方，越是愚昧顽固瞎折腾……"女儿悲愤异常，说不下去了。

她爷爷插了一句嘴："阜阳城区今年也禁放了。"

"哎呀，太好了，明年乡下也赶快禁放吧！"女儿脱口而出。

"哎呀，不好了，明年乡下可能也禁放喽！"大姑姐同时也脱口而出。

话不投机，大家面面相觑。

女儿躲硝烟不肯出门，我陪着老赵，在村里转了一圈。赵家集是个大村子，人口多，楼房一个比一个阔气。老少爷们外出打工，无论钱挣了多少，总归要在老家造个楼房，而且新造的一定要比邻居已经造好的更高、更大、更时髦。这是规矩，是脸面，哪怕打肿脸充胖子，反正外人不可能来翻自己钱包看看还剩几张钞票。楼房硬铮铮立在那儿了，仿佛威风凛凛的名片，仿佛荣耀非凡的无字碑，这就够了。

村东头的红色两层楼，是村里第一幢楼房，老赵的堂兄在2010年造的。

我和老赵是这个家族在苏州的拓荒者，定居没几年，堂兄来投奔我们，因为只有小学文化，开始只能打零工。苏州近些年到处都在拆迁，大量的树木需要刨出来运走，房屋的门窗需要拆卸。堂兄发现了商机，开始专门收旧货、挖树、锯木头，木板卖给家具厂，树枝卖给烧地锅灶的农家乐饭店。不怕脏不怕累，嘴甜手勤腿脚快，生意越来越红火，把老婆、两儿子都带到了苏州。

堂兄是个苦人儿，父母早亡，和爷爷两人相依为命，老房子烂糟了没钱修，村长看他们爷俩可怜，把村里一间仓库免费借给他们住，一住就是二十年。爷爷去世后，他开始到处打工，新疆、天津、广州都去过，终于在苏州挣了点钱，扬眉吐气，赶紧回老家造楼房。

二十万，他一时拿不出那么多，到我家借钱。我劝他，有这二十万，不如在苏州买房子（那是2009年，苏州房价平均不过七八千，阳澄湖边偏远地区只要四五千），付了首付，再到银行贷款，回老家造了房子空关，不是极大的浪费吗？

可是，堂兄和老赵哈哈大笑，以为我发神经——富贵不还乡，如锦衣夜行嘛！钱少，就更要用在刀刃上嘛，而刀刃，当然就是回老家造房子嘛，怎么能说是浪费呢？

几年后，苏州房价迅速上涨，堂兄后悔莫及，两个儿子还算眼疾手快，各自贷款买了房、成了家、生了娃、转型开了新公司。堂兄在老家的楼房年年空关，只过年时回来住几天。

在周围三层新楼的衬托下，堂兄家这座当年最了不起的两层楼，已经显得陈旧暗淡。我数了数，村里大约有十分之三的楼房，门窗紧闭，杳无人迹，户主估计都是远在天南海北打工，因为种种原因没有回乡过年。过年都这样，平时村子里的寂寞，可想而知。

"这是极大的浪费啊！"我自言自语。老赵叹口气，终于同意了我的说法，还补充说："现在看来，我家造三层楼，也是浪费。"

早知如此，何必当初？本来当时我就主张造平房，平时老两口两个人住，预留一间空房间足够了。可老赵那时脸红脖子粗，觉得受到了侮辱："人家都是造楼房，新造的楼房，都是三层的！现在这样的形势，造平房？人家会怎么说？亏你想得出来！"

好吧，既然"人家说"什么比实惠过日子更重要，那就造吧。

现在，老两口住一楼，二楼三楼六个房间全部空着。这次回来，大姑姐虽然提前开窗通风，但三年没人住的房间，空旷萧索，寒气森森，幸亏有电热毯。

女儿对着这些空房间直摇头："房屋是用来居住的，这是它的物质属性决定的。我们宿舍四个人一间，寸土寸金，每个角落都充分利用，一点不敢浪费。爷爷奶奶又没多少钱，以后我也不可能回这个村里继承房产，盖那么大他们到底图啥？”

“图个高兴。幼儿园小朋友每人都有一个玩具熊，你如果没有，不难过吗？有一次给你买了个特大号的，放下去占了半个床，你喊来一堆小朋友参观，他们都震惊了，你得意极了。”

我只能这么解释，虽然不伦不类，但女儿居然点头同意了。

大年初一，吃罢早饭，老赵开车送我和女儿回娘家。

二十里路，路况不好，四十分钟才开到。老赵下车略坐了坐，寒暄几句，就急匆匆回赵家集了——“过八十”岂是那么容易的，筵席的荤素菜肴和酒水香烟，无数个细节都要安排妥当。我父母自然是理解的，到场院目送女婿的车掉头而去，笑眯眯进屋，一左一右把我挤在沙发上，开始争着抢着和我叙家常。

年初四，一直很好的天气，晚上却突然下起了雪，下到初五的早晨，地面积雪厚厚一层。打开手机地图，宁洛高速好几个红点，已经开始拥堵。天气预报说，明天安徽全省有雪，路面冰冻，高速部分路段将封闭——原计划明天上午回苏州的，看样子，今天必须提前出发。

我忧心忡忡：农村酒席各种敬酒劝菜的老规矩我是从小领教过的，虽然今天是公婆做寿的正日子，但必须说服老赵要滴酒不沾，且在下午两点钟之前结束酒席。这是个艰巨的任务，我深知自己能力有限，只能拜托女儿了。女儿把老赵从一大堆亲戚朋友里拽到二楼，摆事实讲道理，沉着冷静，口齿清晰。老赵被女儿的严肃感染了，郑重点头答应了，转身又去招呼客人。

老赵和堂兄负责派香烟、陪亲戚们聊天，大姑姐负责烧水泡茶、发糖果瓜子，堂兄两儿子负责放炮：每来一个客人，就要在大门口放一串鞭炮，这是规矩。

客人有的是全家出动来吃酒席，有的是派了个代表。客人要等鞭炮炸完，进门先在客厅坐会儿，再到老太太屋里打声招呼。

这些亲戚，绝大部分我都不认得，他们开口喊我婆婆“婶儿”“姑奶”“姨奶”“大娘”“舅姥姥”，但是接下来说的话，意思都差不多：“平时忙，这都一年（两年、三年不等）没见过了，平时打工难得回来一趟，老亲戚都要走个遍，时间紧，礼节不周的地方，多担待。”

饭店在村口，楼上住着老板一家，一楼门口的空地上架着几口大锅和长案子，堆满鸡鸭鱼肉。穿过堂屋，后院里搭了玻璃瓦，摆了十来张圆桌子，八面透风。见客人陆续到了，几个穿围裙的老阿姨，开始发一次性塑料桌布、一次性杯子筷子勺子、摞成摞的塑料圆凳，客人们自己动手摆凳子、铺桌布、分餐具。

没有事先安排桌号与席卡，客人们各显神通：有的讲究礼数掰着手指头算辈分排座次，一家老小拆开在三个桌头；有的好姐妹坚持要坐一起，或是小孩子厌烦大人管束，试图凑一桌又被各自大人拉开。一时间，大人喊，孩子叫，站起又坐下，坐下又站起，热闹非凡。老赵陪老寿星在主桌，我和女儿在另一桌，全是妇女儿童，全都不认识。我试图睦邻友好，和她们搭讪，但没人理我。

知客（阜阳土话，相当于婚庆公司的司仪）跑前跑后，一脸随和的笑，不停地拖长声音喊：“随便坐，随便坐，哪里都一样。”

过一会又喊："好了好了，都坐下别乱动了。"这个那个角落里，不时有人大声问："啥时候上菜？"还有人扯着嗓子喊："上菜吧！上菜吧！"

乱了半个钟头，终于上菜了。热炒、大荤、汤盆，菜品飞快地端了上来。每端上来一盘菜，四面八方的筷子同时伸过来，落在同一个中心点上，仿佛自行车轮子的辐条。桂圆和肉串不需要筷子，直接用手抓，一抓一大把，有的小孩手脚慢，没抢到，急得眼泪汪汪。一开始，上来一盘光一盘，慢慢地，盘里开始有剩了，毕竟肚皮容量有限。于是有人抡着勺子顺着大汤碗转圈，把肉圆一个个舀到杯子里，有人把整盘的红烧蹄髈、清炖甲鱼端起来，倒进塑料袋里。

女儿贴着我耳朵说："塑料袋是她们从自己口袋里掏出来的，说明有备而来，要把菜带回家。"

我说："光盘行动嘛，不浪费。"

女儿耸耸肩："你总是维护他们。"

当然，这是我的乡亲啊。

牢骚归牢骚，女儿始终恪尽职守，不时跑到老赵身边提醒。谢天谢地，老赵果然滴酒未沾，酒席果然下午两点钟准时结束。

要出发回苏州了，大姑姐一定要让我们带上粉丝、麻油和花生，等把土特产全部装到车里，已经两点半了。大姑姐还要到菜园剜些新鲜菠菜和蒜苗，我急得直跺脚："自家人，这些虚礼都免了吧，天阴得厉害，必须赶紧出发，否则真来不及了。"大姑姐这才罢手。

临走向老太太道别，她的眼泪一下子就掉下来了，呜呜咽咽说了一大堆，我有些摸不着头脑，但看得出她的难过发自肺腑，眼泪就跟着下来了。

离别于我们已经是家常便饭，以前每年轮流把双方老人接到苏州过几个月，接来时兴致勃勃，临走时眼泪汪汪，这样的场面太多太多，可是，并没有因为多次经历，就减轻了每一次离别扑面而来的瞬间内心喷涌的悲伤。

有什么办法呢？老人垂垂老矣，我们也不再年轻，每具肉体都背负着各种伤病，日渐不堪。能够天天生活在一起，彼此有个照应，不要分开两处、两下里悬念，当然更好，可是，做不到啊。

邻居老头劝："你们家就算是好的了，我都三年没有见过儿子媳妇了。"

车开出村子，老赵才告诉我，前几天姐夫从广州打工回来，见大姑姐在娘家服侍老人，生气了，说过年呢，没有这个规矩，一定要把大姑姐拉回自己家里。公婆老两口向来不喜欢这个女婿，大家呛呛了几句，各自生闷气。

而且，老赵今天没有陪老头喝酒——虽然前几日天天陪着，但毕竟今天是"正日子"。老两口在苏州的时候，吃香喝辣享清福，生活得再好，也不是自己的老窝。儿子要上班，不陪着老头喝酒也可以，反正人家也看不见（指赵家集的乡亲）。可今天在自己老窝里，老子喝酒儿子居然不陪喝了，老人多没面子。

宁洛高速已经开始拥堵，最严重的路段，一个钟头过去了，车子一厘米都没动，大家只好纷纷下车散步。警车尖叫着来回奔忙，女儿不停滑手机，切换导航、寻找最佳路线、上传路况信息，父女俩不时争论。好在他们俩虽然有不同意见，却始终保持友好的气氛，女儿一会儿剥个冰糖橘塞爸爸嘴里，一会儿剥块花生糖塞爸爸嘴里，一会儿把保温杯的水倒在杯盖里，吹得不烫了，递到爸爸嘴边。老赵感慨万千："贴心小棉袄啊！"

不会开车的人没有发言权，我心里焦躁，却不敢插嘴，眼睁睁看着他俩从宁洛高速转到常合高速，从高速转到省道，又从省道转回高速。每一次选择都像刮彩票，等到开奖了才发现自己错了——无论到哪里都堵！

晚上八点，停在一个高速公路服务区休息。快餐店里人山人海，父女俩奋勇争先，抢到了两份快餐，白米饭加些肉片和青菜叶子，热腾腾，两人吃得很满意。中午做寿的筵席虽然丰盛，但他俩吃得都不多，饿坏了。而我，感谢老天眷顾，晕车晕得恰到好处，不呕吐，只是消失了饥饿感，多少省却了觅食麻烦。

女儿一边拨拉米粒，一边说："我已经七天没有吃白米饭了，你们俩喜欢吃的包子、饺子、馒头，我一个都不喜欢，腰都饿细一圈了。回到家，妈妈要赶快蒸米饭。"

果然一方水土养一方人，女儿生在苏州长在苏州，已经不习惯阜阳饭菜的口味了。我说："恭喜减肥成功。"女儿笑了。

卫生间排长队，有的小朋友等不及，直接在地砖上大小便。我也快憋不住了，小肚子针扎一样疼，恨不得眼一闭，学小朋友的样子，反正周围都是女人。可是，到底拉不下这张脸，一厘米一厘米挪着小步，总算轮到了自己。

免费开水处挤成乱麻，几乎打起来，方便面桶在人群头顶传来传去，看得人胆战心惊，生怕开水打翻，油汤泼自己身上。我排了二十分钟，总算把保温杯接满，再一看，锅炉温度计只有六十度。

唉，兵荒马乱的，能有口温水喝，知足吧。

“我不知道为什么要让我回来，满屋的人，满桌的人，没有一个认识我的，我也不认识他们。关键是，他们似乎没有一个想要认识我。说实话，我也并不想要认识他们。难道辛辛苦苦累得半死大老远回来，就为了和一群陌生人乱糟糟挤一起，吃一顿饭？值得吗？”

女儿的话，我和老赵无法回答。

到凌晨一点，我们已经在服务区休息了四次，每次半个小时。到了三点，路边服务区车满，堵车的长龙铺满了整个匝道，车根本下不去。老赵疲惫不堪，眼睛发花，手几乎握不稳方向盘，两次险些和旁边的车碰擦。

实在不能开了。从最近的一个出口下到省道，导航找到最近的一家加油站，加满油，开到路边，打开双跳灯，我们睡了四十分钟。

我瘦小，躺在后排，被前排两张放平的椅子挤压着，还可以翻身。腰疼得火烧火燎，平躺、侧躺、趴着，怎么都不舒服。自从开过刀后，我一直严格遵守医嘱，不可久坐。几年来，今天还是第一次长时间保持坐姿。我不敢哼唧，哼唧也没用，唯一的安慰是：离苏州越来越近了。

早晨八点半，终于看见路牌上出现了“苏州”两个字，女儿欢呼：“好了好了，终于到家了，这才是我们自己真正的家！”

回到家，整整十八个钟头，是平时非高峰期的三倍时间，就这样白白消耗在路上。我们三个人嘴唇苍白、脸色萎黄、头晕恶心、走路发飘，钻进被窝一口气睡到下午四点，爬起来收拾东西——明天早晨我和老赵还要准时去上班呢。

“这一次，你们俩的怀旧瘾过足了吗？思乡病治愈了吗？明年还回去过年吗？”女儿笑眯眯的，问得俏皮。

“过足了！治愈了！不回去了！”我和老赵连连点头，答得沉痛。

咽下一大把治胃溃疡的药，老赵捂着肚子说：“以后，还是用老办法，把老人轮流接过来过年吧。亲人团聚就是年，何必拘泥在哪里过。”

我说：“好。”

2019 年 2 月